COLLECTION FOLIO

Hector Bianciotti
de l'Académie française

Le pas si lent de l'amour

Gallimard

© *Éditions Grasset & Fasquelle, 1995.*

1

Il convient de ne pas trop connaître le lendemain ; y voir clair est plus terrible que l'obscurité. Au reste, pour tenir debout, il faut apprendre à tomber. J'en acquis très tôt la certitude, et que c'était la seule chose qui nous incombe, notre seule contribution au destin.

Comme les plantes obéissent à la lune, et la modeste lune de nos songes à l'univers, ainsi chacun de nous.

Je ne me souviens pas d'avoir pour de vrai réfléchi avant de mettre à exécution tels ou tels desseins qui désormais donnent à la vie, tout en zigzag, l'apparence d'une suite de recommencements prémédités. Jamais je n'eus l'impression de prendre parti, d'arrêter par moi-même un choix quelconque : en me haussant ou en m'abaissant selon mes penchants, j'ai agi pour sauver mon âme — l'âme qui, lente, mais avec obstination et en silence, mûrit son projet et, nous accordant de croire que nous en sommes le maître, nous permet par intermittence de l'entrevoir.

Aussi ai-je quitté la plaine natale, et les miens, avant la puberté ; à dix-huit ans le refuge que m'offrit le séminaire ; et, six ans plus tard, mon pays ; tout cela, et davantage ceci, sans moyens, juste une manière d'instinct de bête traquée et l'ambition de me confondre au plus vite avec l'idée que je nourrissais de moi-même.

Je ne crois ni au courage ni au mérite, et quand bien même j'y croirais, je ne m'attribuerais ni l'un ni l'autre ; comme le poète, j'ai écouté les sirènes et leurs chants réciproques et, n'ayant pas le cou flexible, j'ai regardé devant moi.

Il s'en fallait de quelques heures que je n'eusse vingt-cinq ans révolus lorsque, à l'aube du 18 mars 1955, le paquebot à bord duquel j'étais monté quinze jours auparavant à Buenos Aires, gagnait la mer Tyrrhénienne, mettant le cap sur Naples.

Le passage du détroit de Gibraltar au cours de la nuit, je ne m'en étais aperçu qu'au réveil, en entendant le ronronnement des machines dans une navigation sans heurts : l'Océan n'avait pas épargné le bateau pendant l'interminable traversée ; à plusieurs reprises, insensible au mal de mer, j'avais contemplé avec ravissement d'abord, non sans inquiétude ensuite, quand la proue pointait vers les nuages, l'étendue désertée par les heures, faite d'espace pur et d'eau, se lever sur elle-même dans son immensité, dressant des montagnes empanachées de neige qui à l'instant s'inversaient en abîmes. Dans les cabines, le claquement des valises qui glissaient d'une paroi à l'autre, et des voyageurs agrippés des deux mains au rebord des couchettes.

Je préférerai toujours la mer encadrée par de hauts bâtiments, et, au reste, toute la nature, réduite, figée, délimitée par un cadre.

Après les cymbales des déferlantes et aussi vaste qu'elle parût, la mer était devenue intime. La nuit, déjà bleu sombre, tardait à se décolorer. Sur l'avant-pont, je guettais l'Europe.

Je me souviens d'avoir songé à Hernán Cortés qui — serait-il à l'origine de la métaphore ? — brûla ses vaisseaux afin d'éteindre chez ses soldats toute velléité de retraite. Déserteur d'un jeune passé, convoiteur de l'avenir, c'était tout ce que j'avais vécu, tout ce chemin déjà abattu derrière moi que je voulais réduire en cendres.

Un pincement soudain au cœur arrête mon élan et me rassemble, de la tête aux pieds, autour de ce point aveugle en moi, où le monde converge : la peur. Pourquoi donc la grande parenthèse du voyage hors du temps doit-elle se fermer ?

Le son vengeur, victorieux des adieux au port

de Buenos Aires, les vents l'ont emporté. Puis, comme toujours lorsque je tombe dans mes soutes, un drôle d'espoir, d'où venu ? m'invente l'attrait de quelque vue, et encore une fois je m'appartiens.

Maintenant, les dormeurs se sont réveillés ; des portes battent au fond des corridors, en bas des escaliers ; des voix montent, se multiplient, et des pas : des gens approchent ; on entend des exclamations, quelques rires vite interrompus, et ils sont là, sur le pont, les habitants de l'ombre, les passagers des cabines aménagées entre les cales et le pont de cloisonnement que je découvris le jour où, poussé par l'intrépide Napolitaine grâce à laquelle je me trouvais à l'arrivée un peu moins démuni qu'au départ, je leur rendis visite pour les remercier des oboles que, à mon insu, Rose Caterina avait recueillies parmi ces hommes et ces femmes exténués par l'aventure sud-américaine, pour ce jeune artiste sans le sou qui, en sens contraire, entamait la sienne. Il y avait eu quelques sourires désabusés.

Plus d'un demi-siècle avant, du temps que mon pays demandait à l'Europe entière de venir, mes aïeuls y débarquaient — mon père, tout petit ; ma mère dans le ventre de sa mère ; partis à la recherche de l'Eldorado dans les terres de là-bas, où l'Italien a défriché l'étendue vierge, ils avaient récolté le bonheur triste de survivre. Mais ces immigrés tardifs, en proie à des imbroglios politiciens pareils à ceux qu'ils avaient fuis, n'ayant pas réussi à triompher des vicissitudes argentines, s'en revenaient au sol natal, son étroitesse fût-elle extrême.

Je m'étais trouvé mal à l'aise en apprenant qu'ils voyageaient dans des conditions de misère ; et que Rose Caterina se fût employée à faire une collecte parmi eux à mon profit, me remplit de honte : sur ce bateau très moyen dont la publicité vantait le principe démocratique de la classe unique, je m'étais composé, dès le départ, le maintien guindé qui me semblait convenir à un voyageur transatlantique, tels les personnages de certain film hollywoodien d'avant-guerre, où même le sourire qu'il arborait donnait à Charles Boyer, au moment d'embrasser Jean Arthur, une fixité de statue que je prenais pour de la distinction.

Aussi, bien avant l'heure du dîner, je prenais place au bar, tout en bambou verni, ou, plutôt, je me juchais sur l'un des tabourets, lesquels étaient trop hauts par rapport au comptoir, ce qui empêchait le consommateur de s'y appuyer du coude, lui enlevant ainsi de son aisance, surtout quand il s'agissait d'y prendre ou d'y déposer son verre, car l'effort interrompait la pose et coupait net la mélancolie du regard tendu vers les flots.

Ce fut autour de ce bar arrondi qui occupait un angle de la salle à manger, que je me liai avec Rose Caterina d'une de ces amitiés éternelles qui s'achèvent avec le voyage ou le séjour. J'avais, ce soir-là, poussé la comédie que je ne jouais que pour moi-même, jusqu'à commander un whisky, geste d'une incongruité téméraire en regard de mes ressources. Oserais-je blâmer aujourd'hui ce garçon qui éprouvait le besoin de s'astreindre à la discipline de la forme en toutes choses, et d'y plier son apparence ?

Si je ne suis pas sans savoir que de pareilles attitudes, au-dessus de sa condition et de ses moyens réels, n'échappent pas au ridicule, je n'ignore pas pour autant que l'image que l'on projette de soi oblige souvent à se hisser jusqu'à elle, à l'habiter, à agir en conformité et, coûte que coûte, à s'y tenir. On ne se protège pas des ravages de l'existence sans leur opposer une certaine allure.

2

Rose Caterina n'était pas belle et l'approche de la quarantaine rendait pathétique son visage monochrome, charnu, aux joues épaisses et molles, aux traits fondus, mais un sourire sans arrière-pensée et toujours prompt, où il y avait de la bonté et comme une invite à la confidence, l'illuminait. Par ailleurs, de la robustesse de sa personne, que soulignaient les attaches des poignets et des chevilles, et de l'absence de taille que la ceinture en cuir ne réussissait à marquer se dégageait une manière d'endurance maternelle.

Combien de temps mit-elle à me confesser, moi qui, en l'occurrence, n'attendais que l'occasion de me livrer, dans un abandon complet, à quelqu'un ?

À titre de réciprocité, sans doute, elle me confia les mésaventures de la Napolitaine qu'un engagement en qualité de tête d'affiche dans un dancing de Rio, et d'autres miroitantes promesses, avaient emmenée au Brésil. Elle y était restée deux ans. « En pure perte ! » avait-elle dit en détournant le regard, et abaissant les paupières, comme à l'heure de la malice lorsque la tristesse rend inconvenant le clin d'œil.

Par des bribes, des allusions, des aveux hésitants dont elle noyait les mots décisifs en les chantonnant, et à je ne sais quel tremblement de ses lèvres quand, prête à parler, elle se taisait, j'en étais venu à me la figurer en fille des rues qui avait essayé d'échapper à sa condition, et davantage lorsque, sur un ton de rancune, elle évoqua son jeune frère, le qualifiant de ruffian. La peur qu'elle en éprouvait — elle se mordit les lèvres, mais, une fois lâché, par défi elle reprit le mot — était, somme toute, moindre que la peine qu'elle ressentait, pour sa mère, de revenir les mains vides, ou presque. « Avec une main derrière et l'autre devant », ajouta-t-elle avec un hochement de tête, l'air d'approuver ce lieu commun de l'espagnol qui dépeint si bien le dénuement. Puis, avec un sourire lent à mon adresse, comme on dissipe la fumée d'une cigarette, d'un geste elle écarta ses pensées et, en me prenant le bras, elle m'entraîna vers la table où elle avait déjà ses habitudes. Les serviettes étaient munies d'un rond.

Il y avait de la musique : Rose Caterina dit qu'elle semblait venir de la mer ; et je sentis, un instant, la douceur et la menace de la félicité.

Maintenant, elle apparaît sur le pont ; elle échange quelques mots avec les passagers de l'ombre, tout en tournant la tête à droite, à gauche — me cherche-t-elle ? Je demeure en retrait, derrière le grand mât ; j'aime la regarder en imaginant qu'elle m'est inconnue : serais-je en train de prendre congé d'elle qui, en ce moment, s'appuie au bastingage, la tête penchée sur l'épaule, la main pliée sous le menton ? Un petit vent s'est levé qui emmêle ses cheveux aux ondulations souples et d'un châtain en harmonie avec son teint brun où transparaît une matité d'ivoire. Les godets de sa jupe s'ouvrent et se referment en cadence.

C'est ainsi qu'elle demeure en moi ; ainsi qu'elle réapparaît quand je pense à Naples où, si la mort a été distraite, elle doit traîner une vieillesse semblable à celle qu'elle eût voulu éviter à sa mère ; ainsi que je la retrouve dans la clarté qui désormais ne cesse de monter, telle la figure latente qui affleure à la surface de la pellicule qu'on développe.

Elle se redresse tout à coup : autour d'elle, l'un, en criant, ordonne à sa femme, l'autre à son mari de surveiller les bagages ; ils pressent sur leur poitrine un paquet, un balluchon, rajustent les vêtements des enfants, se lissent les cheveux avec minutie. Je sors de ma cachette et la rejoins. Le ciel a viré au bleu ; le ciel et la mer partent à la rencontre de la lumière. Ces oiseaux aux ailes relevées en ciseaux sont-ils des goélands ou des mouettes ? Et ce crieur noir qui plane au-dessus de la volée tournoyante n'est-il pas un cormoran ? « Serait-ce un alcyon ? » demande une voix ténue que l'on entend grâce à la netteté de l'élocution, et Mme Ferreira Pinto s'avance comme une personne d'autorité qu'on a attendue, espérée et qui, enfin, arrive. Sur ce bateau, la discrétion monacale de sa tenue, la justesse de ses manières, auraient suffi pour qu'on lui attribuât des quartiers de noblesse.

Jusqu'au débarquement, je restai dans l'ignorance qu'elle se comptait elle-même parmi mes bienfaiteurs.

Des applaudissements, des sanglots étouffés, des femmes qui versent la tête sur l'épaule de leur homme : il y a des appels de pierre ocre dans les lointains et des îles se découpent, sombres, contre l'or vaporeux qui dessine un horizon de collines ; et, roi qui a des égards à l'endroit d'un petit cousin, le soleil se lève un peu sur le côté de ce promontoire à la pointe adoucie, qu'est, vu de la mer, le Vésuve, avant de prendre possession de ce pays qui lui appartient.

Le bleu massif, le bleu unanime du golfe devient transparent ; je me rappelle les chromos d'un restaurant de Buenos Aires, qui assuraient à son patron, depuis bien des années, le renouvellement de sa clientèle. Et l'on arrive. Avec lenteur, avec cérémonie, le bateau décrit une courbe voluptueuse ; les voyageurs qui jusque-là se répandaient encore dans les couloirs, sur les ponts, s'assemblent, se massent, et avec quelle gravité, quelle concentration ; leur brouhaha, leurs caquetages se sont éteints, on dirait des fidèles à la messe.

Soudain, une musique éclate, une chanson pleine d'allant que tout le monde semble connaître. Rose Caterina reprend l'air et autour d'elle on commence à se dandiner d'un pied sur l'autre. Les mouettes — ce sont bel et bien des mouettes — volent en rond, là-haut, sur nous ; elles virevoltent, elles dansent. Voilà Naples, voilà ma porte de l'Europe tout enveloppée de mer et de verdure, m'accueillant, moi, à son réveil, moi qui m'étais mis en route pour lui réclamer mon avenir.

Par moments, le sentiment du retour à la maison se change en évidence, et le souvenir illusoire d'y être né.

Rose Caterina et Mme Ferreira Pinto m'interrogeaient du regard ; pour arrêter la montée des larmes, je m'esclaffai. C'était trop, c'était trop beau de me trouver sur cet autre rivage de la planète, sur une autre rive du temps, libéré de toutes les années passées là-bas, de ma naissance, de ma vie à contre-jour.

3

Sans doute certaines images de ces films néoréalistes qui avaient fait florès à Buenos Aires, me rendent-elles familier, derrière les barrières de la douane, ce grouillis, cet entassement de gens de tous âges à la figure serrée entre des mains en porte-voix, les uns disputant aux autres leur droit de priorité sur les valises des passagers qui ont rempli les formalités d'usage.

Poussés dans l'embarras inextricable de la sortie, nous voilà culbutés dans un tohu-bohu de brouettes et de charrettes à bras tirées par des enfants, tandis que, sur l'esplanade, des taxis cornent sans fin, moins pour attirer le client, dirait-on, que pour se moquer du cocher de cette calèche dont la capote à soufflets se trouve réduite à l'armature d'où pendent encore quelques lambeaux de toile cirée.

On pourrait, non sans crainte, à mesure que tant bien que mal on réussit à faire un pas, se demander comment se frayer un passage dans cette foule de miséreux, si Rose Caterina, s'en dégageant d'une brusque torsion de la taille et jouant des coudes, d'une voix à la fois impérieuse et gouailleuse, ne mettait le holà à l'acharnement de ces gamins et de ces vieillards aux mains implorantes, criant à la cantonade Dieu sait quelles saletés dans le parler qui leur est commun, par quoi on la reconnaît des leurs ; oubliant leurs rivalités, ils la fêtent à l'unisson — comme l'Évangile célèbre le retour au bercail de la brebis égarée, du fils prodigue.

Alors, mêlant promesses de gains, recommandations et menaces, elle confie les bagages du trio à des porteurs en herbe, au grand dam de leurs frères crève-la-faim. Ceux-ci ont de grands éclats de voix accompagnés de gestes faciles à déchiffrer et, en dépit de la fureur qui les suscite, monotones, quoique amusants lorsque, exécutant leurs mimiques obscènes en même temps, les insurgés semblent obéir à une parade de music-hall bien réglée.

Les petits s'emparent de nos valises et s'empressent d'ouvrir un chemin à Rose Caterina. Mme Ferreira Pinto et moi, nous leur emboîtons le pas et prenons place dans la voiture qu'elle nous signale. Rose explique au chauffeur notre trajet et ses haltes, discute du prix de la course, et commence à distribuer des pourboires aux gosses, avec parcimonie si l'on en juge par les plaintes qu'ils poussent ; mais elle connaît la chanson : de toute façon, ils lui auraient demandé un supplément. Ainsi, une fois qu'elle nous a rejoints, elle décide de répartir la grosse poignée de monnaie que la vieille dame a glanée au fond de son sac à main, et les gamins, sans transition, passent des gémissements à une convoitise ardente, tel l'enfant qui pleurniche et soudain pourrait tuer un camarade à cause du surcroît de faveurs dont celui-ci est l'objet.

Rose Caterina claque-t-elle la portière, les enfants qui comptaient chacun leurs pièces de monnaie, se reprennent à quémander ; et remonte-t-elle la vitre, ils ne cesseront d'y frapper, bientôt sans espoir, distancés par la vieille automobile bringuebalante.

Mme Ferreira Pinto, en réponse au grand soupir de soulagement de Rose, a un petit rire qui, vite, se résout en un sourire ; et je m'aperçois que ce geste de courtoisie qui s'évanouit déjà, m'a permis de saisir, de sorte à le rendre inoubliable, et pour la première fois, l'expression de son visage, voire son visage lui-même : ses traits, à la limite de l'effacement dans l'immobilité, l'intérêt qu'éveillait en elle son interlocuteur, une surprise ou une émotion subite, seuls, les dessinaient ; chaque ride exprimait alors la courbe et l'intensité de sa gentillesse ou de sa peine, mais témoignait, par-dessus tout, d'une éducation à l'ancienne, cette « bonne éducation » susceptible de procurer aux gens des manières qui sont presque des sentiments et qui, sans venir d'eux-mêmes, se répandent sur leur conduite. Parfois, des petit-bourgeois paraissent friser on ne sait quelle noblesse à cause d'un maintien où assurance et discrétion font bon ménage : la politesse contenue par la prudence, chaque partie du corps dressée à masquer tout épanchement — et la main de se lever vers la bouche si un rire trop sonore s'en échappe.

Je fixe donc en moi, et en ce moment même, le visage de Mme Ferreira Pinto et son expression ; et je me dis qu'il y a dans son allure une aisance qui a des assises, qui renvoie à une tradition et a peu de rapport, à vrai dire aucun, avec le genre d'apprentissage que par voie de mimétisme, sans autre enseignement que celui de ma propre observation, je poursuis depuis ce jour de l'enfance où, feuilletant le mensuel féminin auquel mes sœurs avaient droit, je découvris les photographies d'hommes et de femmes qui, assis ou debout, se tenaient tout autrement que nous, les paysans de la plaine.

On s'arrête devant l'hôtel de Grande-Bretagne, où Mme Ferreira Pinto a ses habitudes ; le chauffeur d'un côté, le portier de l'autre, ils s'appliquent à défaire les sangles qui retiennent les bagages sur le toit de la voiture.

Mais que signifient ces chuchotements, ces rires dissimulés dans mon dos ? Elles sont des conspiratrices ; sur leur visage, tour à tour, une sorte de sévérité et de cajolerie se peint ; l'une sourit à l'autre, et toutes deux à moi, qui tressaille. Elles prennent leur temps, et à l'instar des duettistes tapant du bout du pied la mesure pour attaquer à l'unisson, elles ordonnent au chauffeur — lequel, d'évidence, ignore la hâte et pourrait passer des heures à regarder la couleur du temps — de descendre aussi mes deux valises. Elles ont tout combiné à mon insu : j'accompagnerai Rose et déjeunerai chez elle ;

ensuite, la ville sera à moi ; et le soir, à vingt heures, je devrai retrouver Madame à l'hôtel où une chambre m'attend ; le lendemain, de bonne heure, nous irons, tous les trois de concert, visiter Capri et ses grottes bleues ; ou Herculanum et Pompéi.

Madame nous fait un petit signe de la main du haut des marches et, de cahots en secousses, la voiture repart nous emportant, Rose Caterina et moi. Dans un frisson d'épouvante, je me demande ce qu'il serait advenu de moi si tout à l'heure j'avais eu à me débrouiller tout seul au débarquement. Dans le ciel d'Europe, dont mon père, quand il était enfant, avait appris à dénombrer les constellations qu'il oublierait là-bas, une étoile prenait-elle soin de moi ?

Voici en vrac, à portée du regard, l'imagerie napolitaine que le cinéma m'a léguée : le pêle-mêle et la poussée des passants ; la fuite rectiligne ou sinueuse des venelles ; les murs lézardés, décrépis ; les habitations qui consistent en une seule chambre souvent sans fenêtre, avec, en manière de porte, une large ouverture façonnée dans le mur à même la ruelle sans trottoir où, de façon communautaire, elle se prolonge : le *basso*, ancêtre archaïque du living-room, où on vit, on dort, on cuisine, on mange, on fait l'amour, on procrée et on meurt ; et voici le grand théâtre des draps qui pavoisent de blanc les perspectives, tendus sur des cordelettes reliant des balcons vis-à-vis où se laissent entrevoir, ici, une chevelure espagnole piquée d'une fleur rouge, là, un fichu noir noué sous le menton.

La voiture s'arrête au croisement d'une rue montante et d'une impasse, et nous descendons. Je profite de ce que Rose cherche des porteurs parmi les enfants qui jouent, pour payer la course. Mais s'en aperçoit-elle, avec une indignation grandiose, elle menace le chauffeur, l'obligeant à me rendre la somme, excessive à ses yeux, qu'il m'a prise et qu'il contemple encore.

L'un des garçonnets la reconnaît, court se blottir contre sa poitrine et, tout en lui donnant de petits coups sur les hanches, crie son nom vers une fenêtre ouverte au deuxième étage : une femme ne tarde pas à s'y pencher, qui en tournant vers l'intérieur la tête appelle une autre, et celle-ci hèle la voisine. Aussi, très vite le nom de Rose Caterina se répercute-t-il de maison en maison, et c'est bientôt un crescendo allègre qui grandit, monte, se propage, jusqu'à ce qu'un immense cri, entre le gémissement et la jubilation, sorte de l'un des *bassi* et mette aux fenêtres le voisinage au grand complet.

Rose frémit de joie en reconnaissant la plainte et, abandonnant les bagages qu'elle traîne plus qu'elle ne porte, avec une agilité qui m'étonne, se précipite au-devant de sa mère, dans sa bouche grande ouverte un son miaulé qui s'entrecoupe : « Mamm... »

Et ce mot qui a gardé toute sa mémoire dans nos langues, et davantage, me semble-t-il, en italien, ce mot qui peut-être même remonte à l'origine du langage, au royaume d'enfance des onomatopées, jamais plus je ne l'aurai entendu ainsi chargé de désespoir, d'exigence, de besoin, pareil au vagissement du nourrisson.

4

Si, attiré par le spectacle du linge mis à sécher en travers des rues — plus colorié que jadis, quand le blanc régnait —, un voyageur se risque dans le dédale des *bassi*, où il n'est pas toujours bon de se promener seul, il trouvera les mêmes habitations d'une seule chambre, mais la plupart bénéficiant désormais, à côté de l'ouverture traditionnelle, d'une fenêtre devant laquelle il ralentira le pas pour le plaisir de contempler la ménagère en train de pétrir ou d'étendre à l'aide d'un rouleau de bois, et avec quelle dextérité ! une grosse boule de pâte.

Au passage, ses yeux auront capté la cuisinière flambant neuve, le téléviseur à large écran allumé en permanence, souvent pour nul regard, ou les chromes du réfrigérateur réverbérant les rayons du soleil qui vers midi perce le madrépore impur, aux trous mesquins, du quartier.

Il faudrait que l'étranger s'aventure dans ces ruelles-couloirs si étroites que trois mouchoirs tiendraient à peine sur la cordelette destinée au séchage, pour qu'il se fasse une idée des *bassi* tels qu'ils s'offraient au promeneur lors de mon arrivée à Naples, dix ans après la fin de la guerre : tanières aux parois humides, grottes polies par l'industrie des hommes, où régnait une pénombre que rendait complexe le rougeoiement de la braise dans un foyer de fortune ; il pourrait apercevoir ainsi un entassement de lits pliés autour d'un seul grand lit, de meubles et d'objets, irréductible à toute tentative de déblayage. Or, ces habitations, équipées ou non d'un outillage domestique indispensable, rien au monde ne pousserait ce peuple aux coutumes forgées sur une ancienne nécessité, depuis toujours subordonné à l'urgence du gain, à les délaisser : chacun pour soi et, cependant, tous réunis à l'intérieur d'une même tâche par une économie qui renvoie à ce temps sans repères où l'on vénérait des dieux d'argile ; et qui entre troc, contrebande, vol et d'inépuisables échanges de fantaisie, imposait ses lois contre la Loi à la cité.

5

Il ne manquait que le masque émerveillé de Pulcinella, là-haut, sa main gantée écartant un drap, quand, la mère déployant ses bras de mélodrame, sa fille se jeta à son cou. La mère redressa la tête, prit entre ses mains le visage de Rose Caterina et, ses yeux nébuleux dans les yeux de sa fille, avec un soupir de soulagement et une grande douceur, elle dit : « Oui, tu te ressembles. » Elle-même resta interdite, et, par contrecoup, Rose qui n'osait plus aucun geste.

« Renza », dit-elle enfin en me poussant vers sa mère. Et celle-ci, nourrice dolente, couveuse, m'accueillit avec un sourire édenté et s'appuya sur mon épaule.

On décelait le lent travail de la misère sur son visage, figé presque dans une expression unique ; seule la pupille noire perçait l'ombre laiteuse de la cataracte et, d'instant en instant, le battement d'une veine verticale au milieu du front y ramenait la vie.

C'était donc entre ces murs lugubres que Rose Caterina avait grandi ; et cette vieille femme percluse qui, plissant ses paupières, la scrutait, sa mère ; peut-être se demandait-elle pourquoi était partie celle que voici réapparue : le propre des mères, lesquelles, tout en restant sur place, envoient leur pensée suivre leur progéniture de par le monde, est de finir par ignorer leur propre existence, hantées par les desseins aventureux de leurs enfants.

Mais, alors que des pleurs secouaient le dos de Rose Caterina, Renza, moitié allégresse, moitié réprimande, se rapprocha de sa fille et l'embrassa ; son cœur l'avait emporté.

Après les effusions réciproques, sans compter le supplément de reprises et de bis, toutes deux, déjà sur le point de se séparer, s'étreignirent de nouveau, et chacune à tour de rôle renversait la tête sur l'épaule de l'autre avec un sentiment d'échec. Elles restèrent ainsi un long moment ; il était clair qu'elles avaient conclu un accord tacite au sujet d'anciennes discordes et que leurs incompatibilités s'emboîtaient sans heurts désormais. Cela les rendait heureuses, et l'on eût dit que, du moment où Rose était de nouveau là, Renza ne trouvait plus sa place chez elle, qui se mit à tournoyer, toupie à bout de musique, distribuant des gestes égarés, tâtonnant le long d'une étagère instable où elle cherchait le pot à café et, le trouva-t-elle ? elle le déposa sur la table, et branlant sa tête de mule rêveuse et presque aveugle, l'indiqua à Rose Caterina qui sortait des tasses d'un buffet aux vantaux déglingués. Mais ses yeux ne retrouvaient pas le pouvoir d'accommodation qui avait dû être le leur dans le *basso*, de sorte qu'elle se retourna avec brusquerie et, rabrouant sa mère, envoyant au diable son sens de l'économie maintenant que, elle, Rose Caterina, était de retour, appuya sur l'interrupteur et le plafonnier d'opaline rose diffusa une lumière quelque peu suspecte.

Assise à la grande table, dans une sorte d'au-delà heureux, Renza souleva le carré de fine cotonnade qui recouvrait les pâtes fraîches, et lorsqu'elle commença de les remuer pour en faire tomber la farine dont elle les avait saupoudrées, ce ne furent pas ses grosses mains, mais l'adresse de ses doigts, qui me ramena le souvenir de mes sœurs effectuant avec un soin aussi délicat la même opération : une seconde, je ne sus si l'odeur de farine montait à mes narines dans ce taudis de Naples, ou là-bas, dans l'enfance.

J'avais le cœur serré à imaginer ce que Renza pouvait supposer quant à ma présence, et davantage en m'apercevant de l'ironie matoise qui, soudain, lui affinait les lèvres, tandis que des sons plaintifs s'éteignaient dans sa gorge. J'eusse aimé partir, les laisser entre elles ; j'étais de trop ; j'empêchais sans doute l'échange de leurs secrets — et la pensée me traversa que Rose m'avait voulu à ses côtés à l'heure du retour, afin d'éviter, à tout le moins de retarder, l'interrogatoire de sa mère.

Rose Caterina s'affairait à ouvrir ses bagages. Elle en sortit des paquets-cadeaux ficelés d'or, mais tout écrasés, qu'elle frappa à petits coups pour les regonfler, et des vêtements qu'elle suspendit aux crochets d'une tringle de fer plantée dans le mur, pareille à celle d'un étal de boucher. Quelle vie lui avais-je imaginée pour m'étonner qu'elle connût par le menu chaque recoin de la pièce et que, de façon machinale, elle profitât des objets hétéroclites qui, au prime abord, ne servaient qu'à encombrer le réduit ?

Certes, la chanteuse qui, sur le bateau, en vue d'atténuer les retombées fatales de mon aventure, avait pris soin de moi avec un esprit de sérieux tout naturel et une sorte d'enjouement, ne s'était pas montrée avare de confidences, un soir, la tête abandonnée contre le dossier du fauteuil, la voix gorgée de peines, comme lorsqu'elle entonnait une chanson. Or, rien dans son récit, qu'à l'approche d'une révélation interrompait une grimace dédaigneuse, un bref rire moqueur, ne m'avait permis de supposer l'insidieuse pauvreté des *bassi* — de celui-ci où Renza attisait les braises, à l'aide d'un soufflet, sous la marmite en fonte d'où bientôt allait s'épandre, sans pour autant triompher du remugle ambiant, un fumet savoureux, un bouquet d'odeurs qui m'étaient inconnues, encore qu'il me semblât y distinguer l'arôme du laurier.

Soudain, le geste en suspens, Renza s'est tournée vers la ruelle où, me dis-je, il doit toujours se produire une rixe, une algarade justifiant que l'on s'y intéresse ; mais Rose l'a imitée, car, elle aussi, elle a entendu la voix de son frère, cette voix qui se détache du brouhaha des gens du voisinage se disputant la priorité de la nouvelle : le retour de Rose Caterina. Et Rose, affolée, s'arrange la coiffure, fouille dans son sac, trouve, et au lieu de passer sur ses lèvres le bâton de rouge, à toute vitesse elle les tapote comme si elles étaient brûlantes : « Mimmo ! »

6

Mimmo... Il y a des sobriquets, parfois des prénoms, souvent des patronymes dont on peut s'étonner qu'ils aient permis aux gens de grandir, et qui pèsent sans doute à jamais de toute leur puérilité sur ceux qui les portent.

Aussi, en dépit de la crainte qu'il inspirait à Rose, m'attendais-je à l'apparition d'un nabot trapu, cheveux plantés près des sourcils, bouche lippue, torse bombé et une épaule soulevée à la manière d'un *tenorino*, lorsque je vis sur le seuil un bel homme tout ce qu'il y a de plus alluré, immobilisant Rose du regard, et qui hochait la tête de haut en bas, l'air de s'appesantir sur quelque profonde considération.

Un véritable répertoire d'expressions filait sous la peau du visage sans en altérer l'impassibilité : de grave il devenait farouche ; de narquois, menaçant ; et cependant ses traits n'avaient pas bougé. Il jouissait d'une autorité sous laquelle se courbaient sa mère et Rose ; ni l'une ni l'autre n'ébauchait un mouvement qu'il ne le retînt rien qu'en levant le menton d'un petit geste sec que, d'évidence, elles prenaient pour un ordre. Mais, sans transition, on eût dit qu'il parlait à sa sœur, ou plutôt, qu'ils s'entretenaient sans échanger des mots ; on devinait entre eux des connivences furtives et, en même temps, un désaccord fondamental qu'ils se transmettaient par la pointe du regard ; et si différents fussent leurs caractères, il émanait de tous les deux une aura triste qui les isolait ensemble. Lui demandait-il des comptes de sa longue absence, la rançonnait-il déjà, ou de nouveau ?

Rose Caterina éclata en sanglots. Alors il entra dans la pièce d'un pas décidé, comme si, arrivé à l'instant, il n'était pas resté tout ce temps sur le seuil.

La mère se détourna de la scène et, pour m'entraîner de son côté, d'un signe de tête elle me signala le réchaud à gaz posé à même la table, et me tendit aussitôt une grosse boîte d'allumettes. Malgré la maladresse qui continue d'être la mienne, j'allais m'exécuter quand elle m'arrêta par un grognement que, consciente de sa brusquerie, elle transforma en un petit rire, m'indiquant la faiblesse du robinet qui mettait longtemps à remplir la casserole qu'elle appuyait sur sa hanche. Il n'empêche que le maigre filet d'eau qui tombait sur le récipient contribuait à faire diversion.

Au-dessus de sa tête, suspendu à un clou dans un miroir rond devant lequel Mimmo devait sans doute se raser lorsqu'il se réveillait chez sa mère, j'apercevais le cou très blanc de l'homme de la maison, aux tendons saillants, et le va-et-vient de sa main distraite dans les cheveux de Rose qui avait trouvé refuge dans son épaule.

Elle ne pleurait plus, levait la tête, se détachait de lui ; et si elle semblait sourire, par précaution, guettant la réaction de son frère, une insolence se peignait sur son visage, s'y affirmait, creusant sa cambrure, lui redressant le dos, la tête, et tout cela, ce théâtre, à l'adresse de son jeune protégé de la traversée, pour ne pas faire, aux yeux de celui-ci, piètre figure. En lui pinçant la joue, Mimmo condescendait à lui sourire, bien que d'un seul côté du visage.

J'avais devant moi le cynisme et la soumission face à face.

Et pourtant, Mimmo et Rose se ressemblèrent en ce que celle-ci s'entraînait à l'imiter. Aussi, Renza regarda-t-elle son fils avec la reconnaissance d'une lune pleine envers le soleil qui la pourvoit en lumière.

Se montrait-il détendu ? Une brutalité qui singeait la droiture se dégageait de sa personne. Il eut, tout d'un coup, l'air de me découvrir. Moi, à mesure qu'il s'approchait, j'eus l'impression qu'il grandissait. Il marqua un point d'arrêt, de muette puissance bandée. Son sourire oblique ne s'était pas dissipé.

J'éprouvai une confusion équivoque : la répulsion et l'attirance que Mimmo suscitait en moi lorsqu'il approchait son visage du mien, à le frôler, réveillant ce vieux besoin de protection qui me vient de si loin, et que satisfaisait, encore quelques semaines auparavant, le couple de policiers véreux habillés en civil et aux semelles silencieuses dans le Buenos Aires enténébré par la dictature. Je me souviens que leur absence, subite et parfois longue, me plongeait dans une détresse pleine d'inquiétude et que nos retrouvailles me réjouissaient au-delà de ce qui est permis à une âme bien née. Il y a dans cette crainte qui passe pour de la droiture et me retient au bord de l'abîme, autant d'orgueil que de duplicité ; et, au fond de mon être, c'est-à-dire juste sous la peau, une mollesse, une moiteur de berceau à l'abandon et, plus que le désir, la nostalgie lancinante d'une chute dans l'abjection.

Fort, quoique d'une force contrefaite qu'il exagérait devant mon émoi, il leva l'index à sa bouche, et d'un coup laissa retomber sa main : les cloches lentes, très lentes de midi sonnaient, rappelant aux gens des *bassi* leurs habitudes. À l'instant, des cris de femmes fusaient dans la rue qui convoquaient leur marmaille ; les acteurs de ce théâtre muet qui était le nôtre, se relâchèrent ; le rideau tombait à la fin du premier acte. Avais-je cru faire table rase de ma vie argentine et me composer un autre moi-même ? Si Mimmo avait posé son index sur mon front ou mes lèvres, je n'aurais plus eu besoin de rien d'autre.

Mais les cloches avaient sonné, et entre Rose et Renza une conversation qui par le ton ressemblait à une vieille dispute accompagnée de gestes s'accommodant mal aux proportions de la scène, eut raison de la morgue que, d'entrée de jeu, le fils avait imposée à sa troupe.

Telle une fenêtre longtemps fermée qui s'ouvre au jour, leur langue napolitaine entraînait mère et fille dans un tournoiement de répliques entrecoupées de rires, d'arrêts mélancoliques, de ruptures de ton, d'interjections, de degrés dans la douceur, la plainte, la complicité, le blâme, ou la méfiance réciproque sur cela même qu'elles se racontaient : ne saisissant de leurs mots que les nuances, je me retrouvai encore plus mal à l'aise, quand Mimmo, sans raison apparente, soudain, de retiré dans sa solitude — multipliant à l'envi le vide autour de lui, tout d'une pièce, empêchant l'initiative d'aucun geste ni d'aucun propos qu'il n'eût d'avance admis —, entra en lice. Je ne saurais dire de quels détours le fanfaron ne profita pour gagner l'acquiescement des femmes et redevenir le centre de notre attention à tous. Il s'était détendu. Puis, marionnette désarticulée, séraphin qui a égaré ses ailes, il se dandina avançant une épaule à chaque pas.

Ils parlaient tous les trois en même temps, comme on se dispute ; interrompus par les cliquetis d'un couvercle que de gros bouillons soulevaient, Rose ramassa les pâtes, les jeta dans la casserole, tandis que Renza écartait la marmite du feu. Bientôt, une vapeur dense s'en échappa, une atmosphère d'étuve emplit la pièce, et ce fumet complexe qui m'avait intrigué : une sorte de brouillard s'était formé qui, se dissipant, laissa apparaître sur le plat le monstre à tentacules de mon encyclopédie d'adolescent, et la sauce tomate ruisselait sur ce combattant surgi des profondeurs du temps : dans la touffeur où se mélangeaient le relent âcre de renfermé et la senteur iodée du poulpe, la fille et la mère déplièrent grandement une nappe blanche, damassée, et sa fragrance austère de propreté chassa, un moment, les bonnes odeurs de cuisine, et le remugle ancien de l'antre.

Je me souviens de m'être rappelé les draps tendus au soleil, gouttant sur l'herbe, claquant au vent, qui apaisaient mon angoisse de tant de terre, là-bas, dans la plaine — où j'avais bien des fois entendu, de la bouche des grandes personnes, les mots que Renza m'adressait : « Un verre de vin, une goutte de sang. » Celui-ci, âpre, épais, teintait les lèvres d'une pointe de violet. Avec la solennité du dégustateur, mais les mimiques d'un lapin aux prises avec un brin de carotte, Mimmo savoura longuement la première gorgée, et l'avala-t-il, satisfait ? on attaqua les pâtes et la bête antédiluvienne. Sachant me servir de la fourchette pour enrouler les tagliatelles sans le secours de la cuiller, je m'attirais l'approbation de Rose et un sifflement narquois de la part de Mimmo. On ne les mâchait pas, on les engloutissait, on aspirait celles qui fouettaient le menton, à la seconde disparues, vivantes, entre langue et palais. Et la conscience finit par sombrer dans une volupté commune ; nous n'étions plus ni Rose ni Mimmo ni moi ni Renza, mais un unique palais, un plaisir identique, dans un accord parfait ; un petit orchestre, si l'on veut, jouant des sens, de nos jus, de nos baves, de nos chaleurs, avec, au ralenti, des bruits goulus de succion et le regret d'avoir déjà mangé. Quoique rassasiés, mais encore gourmands, d'un geste paresseux on amputait le poulpe d'un tentacule, on se le partageait. On se taisait ; on s'avachit. Le silence se distendait, nous emportait loin les uns des autres ; j'essayai de parler, de faire l'éloge de la nourriture, sans doute ; et je m'aperçus qu'au lieu de m'écouter, Mimmo me considérait. Il avait dû être très beau ; maintenant, il ne valait pas un coup de foudre. Non sans craindre pour moi-même, je me dis que lorsqu'on tombe de très bas, on tombe forcément trop bas.

Oui, ils se ressemblaient, le frère et la sœur, à ceci près que l'on sentait chez elle une générosité qu'on eût cherchée en vain chez lui, pour qui tout altruisme devait être une sorte d'aliénation.

Brusquement, il se redressa de toute sa suffisance ; et avec des mots qui s'enfonçaient comme des clous, il apostropha Rose. Elle n'avait que trop tendance à se prendre pour peu de chose devant son frère ; lui, en revanche, il avait besoin de l'humilier pour se faire accroire, pour exister. Et pourtant, alors que l'altercation atteignait à l'affrontement, du coin de l'œil il suivait avec une inquiétude attentive les mouvements de sa mère qui desservait la table et, se déplaçant dans sa pénombre à elle, bousculait au passage une chaise, heurtant de la hanche le tiroir ouvert du buffet : n'y avait-il rien de sacré pour lui que sa mère, cela le sauvait.

Les braillards se sont tus, et je surprends dans le petit miroir rond le regard de Rose Caterina qui passe de son frère à moi et de moi à son frère, avec un haussement répété des sourcils, et une moue que l'on dirait à égale distance de l'offre et de la demande.

Mimmo se tourna vers moi, et avec les manières de ceux qui prennent votre épaule pour le rebord d'une tribune, il me donna des tapes dont le motif, autant que les mots qu'il échangea à mi-voix avec sa sœur, m'échappa — jusqu'au moment où, d'un bras m'entourant la tête, de l'index et du pouce il me retroussa les lèvres pour bien montrer à Rose mon désavantage : mes dents mal plantées, entassées en vrac, et déjà jaunies. Ainsi mon père, qui se targuait de deviner l'âge des chevaux d'après leur denture, avait exhibé celle de mon Colorado, mais lui, pour en vanter la jeunesse, au paysan qui en proposait l'achat.

Tout était revenu, la luisance de la robe de ma monture, l'*arbre de paradis*, aux fleurs bleues, auquel on l'avait attachée, le visage en lame de couteau de mon père, sa voix péremptoire, et le soleil, quand Rose, pour couper court à la scène où elle jouait le mauvais rôle, sortit du fond de son décolleté une liasse de billets verts pris dans un fixe-cravate. Elle savait qu'il est moins humiliant d'être victime que de consentir à le paraître.

Pendant que, de l'ongle pointu de son petit doigt, Mimmo épluchait les dollars, par-dessus son épaule, Renza tendait son cou qui me parut s'allonger, annelé.

Sans plus s'adresser à personne en particulier, mais délaissant la langue napolitaine pour que je la comprenne, Rose se leva de table en marmonnant que c'était de sa faute, qu'elle l'avait toujours gâté, ce chien de frère, alors qu'elle eût mieux fait de l'anéantir. Lasse, lasses ses plaintes bredouillées. « *Basta !* » s'écria-t-elle dans un sourire : elle souhaitait que je découvre la ville. Voulait-elle se débarrasser de moi ? Après s'être abandonnée à son affliction, elle se crut obligée de me prodiguer des encouragements. Suppliante, elle demanda quelque chose à sa mère : seule Renza, me dit-elle, connaissait, dans le quartier, une prière que des élus se transmettaient de génération en génération, une prière capable de guérir même l'avenir !

Avec onction, Renza me poussa vers le seuil que la clarté du jour atteignait encore sur ce côté de la ruelle. L'avidité qui s'était peinte tout à l'heure sur son visage s'effaça, telle l'ombre qui glisse sur un pré. Et son geste de prêtresse orientale, l'index et le médium unis pour me toucher le front, la mit de plain-pied avec la grandeur.

Elle marmottait ; elle palpa ma poitrine, mon ventre, mes cuisses ; elle appliqua ses mains sur mes épaules ; elle tâta mes bras et, ayant serré mes poignets, elle les écarta, non sans violence, me figeant dans une attitude de crucifié — ce qui ne me parut guère de bon augure, et provoqua le bond de Mimmo qui renversant sa chaise s'emparait de moi en s'écriant : « C'est moi, la croix. »

Collé à mon dos, une jambe lui suffit à faire plier les miennes et, appuyé au chambranle, il me souleva à l'horizontale, se hissa sur la pointe des pieds me lâchant sur le pavé.

Sur un balcon, une femme qui récupérait son linge éclata de rire, ce qui poussa Rose à prendre à la blague la prouesse désobligeante de son frère, sans doute avec l'espoir de désamorcer l'affront.

Bras dessus bras dessous, Rose et moi nous descendîmes la pente gravie quelques heures plus tôt. Nous nous arrêtâmes au premier croisement. Elle me conseillait de visiter certaine chapelle où je verrais des choses inoubliables. Elle dut insister : je ne retenais pas l'adresse, je demeurais abasourdi. Pourquoi l'humiliation est-elle plus douloureuse au cœur que le plaisir ne le réjouit ?

Rose m'embrassa sur les deux joues avec une effusion forcée : je ne la verrais pas le lendemain ni à Capri ni à Pompéi où elle et Mme Ferreira Pinto étaient convenues de m'emmener. Il y avait de la délivrance et du détachement dans son exaltation. Nous nous séparions enfin, lorsque le frêle bruit mat d'une petite chose rebondissant vers nous et, là-haut, le rire de Mimmo, nous paralysèrent : à nos pieds, une tige de bois sombre, aux arêtes usées, d'une vingtaine de centimètres, pareille à une réglette d'enfant non graduée.

Rose se baissa, la prit, et, amusée, elle me fit voir l'objet avant de tirer sur les deux extrémités et de me présenter, dans la gauche, une fourchette, dans la droite, un couteau.

Je ne m'en séparerais jamais. Je faillis me servir une fois de sa lame, pour me défendre, et la peur que j'éprouvai dure encore. Je l'ai porté sur moi longtemps. Maintenant, il est là, sur ma table de travail. Je ne lui attribue aucune vertu magique, mais c'est l'un des rares objets auxquels je tiens.

Les amis, les visiteurs qui regardent mon bureau ne le remarquent pas ; ils s'arrêtent sur mes porte-plume, mes crayons, l'encrier vide devenu presse-papiers, ou sur ces cahiers d'écolier où les mots inventent une réalité au passé. Je me sens le dépositaire de son destin peut-être inaccompli, de couteau sinon de trident. Parfois il m'arrive de me demander dans quelles mains il passera un jour, et s'il connaîtra le sang.

7

Rose Caterina possédait-elle quelque aptitude à la divination, qui, parmi tant de beautés nichées dans les couvents, les églises, les palais de la ville, ne m'avait poussé que vers la chapelle Sansevero ? Il y avait eu du commandement dans son insistance. Je n'eus pas trop de mal à trouver l'emplacement, et comme je ralentissais le pas pour inspecter les façades, la serrure d'une porte massive grinça, et un homme parut sur le seuil : large d'épaules et de poitrine, la grosse tête enfoncée d'oreille à oreille dans l'épaisse collerette du double menton, mais pas dépourvu de noblesse dans son maintien ; il avisa l'étranger et, ouvrant les deux battants, le convia à pénétrer dans l'enceinte.

Dans la chapelle régnait une pénombre rayée de lueurs transversales, ce qui rendait difficile d'y accommoder l'œil. L'exercice allait se répéter à maintes reprises puisque le guide, bénévole, m'assura-t-il, simple gardien des merveilles de son ancêtre, le prince Raimondo de Sangro, allumait et éteignait, à mesure que progressait la promenade pédagogique, des ampoules nues. L'aveu de son illustre parenté avait ajouté à sa démarche d'homme trapu une lenteur majestueuse.

En dépit de l'ardeur de mon enthousiasme — « Je suis en Europe, je suis en Europe ! » battaient à l'unisson la pensée et le cœur —, ni les statues, ni les fresques, ni les deux écorchés que le prince alchimiste aurait réduits, au moyen d'une substance de son invention, à leur squelette pris dans l'entier ramage des vaisseaux sanguins — lesquels, au reste, ressemblent à nos fils électriques enveloppés de plastique —, ni son invention d'un carrosse marin tiré par des chevaux, ne retenaient pour de bon mon attention. Et, dans mon for intérieur, je m'en prenais déjà à Rose lorsque le comte, puisque comte il était, mon cicérone, et d'Aquino — qui me sembla moins petit de taille et moins râblé — abaissa les paupières et, de ses bras courts soudain détachés du corps, fit de ces gestes devant le visage qui disent l'impuissance de toute parole, avant de me désigner d'une main emphatique, tel le chanteur qui s'apprête à entonner l'aria attendue, un rectangle de marbre à même le sol, face à l'autel. « Ici, je me tais », murmura-t-il ; et à reculons, mais d'un pas d'ambassadeur devant un roi, il s'éloigna et s'assit à son petit bureau, près de l'entrée. Son ridicule même était imposant.

Alors, je vis le *Christ voilé.*

8

Certaines choses qui ont captivé nos sens se développent dans le secret de l'âme, et l'intellect croit les saisir, de même que la personne entre veille et sommeil croit comprendre ce qu'elle a entendu. Il n'en est rien. Le temps passe. Un jour, des images se réveillent que la mémoire a entassées dans ses réserves, et la splendeur ou la frayeur dont elles nous ont frappé jadis, se couvrent de mystère. Nous voilà esclaves de celui-ci, qui nous fait sans cesse des signes, nous charme un instant et nous tourmente à souhait, nous privant de la volupté de connaître ce que fut la vérité du moment. Nous avons perdu le don de poser en paix la main sur la terre, de regarder un arbre ou les étoiles sans arrière-pensée.

Qu'ai-je vu d'emblée dans ce bloc de pierre que la patience et la hardiesse des ciseaux avaient rendu tout de souplesse au regard ?

Le voile. Le voile de marbre. Le voile de marbre que l'on eût dit mouillé. Le voile de marbre plié, déplié, se résorbant dans les creux d'un corps captif, d'une subtilité de gaze sur la saillie des veines, si intimes, des membres ou du front ; sur les ressauts du visage vaguement tourné, des genoux fléchis, des pieds à jamais sans sol qui semblent vouloir le tendre, l'étirer, provoquer son glissement, s'en défaire.

J'admirais avec délectation la maîtrise du sculpteur qui, ayant changé en transparence l'opacité de la matière, suscitait l'envie folle d'arracher ce voile qui jouait à masquer la nudité du Christ et ne faisait qu'un avec son corps. Nul artiste ne m'aura donné, jamais, en regard de la technique de Sanmartino dans son Christ de Naples, l'impression d'être allé au-delà du possible.

Dans le suaire fluide, le corps repose sur un matelas bordé qu'il creuse, ainsi que la tête creuse les deux coussins superposés. Ceux-ci — je regrette encore l'inconvenance du rapprochement — m'avaient rappelé les savants du *Gulliver* de Swift, qui se proposent d'attendrir le marbre pour en faire des oreillers.

Calme, comme lorsque le vent cesse et que rien ne bouge dans le verger. Absent absolument, exclu même du sommeil, dehors. Ses lèvres sont closes, elles n'ont plus aucune parole pour nous. Il a tout dit. Il a accompli son œuvre et Il n'est pas monté au Ciel. Il n'a plus de royaume, et loin d'occuper de sa présence divine l'univers, Le voici réduit à ce peu de monde mesuré à sa taille. Environné de silence. Mort. Il ne peut plus rien donner, même pas les douleurs qu'Il a souffertes et nous a laissées en héritage pour que l'on prie le Père et, en leur nom, nous faire absoudre.

Rien que la persistance du marbre. Et pourtant, on sent l'omniprésence du corps, et dans ses bras la force et la douceur inemployées des étreintes ; quelque chose de suave, d'onctueux, d'affectueux infiniment. On dirait que l'artiste L'a drapé de ce voile d'eau nacrée pour, tout entier, sans scrupules, Le caresser de son souffle.

Je pensai à mes années de séminaire, à l'apprentissage de la doctrine telle qu'elle me fut inculquée, m'atteignant pour toujours, car, malgré mon esprit de révolte, un sentiment de culpabilité que je n'aurai pas réussi à effacer, s'est fiché dans mon cerveau, coule dans mes veines : si je crois m'adonner avec plaisir au plaisir, je sens surtout que j'y succombe.

L'Église a la chair en horreur. La Résurrection, l'Ascension, le corps glorieux du Christ, l'Assomption de la Vierge ? Qui, parmi les croyants, y songe ?

Devant le Christ de Naples, je m'apercevais que même dans les occasions où l'on croit à ce que l'on imagine, je n'avais pensé au corps du

Fils de l'homme en compagnie du Père et du Paraclet, avec son poids, ses membres, son visage, ses muscles, sa respiration, ses cheveux, sa voix, et la complexe machinerie des humeurs et du sang.

Seules les mystiques, les femmes mystiques, ces égarées du pur amour, ignorent l'obstacle entre leur chair et celle du Dieu incarné. Elles L'ont vu, le Fils ; elles L'ont entendu. Appellent-elles leur anéantissement dans le supplice, c'est dans l'espoir de plus vite atteindre à cet état de communion où la jouissance ridiculise la pensée ; où, le temps d'une extase, l'instant aura contenu l'infini. Certes, leur traversée de la divinité débouche souvent dans le néant de l'amour suprême envers Dieu : l'amour mort, qui ne désire ni ne cherche ni ne convoite rien : ni Le connaître, ni Le comprendre, ni En bénéficier.

J'en étais là de mes rêveries quand le souffle oppressé du comte d'Aquino se mua en ronflement. Et, tout à coup, jusqu'alors inaperçue, la main droite du Christ, embarrassée de plis, attira mon regard ; le voile de marbre s'y enroulait comme au cœur d'un cauchemar le drap s'entortille autour du poignet. Je ressentais mon corps inerte, noué, incapable de fuir ; je retrouvais les fièvres nocturnes de la petite enfance. Le démon de la nuit avait depuis longtemps oublié ces représentations d'enfermement que la main emprisonnée du gisant me ramenait. Ou, plutôt, il n'œuvrait plus pendant le sommeil : plus rusé, plus maléfique, il introduisait dans mes veilles des affres à la limite de la raison, mais, somme toute, raisonnables : l'asphyxie sans nulle voix dans le cercueil, la paralysie totale, la conscience en éveil.

Je gagnai la sortie et déposai mon modeste pourboire sur le bureau du noble gardien des lieux. Monsieur le comte le rafla sans tout à fait se réveiller.

9

De cette allure résolue que procure la crainte d'être abordé, j'entrepris de suivre toute ruelle montante, dans l'espoir d'aboutir à ce château ou palais aux arcades élancées, qui semblait battre le rappel à l'ordre au-dessus de l'enchevêtrement prodigieux qu'offre d'emblée la ville au voyageur.

Cent fois je le devinai au fond d'une rassurante perspective, et cent fois sa façade se dérobait, tant chaque carrefour désoriente le promeneur et le projette dans tous les sens.

Ce n'étaient que des ateliers de menuiserie,

des échoppes de cordonniers, des boutiques de colifichets bénis, et d'autres à devanture où, sur fond de velours moisi, mais drapé avec magnificence, on exhibait de la lingerie couleur chair dont on vantait la « qualité nylon », ou une veste d'homme aux emmanchures à l'état de surfilage, pour bien montrer le savant dégradé de l'ouate ; et, partout, des enfoncements sombres d'où s'échappaient des pleurs d'enfants, des gens qui vous demandaient l'heure — vieillards étendus sur les marches d'une église, ou des garçons qui, d'un coup d'œil, évaluaient votre montre.

Je finis par atteindre les hauteurs : dans le désordre des toits pointaient des campaniles, des coupoles ; au-delà, le soleil touchait l'horizon, à la portée d'un nageur.

Je vis la courbe du golfe qui tourne pour contenir la ville d'un côté, et de l'autre s'étire à la recherche des îles. Naples était là, tout entière sous mes yeux ; et l'idée traversa mon esprit d'un déménagement nocturne, jadis, derrière les siècles, de populations luttant entre elles pour gagner la meilleure place dans ce plus beau lieu du monde.

Quand je me suis trouvé aux abords de l'hôtel, c'était l'heure où le ciel se baisse sur la mer couchée sur elle-même, l'heure où le bateau fantôme de Capri rêve qu'il croise. Et entre le bleu illuminé et le bleu dormant, pas de soudure.

10

Mme Ferreira Pinto tenait à me faire visiter Capodimonte. Je me rappelle le nez violet et grumeleux du gardien qui la reconnut. Nous nous sommes arrêtés devant les évêques du Titien et les Caravage. Ensuite nous partîmes pour Pompéi.

Ce que fut d'abord un enchaînement de théorèmes, et tant d'efforts paralysés l'un par l'autre pour soutenir les architectures ; ou les chapiteaux, la floraison exquise des colonnes qui ont consommé leur montée et sur lesquelles plus rien ne repose, comment le dire ? En vain, au souvenir de ces ruines — ou de bien des décombres précieux que le temps a jetés en pâture au temps afin de préserver en nous le sens des origines et de l'éphémère —, en vain, j'aurai essayé de changer l'émotion en métaphores. La vision des temples, des portiques que les dieux nous ont abandonnés en nous quittant, nous transporte si loin que l'on ne peut revenir au présent par voie de paroles.

Je ne me suis senti sur terre, dans la lumière de ce jour-là, qu'à l'intérieur d'une maison intacte, avec des patios bordés de galeries ouvertes. Elle me parut familière ; j'y éprouvais le réconfort d'un jeu stable et modeste de volumes et de plans rectilignes ; je me souviens des chambres, de la poterie alignée avec soin dans la cuisine, jarres, vases, gobelets faits pour puiser, pour contenir, pour répandre l'huile, les onguents, le vin : cette main qui écrit les a palpés, elle reconnaîtrait leur texture d'une austérité aimable ; je me souviens d'un petit bassin, de la rumeur indécise du filet d'eau qui y tombait, d'une colonnette surmontée d'une tête de faune, du carré de ciel par-dessus. Avais-je retrouvé l'archétype de la maison entr'aperçue lors du passage à la vie ? On est facilement platonicien à Pompéi.

Je me souviens de la confluence en moi de tous les sens, de la pure sensation du passé irrémédiable et de l'instant, alors qu'au fil des années la mémoire, peuplée de littérature, ne cesse de fouiller dans ses dictionnaires estropiés avec l'espoir de prêter une forme embellie au souvenir.

Une glycine en fleur s'enroulait aux poutrelles de la pergola sous laquelle Mme Ferreira Pinto et moi déjeunions. À la fin du repas, ma protectrice brésilienne inscrivit sur sa carte de visite son adresse parisienne ; elle habitait rue Montpensier et, bon an mal an, elle y rencontrait, assez souvent, mais toujours devant la loge de la concierge, Jean Cocteau. Il lui posait, chaque fois, des questions sur les Tropiques et lui faisait, en voisin, la promesse de l'inviter au Véfour, qu'il ne tint pas, qu'au reste elle fréquentait, et où elle payait, elle.

Près de quarante ans plus tard, je songe au calme bienheureux de Pompéi. Les guides, rares, ne conseillaient pas encore d'éviter le piège à touristes à proximité du parking : il n'y en avait pas, aussi ne pouvaient-ils satisfaire leur instinct immémorial de *combinazione*.

L'étendue de solitude et de silence que la beauté, et davantage la beauté en ruine appelle, demeurait inentamée. Et le soleil de mars était jeune.

11

Quel moment solennel que celui où le train commença de ralentir ! Nous arrivions à Rome. Un signal lancé j'ignore par quel ange, m'avertit que la misère m'y attendait. Ma jubilation s'assombrit ; les nerfs, seuls, la soutenaient. Pendant deux jours, j'avais été pris en main par Rose Caterina et par Mme Ferreira Pinto qui, sur le siège en face, promenait le miroir de son poudrier considérant son visage imperturbable. Je ne les aurai revues ni l'une ni l'autre. Nos au revoir, nos promesses et nos « à bientôt » ? Des adieux.

La mémoire se défait, se démaille, on ne sait comment ni pourquoi, mais, soudain, elle s'accroît et, autour d'un événement qui, semblable à un rêve, s'était réduit à quelques clichés, elle prodigue mille détails et, les ordonnant avec cohérence, anime la durée autrefois réelle. Ainsi entrevoyons-nous ce qu'elle a enregistré en cachette. À moins que, aucun moment n'étant proprement nôtre, de même que les aventures du sommeil, le souvenir, entretissé par les mots, ne renaisse différent, tapis de Perse méticuleux et irréel.

Sollicitées aujourd'hui par mon vouloir, les deux journées napolitaines je les ai enfin vécues, tandis que de mon arrivée à Rome, mon premier but, restent à peine des instantanés. Ne sachant pas pratiquer le baisemain, lequel supplée avec avantage aux formules de politesse et évite des erreurs d'étiquette, Mme Ferreira Pinto accepta que je l'embrasse ; et je songeai à ce Buenos Aires, déjà si loin, où, par crainte de la police disséminée et omniprésente, on se chuchotait des avertissements, lorsqu'elle me susurra à l'oreille : « Ne retournez jamais », en même temps qu'elle glissait une enveloppe dans ma poche.

Ensuite, je me vois sur un trottoir, près de Stazione Termini, une valise dans chaque main, en train d'attendre le tramway. Rose avait trouvé, parmi ses connaissances, un couple qui me prendrait en demi-pension. La gorge desséchée, le corps noué, toute l'Europe devant moi, mais aussi invisible que je l'imaginais de l'Argentine, et si seul que j'aurais pu me dispenser d'être moi-même.

Et pourtant, à peine installé dans le tramway avec mes bagages, je ne me tenais plus de fierté. Pour expliquer l'absurdité d'une telle explosion de joie, fallait-il que je fusse inconscient et qu'une sacrée dose de foi dans l'avenir intime m'animât : « Nous sommes à Rome, nous sommes à Rome ! » chantait dans ma poitrine une petite voix, celle de l'enfant essayant d'encourager l'adulte qu'il avait rêvé d'être.

Or, à mesure qu'on s'éloignait de la gare, à part quelques vestiges à l'abandon, on pénétrait dans un quartier auquel même l'épithète « récent » ne convenait guère : des immeubles de quatre ou cinq étages surgissaient au milieu d'un ensemble de maisonnettes aux murs décrépis, de magasins aux vitrines tristes, aux enseignes rouillées ou repeintes avec maladresse, et à un croisement de rues — dans un coin, une pizzeria, dans l'autre, un bar où, attablés sur le trottoir, des vieillards jouaient aux cartes — je me retrouvai, pour ainsi dire, dans la banlieue de Buenos Aires. Je sentis que l'âme se rapetissait, qu'elle s'échappait ne laissant derrière elle que, tout juste, un corps dont la poitrine se soulevait avec force, pour retenir les larmes. Les cris que l'on n'a pas poussés, où vont-ils ? Existe-t-il un lieu d'accueil pour les cris qui meurent dans la bouche ? Et l'enfant continuait de répéter : « Nous sommes à Rome, nous sommes à Rome », dans les interstices de l'affliction — je l'eusse égorgé.

Il est toujours mon bourreau, et moi, sa victime consentante. Je fais la sourde oreille, mais en vain. Il rêvera de moi, comme hier, cette nuit. Il est ce qu'il était. Il n'a pas grandi. Sa foi d'enfant ignore les dégâts de l'expérience et les manières de l'espèce. Il veut remplir la vie de tous les pas possibles, bien qu'il ignore les chemins ; il pense que les chemins, ce sont les pas qui les inventent. C'est lui qui, pour mon malheur, me conduit. Maintenant, son caprice voudrait que je noircisse une page vierge qui m'attend et pourrait justifier les précédentes, et nous justifier tous deux.

Je défaillais quand, me haussant sur la pointe des pieds, il appuya sur la sonnette des époux Mariotti.

12

M'attendaient-ils avec impatience ? La porte s'ouvrit à l'instant. Avant de répondre à mon bonjour, côte à côte ils s'appuyèrent chacun d'une main au chambranle pour me barrer sans doute l'entrée au cas où l'examen de l'étranger et de ses valises n'aurait pas emporté leur conviction.

J'ignore ce qui me frappa le plus chez la femme, de la petitesse de la tête que la coupe des cheveux à la garçonne rendait invraisemblable, en regard de l'opulence de la poitrine — un corsage tendu à craquer effaçait le creux entre les seins —, ou de cette grimace amère de gamine contrariée qui menace d'éclater en sanglots, dans laquelle sa physionomie semblait s'être figée une fois pour toutes. Quant à l'homme, il me parut feindre une certaine méfiance à mon égard pour contenter sa femme, laquelle, d'évidence, le bridait. Bredouillait-il un mot, Mme Mariotti s'empressait de lui couper la parole, et ce fut elle qui énuméra les conditions de mon séjour : le prix de la demi-pension, le paiement par avance de la semaine, l'horaire des repas et l'obligation de rentrer avant minuit. Je marquais mon assentiment d'un hochement de tête, y ajoutant, par lâcheté, un sourire au moment où, se détachant de la cretonne à fleurs rouges et jaunes qui garnissait l'intérieur, une figure d'outre-tombe s'avança vers moi pour délivrer le même regard éteint de l'homme qui fronçait ses paupières diaphanes de volatile, sans pour autant me fixer de ses yeux.

La tête branlante, le pas raide, le visage tout en os et de l'ivoire des crucifix, hiératique et d'une bizarrerie saisissante, elle écarta de sa canne le couple, et ce fut elle qui me reçut. C'était elle l'autorité ; elle, qui tenait les cordons de la bourse ; elle, qui empocha la semaine et, toujours de sa canne à pommeau d'argent, ouvrit d'un seul coup le rideau séparant la pièce principale d'une sorte d'alcôve — la « chambre » qui me revenait, où tenaient de justesse un maigre lit de fer qui laissait pressentir les grincements du sommier et, en guise d'armoire, deux planches verticales que maintenait debout un croisillon en lattes de plancher. Aucun autre objet, ni lampe ni même une simple ampoule ; seule, une petite fenêtre carrée mettait de l'agrément, et si au lieu de s'en approcher on se mettait à distance, si tant est qu'on le pût dans ce réduit, on apercevait le ciel.

À ce propos, je me souviens de la peur que j'éprouvai la nuit où la vieille dame, le visage éclairé par une minuscule lampe de poche suspendue au cou, buta contre mon lit ; elle s'y agrippa d'une main, brandissant très haut un pot de chambre, et, l'équilibre rétabli de justesse, elle en déversa le contenu sur le jardinet des voisins.

Avant de défaire les valises, et comme sans y penser, j'avais pris la décision de chercher au plus vite un autre logement ; cette fois-ci, ce serait vraiment à Rome. En l'absence de tiroirs, voire d'étagères pour poser les chemises, les effets de toilette, je ne sortis de mes bagages que les vestes, les pantalons et le pardessus en poil de chameau, cadeau d'un ami de très forte carrure, que je pouvais, à la limite, porter sur les épaules. Il fut cause de ma première, et grave, mésaventure romaine ; mais, en l'occurrence, je constatai qu'il rassurait mes logeurs.

Aurais-je le courage de tirer le rideau alors que M. Mariotti et la vieille dame s'assoupissaient dans leur fauteuil, au fond de la pièce, en face de moi ? Quand cessèrent les cliquetis de vaisselle, un silence plein se fit. Depuis que vers ma douzième année, triomphant de la volonté de mes parents, je quittai la ferme pour le séminaire, je ne me suis senti nulle part à ma place ; je me sens un intrus qui doit mériter d'être là où il se trouve, se rendre, à force d'adéquation aux exigences ambiantes, irréprochable. M'attribue-t-on du courage, c'est du désespoir. Sauf dans l'intimité, je donne le change ; ceux qui devinent ma faiblesse, devinent en même temps qu'ils me perdraient à en vouloir profiter ; et qu'ils auraient tout à perdre à me heurter de front, car je tire ma force d'une adhésion sans réticence à la destinée, d'une loyauté envers les choses de la vie, qui m'étonne moi-même. Depuis longtemps je sais que celle-ci ne paraît pas, très souvent, un accomplissement aux yeux du monde ; moi, j'accepte la réalité et ce qu'elle implique de luttes et, peut-être, à la fin, d'ombre.

Mais pour le jeune homme échoué dans la banlieue romaine, son destin à lui devait aboutir à la gloire, d'où sa détresse. Quand on n'a personne à qui se confier, à qui demander le secours d'une parole, le désarroi ressemble à ces cauchemars où, sous quelque menace — un serpent, un poignard —, on perd toute possibilité d'agir. Il en sortit de façon inattendue, grâce au regard de Mme Mariotti, qui creusa la semi-pénombre et tendit entre elle et lui une passerelle sur laquelle, un instant, ils se rencontrèrent : oui, parce que c'était le premier jour, il pourrait partager avec eux le repas du soir.

Il dormit mal, de crainte de ne pas se lever assez tôt. On ne le retrouverait qu'apprêté, attendant le café au lait. Il partait de bon matin, revenait à midi tapant et, le déjeuner fini, repartait. Il se gardait de rentrer à l'heure du dîner, auquel il n'avait pas droit, bien que curieux de l'attitude que la famille, attablée, adopterait en sa présence. Et lui arrivait-il de trouver Mme Mariotti en train de repriser, il s'asseyait au bord du rond lumineux du plafonnier, un livre à la main. Il commençait à découvrir Rome. Dans son euphorie, il crut à des retrouvailles entre la ville et lui, à une reconnaissance et une acceptation réciproques. Il contempla la ville des belvédères du Janicule et décida de louer une chambre dans les environs. Il en dénicha une au-delà de son espoir : de sa fenêtre, dans les dernières lueurs du couchant, les coupoles orangées rayonnaient de toute la lumière accumulée pendant le jour.

Il paya d'avance le loyer d'un mois ; presque tout son argent y passa, mais il regagnait la banlieue sordide dans un tel état de bonheur, qu'il devait le tempérer dès qu'il franchissait le seuil des Mariotti. Il fut toujours à l'heure. La table était mise. Un petit poste de radio éteint entre eux, auquel ils paraissaient attentifs, M. Mariotti et sa mère patientaient. Elle avait je ne sais quoi d'une aristocrate, disons, de l'idée que je m'en étais faite, enfant, en lisant les romans de Max du Veuzit ; lui, en revanche, tout l'air d'une marionnette en caoutchouc ; on eût dit qu'il retenait son buste de ses bras croisés en permanence ; il ne les ouvrait qu'en prenant place à table, le temps de dévorer les macaronis à la sauce tomate que sa femme servait à la louche, et à profusion : les pâtes, ou, plutôt, les macaronis, puisqu'il n'y eut pas de variante au cours de la semaine, étaient le hors-d'œuvre, le plat principal, le dessert. Du moins pour le locataire : un jour qu'il rentra à l'improviste aussitôt que sorti, la maisonnée était en train de se partager les quartiers d'une orange.

Une brève dispute, à l'évidence aussi rituelle que ce genre de pâtes, éclatait après que la vieille dame les avait goûtées, selon que sa bru avait mis trop de sel ou pas assez dans l'eau de cuisson, reproche qu'elle lui adressait par l'intermédiaire de son fils, qui le répétait à sa femme, qui rétorquait qu'à l'avenir elle n'en mettrait pas du tout. Et le silence de retomber : c'était le silence qui ouvrait la bouche, mâchait, ingurgitait.

Pourtant, le jour de son départ, quand tous les trois lui souhaitèrent bonne chance, et que la vieille dame poussa du coude son fils pour qu'il se lève, il ressentit une certaine émotion ; très brève : dehors, les nuages coulaient à l'horizon, le ciel s'ouvrait, fleur immense et fluide, et déjà le tramway familier se laissait entendre — pour la dernière fois.

13

Des Mariotti, j'en trouverais sous bien d'autres patronymes, avec ou sans grand-parent à demeure, dans les logements provisoires qui allaient m'abriter au fil des quelques mois passés à Rome. Aussi différents fussent-ils de nature, ils se ressemblaient tous, surtout par l'accueil qu'ils me réservaient, où la méfiance cédait à la résignation, comme si une instance supérieure leur eût intimé l'ordre de m'admettre chez eux.

C'était une pauvreté extrême qui obligeait grand nombre d'habitants de Rome à partager leur intimité avec des inconnus, afin d'arrondir, dans le meilleur des cas, une pension de retraite misérable. La guerre avait bloqué leur existence ; l'après-guerre s'étendait encore sur la péninsule. Tous avaient perdu des proches et, parfois, un enfant, leur seul espoir. Un jour, on leur avait notifié sa mort, le nom du lieu où il était tombé, sans leur restituer son corps. Ainsi, ils persévéraient dans l'attente d'un retour miraculeux, car, le deuil inaccompli, toute initiative eût relevé de l'impiété. D'où leur humeur acariâtre si vous interrompiez leurs ruminations, leur gravité recueillie, parce que vous aviez besoin d'un renseignement, ou d'une clé. Ils s'en allaient, s'en allaient, vers l'endroit et la circonstance impossibles à imaginer, où la mort leur avait ravi l'être aimé, et leurs gestes étaient devenus lents, silencieux. Ils s'en allaient, s'en allaient, entre la componction et l'impossibilité de sortir de leur douleur sous le regard du conjoint : personne, personne ne peut modifier son comportement devant celui avec qui l'on partage une grande détresse.

De tout cela, je n'avais rien soupçonné chez les premiers Mariotti, mais ceux du Janicule m'avertirent d'emblée que je devais prendre le plus grand soin de la chambre qu'ils me proposaient. Pour renforcer son avertissement, l'homme laissa échapper qu'ils me donnaient celle de leur fils. Sa femme détourna le visage et quitta la chambre à petits pas.

Installé, j'écrivis enfin à ma mère. Certes, je ne me rappelle pas le contenu de la lettre ; j'ai dû m'y montrer heureux ; lui raconter la traversée, Rose Caterina, Naples, et lui faire part de la bonté de Mme Ferreira Pinto, en qui j'avais trouvé une seconde mère : mots, ceux-ci, que, dans sa réponse, ma mère reprenait, l'air d'avoir éprouvé du réconfort à les lire.

Avais-je voulu la rassurer ? Faible excuse. Revenue de loin — chaque lettre formée par ma mère avec le souci d'une écriture nette à l'œil, qui, sans y atteindre, aspirait à la calligraphie —, la petite phrase s'est plantée en moi pour traverser de part en part ma vie. Jamais je ne me suis senti à ce point renvoyé à ma propre honte.

Un jour on s'aperçoit que ce ne sont pas les grands événements de notre existence qui composent notre ciel ou notre enfer ; et, surtout, que seul compte ce dernier : chacun a-t-il son paradis secret, il jouxte l'enfer, l'autre jardin où fleurit la rose de fer éternellement rougie pour le marquage des âmes.

Souvent, parce que le mal qu'on a fait s'accroît d'avoir échappé au contrôle de la volonté, le souvenir d'un acte sans importance se révèle criminel, et l'on apprend que, au moment de le perpétrer, aussi insignifiant nous parût-il, notre virtuelle, ensommeillée, affamée nature de monstre s'est dévoilée. On comprend que les mots les plus anodins ont des racines qui plongent dans ce tréfonds de l'être, d'où ils ramènent les désirs les plus secrètement intenses, ceux que personne ne devine, qu'on ignore soi-même, et qui grandissent comme la graine de sénevé de l'Évangile, la plus petite des semences qui, à mesure qu'elle pousse, prend l'allure d'un arbre.

Une parole revient que nous avons prononcée, qui est sortie de notre bouche, et on se surprend en train d'agir — autrefois, mais le même — à l'encontre de ce que l'on croyait aimer. En cet instant de tardive lucidité, notre intime réalité, toujours lointaine, nous rattrape, et la conscience, que plus rien n'oriente, cherchant à s'échapper, se cogne aux parois du crâne.

Depuis que j'essaie de me débusquer par la voie de l'écriture, j'évoque ma mère, dans l'espoir de m'acquitter d'une dette de reconnaissance. J'essaie d'imaginer sa vie de paysanne, toute perspective bouchée ; lorsqu'elle ressurgit, elle emmène avec elle une clarté qui irradie de son visage ; elle est toujours en train d'accomplir quelque tâche, au souci de bien faire, jamais de fête, et son effort passe inaperçu ; dans le ressouvenir, la vie paraît simple, et même juste.

Si aimer c'est de ne voir que ceux qu'on aime et dans tout le reste alentour, les autres y compris, la réalité telle qu'elle s'offre, je me dis que les mères, seules, possèdent ce pouvoir, ou en subissent la malédiction. Au fond, celui qui, en toute circonstance, s'est préféré, ne pardonne pas à celle qui lui a donné le jour, de l'avoir aimé sans contrepartie.

Enfant, comme elle leva la main pour me punir, qu'elle n'aurait pas abattue sur mon visage, je levai ma main sur elle. Longtemps je me suis remémoré ce geste comme la plus grande offense que j'avais infligée à ma mère, mais la colère de l'instant diminuait sa portée.

En revanche, la petite phrase où, dans ma lettre, j'attribuais à Mme Ferreira Pinto un rôle maternel, je n'aurais pu rien trouver de pire pour la meurtrir. Et s'il n'y allait que du sacrifice de tout ce qui m'attache encore à la vie, je ne sais pas à quoi je renoncerais pour que ces mots qui m'avilissent ne lui aient fait le mal que je suppose.

Quand, de si loin, je regarde à l'envers le chemin parcouru, il me semble discerner des figures, des présences parmi les décombres d'un labyrinthe dont le dessin s'est effacé. La seule chose qui s'en détache, c'est le fil que son amour a noué à mon poignet et que la mort n'a pas coupé. On aimerait tant pouvoir dire, avec les disciples du Christ qui s'en va : « Reste avec nous, car le soir vient et déjà le jour baisse. » Mais il est tard, il est trop tard. Et c'est ainsi que dans le pâle domaine où errent les Ombres, ma mère, qui l'ignore, continue de m'écrire : « Je suis contente que tu aies trouvé une seconde mère. »

14

Le croira-t-on ? Lors de mon arrivée, Rome était, dans son ensemble, une ville sombre et, cependant, sans danger. Certes, l'ivresse de m'y trouver, de regarder de ma fenêtre la nuit se confondre avec les pins et se refermer sur les coupoles, avait dû me rassurer. Voisin du Tibre, je n'avais pas tardé à découvrir sa rive droite où, entre le pont Sisto et le pont Sant'Angelo, les *ragazzi* qui avaient jadis honoré des empereurs et revenaient maintenant dans les pages de Pasolini, guettaient le promeneur, qu'ils fouillaient de leur regard, et davantage la voiture qui ralentissait. Frôlait-elle le trottoir, il m'arrivait de sursauter, tant le bruit râpeux des pneus me renvoyait aux rues de Buenos Aires, sillonnées par une police à l'affût des solitaires, qu'elle emmenait au commissariat, histoire de se faire valoir et d'ajouter une prime à ses appointements. Ici, il s'agissait d'une cérémonie : souvent, pour encourager la convoitise des garçons, l'homme au volant allumait une cigarette dont il aspirait profondément la fumée, ce qui avait d'abord pour effet de répandre la lueur favorable de la braise sur son visage, et, ensuite, par la vitre baissée à demi, l'arôme des « américaines » qui grisait les prostitués bon enfant de l'époque.

La lumière jaune et très intermittente des lampadaires, entaillait la nuit, couperet brusque sur le flâneur qui, sorti de l'ombre, y rentrait aussitôt. Les *ragazzi*, je l'apprendrais bien vite à mes dépens, n'accordaient guère la primauté au visage du client éventuel, mais, primo, à sa voiture, et, secundo, à défaut de voiture, à la tenue que rehaussait l'assurance de son maintien ou dévalorisait son manque de prestance, toutes choses qui leur permettaient de supputer le profit pécuniaire de la soirée.

Soudain, suspendu au regard de l'autre, l'un s'avance, circonspect, s'arrête à quelque distance, marque une indécision, rebrousse chemin, se repent, et les effluves du désir pèlerinent par toutes sortes de détours, jusqu'à ce que l'imperturbable cède aux instances du quémandeur ou lui oppose un refus sans appel. Patients, et comme hypnotisés dans leur guet, certains avaient des clients à profusion ; d'autres luttaient pour en obtenir ; ils étaient le rebut qu'on cueille, à bas prix, vers l'aube.

Toujours prêt à me précipiter dans les basfonds, je passais, altier, sans chance aucune, trop timoré, si elle s'offrait, pour la saisir. J'avais à cœur de me singulariser, et m'adressait-on la parole, fût-ce pour me narguer, courtois je souriais : la courtoisie était, et demeure, ma façon de dissimuler mes frayeurs, et aussi de freiner mes colères. Je ne sais plus si je rencontrai Orazio le premier soir où je m'aventurai dans les parages, si ce fut le lendemain, ou plus tard. La mémoire conserve-t-elle ce qui deviendra utile, ou est-ce la vie qui s'échine à rendre utile ce que la mémoire a conservé ?

J'étais sorti de la zone d'ombre et, de loin, j'avais aperçu sa longue silhouette au coin du pont Sant'Angelo ; arrivé à sa hauteur, je l'avais dévisagé sans m'attarder et poursuivis mon chemin. D'un coup — je venais de capter avec retardement ses traits —, je m'arrêtai sans me retourner. Comme on entend parfois en rêve le pas du malheur qui approche en aiguisant ses armes, j'entendis le sien.

Nous nous regardâmes ; il me scruta ; j'eus l'impression qu'il cherchait à s'assurer si j'étais bien l'envoyé dont il eût attendu quelque message, ou de ces marchandises qui ne prennent pas de place dans une poche. Ses joues creuses atténuaient la pâleur de son front, tandis que les cheveux aile-de-corbeau, drus, en bataille, l'exaltaient. Il dépassait de la tête mon mètre quatre-vingts. Ce ne fut pas la première fois que je me demandai si deux individus de taille aussi différente pouvaient se lier d'amitié, le petit sans cesse obligé de lever ses yeux vers celui qui le regarde tout à son aise.

Nous n'avions pas échangé un seul mot lorsque, de son index, il tira sur sa lèvre inférieure qui, lâchée, claqua, geste visant d'ordinaire à distraire le bébé de ses pleurs, ou à prolonger sa joie, et qui, chez lui, était plutôt un signe, sinon de folie, du moins d'imbécillité ; par surcroît, il ouvrit la bouche, le visage crispé, comme on retient un bâillement ; ses incisives étaient d'un fauve au repos.

J'allais faire demi-tour, mais il posa, avec une suave fermeté, sa main sur mon épaule, et nous voilà en train de marcher côte à côte, avec une lenteur qui sans doute convenait aux circonstances, et encore plus à une sorte de claudication qui, à cause de sa stature, donnait à Orazio l'air de se méfier du sol.

Nous marchions, nous marchions, nous suivions des rues qui ne nous conduisaient nulle part, ou, peut-être, moi, à un piège. Seuls comptaient le moment, et la tiédeur de sa main près de mon cou. Tout à coup il l'enleva, et je me sentis tomber dans ce puits de solitude où, aujourd'hui, j'envoie les mots chercher la phrase et la cadence.

Avait-il décidé de m'emmener dans un endroit précis ? Nous revînmes vers le pont Sant'Angelo. Il me prit le bras ; c'était moins bien, d'égal à égal ; il avait cessé de me protéger. Nous passâmes le pont. Il semblait moins irrésolu, moins absent. Une manière de beauté éclaira son visage au moment où il fit entendre sa voix. En fait, sa voix résonna tout à coup, comme lorsqu'on allume la radio et que l'on tombe sur quelqu'un qui est en train de parler depuis un certain temps. Orazio poursuivait un soliloque que ma présence avait interrompu et qui, sans doute, circulait en permanence dans son cerveau. Il évoquait le charme des toiles peintes, la science des éclairages, et, parmi bien d'autres remarques concernant l'acteur, ce qu'il appelait « l'art du cri » : le cri ne devait, selon lui, ni devancer ni accompagner la contraction des muscles, mais se faire entendre derrière le masque, en écho.

Je crus à une amicale conspiration du sort : si l'Italie n'était pas mon but, j'espérais cependant suivre à Rome des cours de mise en scène dans une école à laquelle j'avais envoyé une demande d'admission dès mon arrivée, et que Giorgio Strehler, de passage à Buenos Aires, m'avait indiquée comme la seule où un grand homme de théâtre dispensait ce genre d'enseignement.

Je me souviens des eaux mortes du Tibre, de leur scintillement verdâtre, des rives, ici et là, à découvert où poussait le chiendent, d'une muraille arrondie et crénelée ; d'un boyau de rues en pente raide ; d'une allée majestueuse de pins parasols ; de maisons que rendait perceptibles la lumière ténue d'une lanterne, au milieu de jardins ; de clôtures où alternaient barreaux de fer et pilastres, avec le bruissement de papier des bougainvillées ; du parfum furtif du chèvrefeuille, et de nous deux assis sur la même marche d'un très long et très étroit escalier de brique, cernés de verdure.

Quel dessein nourrissait-il ? Dans ce genre de rencontres, si on choisit un lieu où l'on ne risque trop d'être surpris, c'est pour se libérer d'une envie. Or, entre nous, pas d'attirance charnelle, tout au plus, et encore, en ce qui me concernait, la sensualité paisible que certaines amitiés engendrent, et dans laquelle les amours trouvent le mélancolique prolongement de la tendresse, ce sentiment qui se souvient de la passion, auquel l'âge se résigne.

Il parlait, il parlait ; il décrivait des spectacles improbables aux décors impossibles ; et l'emphase qui s'emparait de lui, si elle accélérait son débit, ne troublait pas la basse continue de sa voix, ni les sons rauques mêlés de larges aspirations et expirations dans l'emportement ; sa voix grondait dans sa poitrine, tourbillonnait. Jouait-il pour ce témoin que le hasard lui avait offert, avait-il reconnu en moi le spectateur susceptible de grimper à ses échafaudages de fantaisie ? Je n'étais qu'un faire-valoir. Rien, dans ses propos, de ce qu'il portait en lui de blotti, de souterrain, ni de cette noire folie qu'une inflexion chantante qui se termina en hoquet, entre pleurs et rires, rendit évidente.

Malgré le besoin éperdu de partager ses utopies, son discours, tout de guingois, me décourageait. Néanmoins, il eut une phrase qui fut le don de cette nuit et qu'il prononça en détachant les mots : « Il n'est pas à l'art d'autre origine que le souvenir du paradis perdu, mais le grand art ajoute à la nostalgie de sa perte, l'espoir du paradis retrouvé. »

Un oiseau chanta. Orazio se leva d'un bond. Je me sentis dans un état d'abaissement, de dépossession ; à l'égout, les songes de notre déambulation nocturne, les émois. Tout autour de nous, Rome cachée par les lauriers, et le ciel qui revenait plein de petits nuages frisés qui escortaient la lumière. La journée allait commencer ; le soleil prendrait d'assaut la courbure des coupoles. Et je devrais m'atteler de nouveau à la quête urgente des issues. Je n'avais devant moi que quatre semaines de vie assurée.

Pourtant, je ne craignais pas de ne pas être celui que, dans ma déraison, contre vents et marées, je serais.

Orazio m'accompagne au Janicule. Je lui indique ma chambre, au deuxième étage. J'attends en vain qu'il me fixe un rendez-vous. Je monte. J'ouvre la fenêtre. Il est resté sur place. Selon le souvenir, il rapetisse dans mon regard ensommeillé, puis, il se perd au fond d'une perspective dont les lignes se rejoignent et, pour finir, l'avalent.

15

Sans domicile fixe, j'avais surmonté ma répugnance et m'étais rendu à l'ambassade d'Argentine afin que l'on prît soin de mon courrier. Une femme aux cheveux grisonnants qui, d'évidence, avait le goût de la toilette, me dévisagea, l'air surpris, comme je montais les marches qu'elle descendait. Nous avions fait connaissance à Buenos Aires, chez des gens de théâtre aimant à recevoir aussi bien ceux qui brillaient au pinacle, que, de crainte de rater une découverte, les promesses qui se dessinaient à l'horizon.

Auteur de feuilletons radiophoniques, le tournage d'une histoire de son cru, en Italie, l'avait hissée, le temps d'une saison, au rang des intouchables, en dépit d'un pseudonyme où le prénom, Malena, héroïne d'un tango célèbre, jurait avec le patronyme hongrois, Sandor.

Elle se rappelait nos opinions touchant au néo-réalisme, et qu'elles divergeaient sur tous les points, le visage d'Anna Magnani excepté, ce qui avait scellé entre nous une sorte de complicité, car nous étions les seuls, dans cette soirée, à soutenir que l'actrice imposait une beauté inédite sur les écrans. Avec son visage « à la Picasso », avait-elle dit, elle deviendrait l'une des figures du siècle, avant d'ajouter, avec un sourire où se peignait la victoire remportée sur les réticents, que la nature finirait par imiter l'art.

À Rome, où elle revenait pour discuter des modifications d'un scénario requises par son producteur, elle se plut à me donner des conseils, à ses yeux, indispensables : si je voulais m'ouvrir un chemin dans le milieu du cinéma, voire du théâtre, il fallait que j'habite l'un des grands hôtels de la ville, la chambre la plus modeste, certes : seule l'adresse comptait, et les pourboires distribués avec discernement, mais d'emblée, au personnel. S'étonna-t-elle de mon allusion à l'obscurité qui enveloppait Rome, le soir tombé ? Elle, elle ne fréquentait qu'un quartier très éclairé. Était-il possible que je ne connusse pas Via Veneto, le seul endroit où il fallait se montrer ? Un salon, un véritable salon illuminé, j'en serais ébloui. Elle m'inspecta des pieds à la tête, et jugeant sans doute convenable ma tenue, elle ajusta ma cravate.

Des nuages rouges rôdaient derrière la Porta Pinciana, que ne tardèrent pas à dissiper des nuées d'orage ; un grondement de tonnerre lointain, à ras du sol, s'éloigna ; et Malena Sandor, en familière des lieux, se composa une allure désinvolte, une main dans la poche en biais de sa jupe, l'écharpe de mousseline jetée par-dessus l'épaule, de sorte qu'elle se détachait de son corps et flottait derrière elle dans la marche ;

elle adopta une expression un tantinet ironique et, comme poussés par un régisseur, nous nous engageâmes Via Veneto d'un pas résolu ; la brusquerie de ses arrêts pour s'exclamer ou rire afin de ne pas passer inaperçue, semblait réglée d'avance.

Je ne trouvai pas arbitraire la métaphore de Malena, qui établissait une analogie entre cette rue et un salon, lorsque j'aperçus les petites tables aux nappes de ce rose qu'on appelle « abricot », et les fauteuils en osier peint en blanc, installés d'un côté et de l'autre du trottoir ; celui-ci était assez large pour ménager un passage aux promeneurs qui défilaient ainsi entre deux haies, et suffisamment étroit pour favoriser de ces encombrements qui permettent au flâneur autant qu'au consommateur, d'attarder son regard sur telle ou telle figure avec une insistance qui, d'être contrainte, disculpe l'indiscrétion.

Je ne reconnaissais personne, même pas ceux que l'écran avait rendus populaires, quand une femme enturbannée qui fouillait dans son sac à main se redressa, et je vis le sourire écarlate, dessiné au bistouri, de Gloria Swanson. Elle tournait *Les Week-Ends de Néron* — où une inconnue, Brigitte Bardot, jouait Poppée. On dit qu'ayant pris au sérieux, en toute innocence, le rôle d'Agrippine, elle aurait par la suite engagé un procès contre le producteur et le metteur en scène, car on lui avait dissimulé le caractère du film et mis à profit ses grands airs de tragédienne du muet, renforçant à souhait la loufoquerie du film.

Dans le hall de l'Excelsior, une autre légende m'attendait, mais celle-ci à jamais mangée aux mites : Francesca Bertini, *prima donna assoluta* du cinéma italien — entre 1912 et 1920. Assise dans un fauteuil à haut dossier, à quelques pas de l'entrée, on l'eût dite exposée au public comme une attraction ; à première vue, elle avait tout l'air d'une impotente que le spectacle de la rue amuse. Dans le va-et-vient des habitués de l'hôtel, personne ne pouvait ignorer sa présence : une main abandonnée sur l'accoudoir, l'autre qui effleurait à peine la tempe ; souvent, elle adressait un salut épiscopal à quelque inconnu qui, un instant déconcerté, s'empressait de poursuivre son chemin ; puis, elle reprenait sa pose pour daguerréotype, et les moulures dorées du siège la couronnaient. Alors, il émanait de son maintien une atmosphère d'éternelle solitude.

En haut des marches, dans l'espoir de trouver des connaissances, Malena Sandor jetait à droite et à gauche l'œil de la poule qui cherche à dénicher des miettes ; elle n'avait pas aperçu la Bertini, laquelle, à en juger par le léger remuement de ses épaules et les sourcils soudain arqués qui creusaient les rides de son front, l'attendait. Je l'avertis, et voilà que tout d'un coup elles échangeaient une embrassade de personnages gothiques où le geste, réduit au symbole, préserve, entre deux femmes, le maquillage.

Malena me présenta à Mme Bertini en des termes dont je ne compris ni le sens ni la portée, s'ils présageaient d'un piège : loquace, elle vantait pêle-mêle ma qualité de poète, ma compétence en matière de traduction et mon expérience en « ce genre d'affaires », toutes choses qui faisaient de moi la personne idéale pour mener à bien certain projet de Mme Bertini. Sans doute l'avait-elle assurée de sa collaboration et se servait-elle de moi pour se dégager de sa promesse. Elle allégua un rendez-vous avec son producteur, et profitant de l'entrain qu'avait suscité en elle sa propre volubilité, elle gravit les marches qui séparaient le vestibule du salon — auquel, tout au fond, dans un étroit prolongement, des tables collées contre le mur, avec de petites lampes à abat-jour d'opaline verte, donnaient un aspect grave de bibliothèque.

La Bertini me fit signe d'approcher un pouf; il était si flexible que, jambes repliées sur un côté, genou frôlant le sol, je devais ressembler à un page aux pieds de sa reine. Elle n'essayait pas d'adapter à l'époque sa face lunaire, bien que sous la blancheur compacte du fard, une prolixe résille de plissements transparaissait en quadrillé, surtout autour de l'oreille. À la manière de Greta Garbo, le dessous de l'arcade sourcilière, qui seul était ombré, procurait aux paupières une profondeur de trompe-l'œil.

Ainsi donc, elle me confia son désir de remonter sur les planches, et son regret de les avoir un jour désertées ; elle en éprouvait un véritable chagrin, elles étaient sa passion, jamais assouvie depuis l'invention du cinématographe. Maintenant, elle voulait jouer *La Dame aux camélias*, mais pas en Italie où les metteurs en scène préféraient désormais les soubrettes pour le rôle de Marguerite ; elle jouerait en espagnol, d'abord à Barcelone, ensuite dans toute l'Amérique du Sud.

Un frémissement subit remplit de tics son visage, sa gorge palpitait, on eût dit que tout le réseau de nerfs, comme sur le point de percer sa peau, allait subtilement l'ébranler — et les perles aussi grosses que des œufs de caille de l'interminable sautoir qui lui entourait le cou, la poitrine, et descendait jusqu'à sa taille, produisaient en s'entrechoquant un tintement de grelot en désaccord avec la douceur apparente de la nacre.

Bientôt, reprenant son impassibilité, elle sombrait dans un silence, par son attitude, élégiaque. Comment me dépêtrer d'une telle situation ? J'en voulais à Malena Sandor, je lui en voulais jusqu'à la haïr. Mais des bribes d'une valse s'échappaient d'un piano lointain, voltigeaient avec une telle légèreté que j'avais l'impression d'entendre des sons restés dans l'air, autrefois, jadis, dans les recoins d'ombre du salon, du vestibule où tout — le mobilier, les lourdes nappes à franges, les rideaux à festons, les bibelots sur les consoles, les grands ramages bleus de l'immense tapis jaune, les bouquets de fleurs, le lustre même qui étincelait — paraissait frappé d'une pesanteur irrémédiable. Pourtant, Mme Bertini revint à elle-même, son port de tête se fit ondulant, ce qui affecta d'un charme frêle toute sa personne, et elle se tourna vers moi : un rire enfermé, un roucoulement de pigeon, annonça la teneur de ses propos : Sarah Bernhardt... À propos, connaissais-je son vrai nom ? Rosalie Bernard, sans ces colifichets de *h* et de *t* qu'elle s'était ajoutés. Oui, au cinématographe, Rosalie l'avait devancée avec *La Dame aux camélias*, à l'âge de soixante-six ans. Elle, en revanche, elle n'avait même pas celui de la Duplessis. Elle plissa les paupières, elle voulait vérifier si je réagissais au patronyme du modèle de Marguerite. « Alphonsine... », dis-je, et en guise de récompense, elle m'adressa un sourire ample qui se referma comme un couteau à cran d'arrêt. Elle se flattait d'avoir joué le rôle la même année où la Duse avait tourné son unique film, au titre prémonitoire : *Cendres*. La Duse ? « *Brava, bravissima* » sur scène ; sur l'écran, un désastre ; sa beauté était intérieure ; son visage, ingrat. Puis, la tête penchée, elle m'ordonna de me rapprocher encore ; elle voulait me confier un secret : la difficulté majeure qu'offrait le personnage, c'était la toux qu'il fallait à tout prix éviter pour ne pas interrompre la courbe, oui, la courbe mélodique du personnage : « Si on tousse, on perd pied, le chant s'interrompt ; introduire peu à peu un *rubato* dans la respiration, jusqu'à entrecouper les syllabes, cela, oui, mais pas avant la fin du deuxième acte ; il faut régler ses hésitations au point d'inspirer, à ses risques et dommages, le doute sur la capacité de l'interprète à dominer son souffle. Alors, quand, avant la mort, un regain de vitalité s'empare de Marguerite, qui lui libère la poitrine, la joie qu'elle ressent doit se traduire en larmes chez le spectateur ; l'émotion de celui-ci vaut ce que vaut l'artiste qui la dispense ; la braise qui vous dévore illumine ses larmes… »

Je crus reconnaître quelque phrase de D'Annunzio, ou sa manière. « Le personnage est un étrange tyran qui vous fustige en proie à des exigences qui vous dépassent, qu'il ne nous confie jamais ; ce sont vos propres besoins, toutes les peines de la vie entassées au plus profond, qu'il veut de vous. »

À mesure qu'elle rêvait tout haut, se parlant à elle-même plutôt qu'elle ne me parlait, son visage resplendissait de foi dans l'avenir ; cependant, quelque chose dans sa voix, dans son regard, sentait la peur, une peur que plus rien ni personne n'apaiserait, et cela dénaturait son ravissement en tristesse.

La nuit tombait. Un groupe de jeunes hommes dont les prévenances frôlaient l'obséquiosité, franchissait le seuil dans le sillage de Gloria Swanson. Fragile et de taille ordinaire, elle n'était pas dénuée d'une certaine majesté, retrouvée, à n'en pas douter, lorsque *Sunset Boulevard* l'avait arrachée au musée des gloires et ramenée au présent. Le pied ferme, le corps pourtant léger, elle soulevait de petites tornades de curiosité. Et son sourire distribuait tout autour l'intérêt sans objet précis qu'elle se devait de porter à l'assemblée qui lui rendait hommage et que, de ne pas être manifeste, elle eût ainsi suscité. Quelques secondes indécise sous le lustre, elle regroupa d'un coup d'œil exigeant ses comparses et, telle la proue d'une galère, s'avança dans notre direction.

En l'apercevant, la Bertini, sourire imminent, yeux écarquillés, s'agrippa des deux mains aux bras du fauteuil, prête à se lever ; dans l'effort, même inaccompli, tout le poids et la lenteur des années. Mais, déjà, le regard de la star et de ses acolytes passait par-dessus nos têtes ; ils regardaient derrière nous et l'ensemble se scindait pour nous contourner. Alors, ramassant ses énergies, avec une intensité qui lui durcit les tendons du cou, elle se mit debout, et avec une moue de coquette me blâmait de l'avoir si longtemps écoutée : elle serait en retard au dîner de l'ambassade d'Amérique. Dans ses yeux passaient les ombres de la défaite, les éclairs d'une impossible vengeance, des lueurs de panique. Elle eut des gestes incertains ; elle cherchait du réconfort ; puis, elle retrouva son hiératisme et cela remit son âme d'aplomb : un groom lui apportait son grand boa en plumes de coq, le posait sur ses épaules ; son masque émergea d'une collerette élisabéthaine ; le chasseur lui proposait ses services ; le directeur de l'établissement venait s'incliner devant elle. Elle me regarda : témoin de l'humiliation que, dans la candeur de sa vanité, elle-même s'était infligée, je devais me montrer attentif aux honneurs que, du directeur du palace à la valetaille, on lui rendait : rien ne lui eût permis d'y soupçonner la part de pitié.

Malena Sandor réapparut sur ces entrefaites, un paquet de lettres à la main ; déjà affranchies, elle les déposa chez le concierge. Elle sortit un billet, me fit un clin d'œil : comprenais-je l'avantage supplémentaire que comporte, lorsqu'on nourrit quelque ambition, le fait de descendre dans un grand hôtel, d'y habiter un certain temps, évitant toute mesquinerie envers les employés ? On continuait *sine die* à utiliser le papier à en-tête, à y recevoir son courrier, et à y recevoir comme chez soi, en un mot, on sauvait son rang.

Nous accompagnâmes Mme Bertini au Palazzo Margherita. Un couple de carabiniers se pavanait sur le trottoir, de même taille, identiques sous leur casque à petite visière, orné d'un superbe panache de plumes de coq. « C'est pour vous, bandits, que l'on garde les plus longues ! » s'exclama la Bertini en caressant du revers de la main la collerette qui lui frôlait les joues. Puis, elle entama, ou plutôt entonna, une longue phrase qu'elle modula à la perfection : les voyelles s'arrondissaient dans sa bouche, résonnaient dans les joues, ou, frappées de doubles consonnes, battaient des ailes sur ses lèvres fripées : de même que ces travaux d'Hercule que signifiaient les routes sillonnant l'entière péninsule, c'était à l'exigence du Duce que l'on devait la prestance des hommes en uniforme, en particulier des gendarmes, dans les lieux élégants des grandes villes.

Nous revenions sur nos pas, Malena et moi,

et nous avons croisé les carabiniers ; quelques jours plus tard, je me demanderais lequel des deux avait sifflé le collègue sorti de l'ombre, en tenue ordinaire, pour me conduire au commissariat ; nous n'avions rebroussé chemin que pour les revoir ; nous passâmes aux aveux — et cette image de Malena, la tête que l'éclat de rire rejette en arrière, la main complice qui serre mon bras, ressurgirait un jour, longtemps après, dans sa lumière exacte, lorsqu'on m'apprit son suicide, à Buenos Aires ; elle s'était jetée du trente-troisième étage du premier gratte-ciel de la ville.

L'aspect de Via Veneto avait changé ; Donay avait retiré ses tables du trottoir ; des femmes en robe du soir frétillaient dans une sorte de joie fastueuse ; il y avait des gazouillis, des petits cris ; des tremblements magnétiques parcouraient la fraîcheur de la nuit de printemps ; les réverbères, les enseignes lumineuses, éclataient de rire dans les vitres ; des groupes surgissaient, s'interpellaient d'un trottoir à l'autre, se mélangeaient, disparaissaient… Et l'on sentait bien que la fête se passerait ailleurs, derrière les portes à tambour des grands restaurants, celles, closes et gardées, des boîtes de nuit, dans des palais, qu'elles s'achèveraient peut-être sur une plage, aux environs de Rome, où un de ces quatre matins on trouverait le cadavre de l'un d'entre eux, comme un an auparavant celui de la belle Wilma Montesi.

Ils ne savaient pas, ces filles convulsives, ces femmes pompeusement parées, ces freluquets prétentieux, qu'ils couraient vers le plaisir, vers le bonheur, et à leur perte, rien que pour fournir l'ambiance et des silhouettes, la couleur d'une époque et son rythme, à un homme de génie déjà en train de trousser la mémorable histoire de la *dolce vita.*

16

Je ne tirais pas les rideaux afin que la lumière du jour me réveillât. Elle atteignait mon lit vers huit heures. Or, une semaine ne s'était pas écoulée chez les nouveaux Mariotti, lorsque, dans une lumière cendrée où se redessinaient encore mal les meubles, un bruit de grêle contre les carreaux me fit sursauter. Avais-je rêvé ? En bas, au même endroit où, l'avant-veille, il était resté, me regardant ouvrir, puis refermer la fenêtre, Orazio souriait. Je lui fis signe de m'attendre. Au regard en coin des propriétaires, à leur sévérité mêlée d'une note de sarcasme, je compris qu'ils avaient entendu et vu bien avant moi l'étrange visiteur de l'aube.

Il est des gens qui, à cause d'une difformité, d'une laideur extrême — devant lesquels seule une défaillance de l'imagination exclut notre apitoiement —, éveillent en nous un sentiment d'hostilité envers la nature. Il en est de même des monstres que leur instinct de vie a conduits à accentuer leur pittoresque et à s'en amuser; ils provoquent volontiers nos rires, et se montreraient déçus si nous les leur dissimulions.

En revanche, des êtres normaux, quelconques ou beaux, et tout habités de cette substance incongrue qu'il me plaît d'appeler l'« âme », quelque chose dans leur regard, dans le sourire qu'ils nous adressent, nous avertissent qu'ils ne nous voient pas tels que nous sommes; nous ne sommes que l'interlocuteur interchangeable qu'il leur faut pour exister, et ils nous maintiennent à l'écart, on ne sait pas de quoi, mais tout de même à l'écart. Où se niche-t-elle en eux, la raison, patente cependant dans leur propos? On n'y trouve pas le chemin. J'aurais tant voulu comprendre Orazio lorsque, m'étant arrêté devant lui, sa main laissa tomber les derniers cailloux. Pas un mot. Son expression de gentillesse et sa contenance me glaçaient. Dans un état de colère que le souvenir de notre rencontre apaisait, je n'osais lui demander les raisons de son comportement; il confirmait l'impression de démence qu'il m'avait donnée de prime abord, et que, en dépit de l'exaltation de sa voix, le monologue au sujet du théâtre avait fini par dissiper.

La paralysie de ce face à face ? Comme si le miroir du matin réfléchissait un autre visage que le vôtre, au moment où l'on y appuie le rasoir. Le sien, on y percevait une titillation indécise, surtout dans les lèvres et dans les yeux, qui rappelait les aiguilles d'une boussole. Et, tout à coup, une agréable senteur d'eau de Cologne m'avertit qu'il vient de faire sa toilette, son aspect me frappe — la figure lisse, la chemise immaculée, les vêtements certes élimés, désuets, mais qui semblent souligner la distinction de sa personne. Je me libère de la main qu'il plaque sur ma joue, mes logeurs doivent être aux aguets : comme nous tournons le coin de la rue, ils ouvrent tout grands les volets de ma chambre.

Nous nous asseyons dans le premier café que nous trouvons et, aussi affamés l'un que l'autre, nous dévorons un petit déjeuner. Maintenant, Orazio ramasse les miettes, en fait un petit tas, les presse entre les doigts et les porte à la bouche. Il y a de la lassitude, de la démission en lui, au lieu de cet air de solitude proche de l'extase qui l'enveloppait tout à l'heure. J'attends qu'il sorte de son mutisme ; je voudrais le prier de renoncer aux cailloux, je risque d'être mis à la porte, et je me tais. Il croise ses bras sur la table, avance la tête et je crois qu'il va parler. Son sourire revient, sans rapport avec l'expression de ses yeux qui fixent les miens : la folie est là, elle imprègne son visage, elle s'y intensifie ; j'aimerais qu'il renverse les chaises, qu'il casse les vitres, qu'il explose, pourvu qu'il cesse de me regarder, car sa douceur sans gestes me terrifie. Si on pouvait pratiquer chez vous, chez moi, chez les autres, une coupe jusqu'au tréfonds, on ne trouverait qu'un grouillement de délires, assujettis, tout au plus, à quelques interdictions. Orazio, lui, ignorait les obstacles, cette espèce de discipline immanente qui retient nos impulsions et, nous rappelant les lois de la réalité, nous invente un équilibre.

Je m'entends dire : « Ne reviens plus, Orazio », mais la suite de la phrase : « Donne-moi rendez-vous ailleurs », ce ne fut plus moi qui allais l'entendre : à force d'imaginer ce qu'il pensait, j'étais passé en lui, et j'ai vu, ou il a vu ma figure ravagée par l'angoisse, ma bouche qui remuait en vain. Cela dura une, deux secondes, et soudain, le carrelage crissa sous les pieds en métal de la chaise que, en me levant d'un bond, je fis pivoter. Je retrouvai le sol de Rome et moi-même, et je m'élançai derrière l'autobus que, depuis une semaine, je prenais pour me rendre à l'école d'art dramatique. Jamais je ne voudrais revivre une expérience pareille. Rien d'étranger à soi n'est compatible avec la vie.

17

J'entrai avec joie dans la salle inhospitalière où se tenait le cours de M. Costa, mais non sans un fort tremblement d'émotion. J'avais été admis en tant qu'auditeur. Le temps des épreuves approchait-il, mon cœur n'en était pas moins rempli de fierté. J'étais venu à Rome pour assister à ses classes ; j'y assistais. Je ne me reconnaîtrais jamais dans mes hardiesses d'autrefois.

Des mots tels que « deuil », « affliction », « taciturne », « ténébreux », voire « funèbre », peuvent à l'occasion me rappeler M. Costa. Saisi, lors de notre première rencontre, par son air de gravité mélancolique, dont il ne se départait que pour arrêter sur quelqu'un, de temps à autre, son regard de myope qui devait percer les gens bien au-delà du masque, je le fus plus encore le jour où il enleva ses lunettes pour en nettoyer les verres : ses paupières, et le demi-cercle qu'autour de l'œil ébauchent les cernes, semblaient d'une tout autre matière que le front ou les joues — d'une blancheur transparente, comme ces excroissances entre le végétal et l'animal que l'on trouve en retournant une vieille planche sur une terre humide.

Fluet, svelte, le complet anthracite, d'une coupe souple, dissimulait son anatomie, et sous le col roulé du chandail, de la même couleur, on s'attendait à voir le col en celluloïd de l'ecclésiastique : en dépit du port d'un vêtement laïque au lieu de la soutane, ce qui n'était pas encore admis, il avait — des prêtres n'ayant pas atteint la quarantaine et bien de leur personne — comme une mise en demeure de la sensualité répandue sur le visage, un glacis qui le protégeait du désir qu'il aurait pu éveiller, et de sa propre envie d'user des choses de ce monde. La façon de dessiner ses gestes, d'une précision liturgique, galvanisait ses paroles.

Selon la rumeur, et bien que la réputation dont il jouissait fût unanime et dépassât les frontières, il ne montait des pièces qu'à Rome, où il consolait depuis une vingtaine d'années le veuvage de sa mère. Il vouait sa vie à celle qui la lui avait donnée, et s'était résigné à l'enseignement, lui, si supérieur à cette tâche ardue, en pure perte si l'on songeait à la scrupuleuse médiocrité de ses élèves.

Peut-être n'aurais-je échangé un seul mot avec M. Costa si son cours n'eût porté, ce trimestre-là, sur *Hamlet.* Le prince de Danemark, mon adolescence en avait fait le personnage des personnages, mon « cantique des cantiques » ; je le mettais au-dessus même de mon pieusement intime Ivan Karamazov. Le voisinage littéraire de la mort, et davantage, d'une métaphysique ayant trait au néant, est propice à la rêverie des jeunes gens qui assouvissent, par procuration, l'obsession si fréquente du suicide ou du meurtre.

Je n'ignorais pas que l'œuvre de Shakespeare était à l'origine de bibliothèques entières d'interprétations et de commentaires ; de ces ouvrages, je n'avais lu qu'une partie infime, j'y avais effectué des prises ou, plutôt, pris connaissance de quelque assertion citée ici ou là. Je savais que, aux acteurs ou critiques qui croyaient grandir le génie des génies en assurant que jamais il n'avait raturé une ligne, Ben Jonson répondait : « Plût au Ciel qu'il en eût raturé mille » ; et qu'il soutenait que Shakespeare manquait d'art.

À l'âge où l'on croit que le génie et la perfection coïncident de manière obligatoire, l'opinion de Ben Jonson me paraissait une impertinence superflue, qu'elle fût ou non fondée. Lorsqu'une œuvre nous donne l'impression de venir de plus haut que l'esprit des hommes, et nous comble, on accepte mal de consentir aux défaillances de son exécution ; on tend plutôt à croire que le défaut a été pressenti, caressé, ou volontairement négligé par l'auteur. Selon M. Costa, *Hamlet* illustrait mieux qu'aucune autre pièce de Shakespeare, les tensions, les ambiguïtés, les embarras du dramaturge, et d'autant plus qu'il s'agissait de l'une de ses créations suprêmes.

Il développait son hypothèse avec, à l'appui, des citations d'essayistes qui m'étaient inconnus. Je me rappelle son insistance à attribuer à la culpabilité qu'éprouvait la reine, le tourment d'Hamlet ; et à celui-ci des sentiments excessifs. Hamlet était habité par un désir plus grand que lui-même : l'anéantissement du monde entraîné par sa propre disparition. Aussi son créateur avait-il multiplié les situations tragiques, afin de rendre plausible, aux yeux du public, l'âme immense et terrible de sa créature.

J'avais trop besoin de me sentir émerveillé, afin de justifier mon aventure, pour ne pas marquer mon adhésion aux théories de M. Costa par de légers hochements de tête et, parfois, un sourire. À cause sans doute de la perplexité bovine où, au fil de son exposé, sombraient ses élèves, il arrivait que ce regard du coin de l'œil qui s'échappait, furtivement, de derrière ses lunettes, s'attardât sur moi, au fond de la salle. J'y voyais une manière de connivence, alors qu'il ne devait s'agir que de curiosité ; et semblait-il sur le point de me poser une question, j'étais le naufragé qui a perdu tout repère.

Il répétait à loisir que le cœur même de la mise en scène de *Hamlet* était la souffrance de celui-ci en raison de la déchéance de sa mère. Et je me rappelle que, délaissant le ton magistral, de façon distincte, mais ténue, un jour il ajouta : « La culpabilité d'une mère est ce qu'un fils pardonne le moins. » Peut-être à l'aise nulle part au monde avec lui-même, dans son école, il en imposait à ses auditeurs. Sans faire appel aux élèves, sans requérir leur attention, leur silence il l'obtenait par un simple renforcement de son immobilité. Une fois désignée la clé de voûte de l'œuvre, il montrait comment tout devait en découler pour ensuite concourir au dénouement, qui devait paraître naturel, inévitable grâce à l'accord parfait des inflexions, des attitudes, des moindres gestes des acteurs. « Leur pensée, disait-il, se forme entre l'œil, l'oreille et les lèvres, mais il faut qu'ils arrivent à ne plus penser à leur réplique pour trouver le ton juste. »

Je fréquentai l'école jusqu'à la fin des cours, vers la mi-juillet, malgré ma situation pécuniaire qui, plus que fragile au départ, en trois mois, jour après jour, m'avait conduit à la misère. Je faillis ne pas assister à la dernière leçon : excepté l'eau des fontaines, je n'avais rien bu ni avalé depuis quarante-huit heures, et je dormais à la belle étoile.

Il fut aussi question de la controverse que ne

cesse de susciter le mot de Hamlet à l'adresse d'Ophélie : « Va-t'en dans un couvent ! », le mot anglais, *nunnery*, signifiant en effet couvent, mais, en argot, « mauvais lieu », voire bordel.

Là-dessus, j'avais quelque chose à dire ; me serait-il interdit de prendre la parole le dernier jour ? Toutes les têtes se tournèrent vers moi, et à mesure que M. Costa avançait entre la double rangée de bancs, il s'installait sur son visage une espèce de consentement préalable à mes propos.

Je ne savais plus si c'était dans *La Revue des Deux Mondes*, ou dans une autre, que j'avais lu une traduction française, datant du XVIIIe siècle, d'une tragédie de Thomas Kyd, canevas probable du *Hamlet* de Shakespeare. L'œuvre de Kyd à jamais égarée, le traducteur français aurait utilisé la version — à son tour perdue — que des comédiens allemands en tournée à Londres, au tout début du XVIIe siècle, avaient réalisée. L'histoire de Hamlet, certes, mais réduite à ses grandes lignes ; dépourvue des plongées métaphysiques, de la splendeur des hyperboles propres au génie de Shakespeare, lequel, en marge du faste verbal, se manifeste dans la perspicace ambivalence de phrases en apparence anodines, tel ce « Va-t'en dans un couvent ! », tandis que Kyd, ou le traducteur des traducteurs allemands, se veut précis : « ... Mais pas dans l'un de ces couvents où le matin, au lever, on trouve deux paires de pantoufles au pied du lit. »

Je ne me lance dans ce genre de discours qui promettent une découverte, une révélation, que je ne ressente ensuite la honte de la pauvreté de mes paroles, et davantage de l'emphase que j'y ai mise. Ma gêne, pourtant, se dissipa lorsque certains élèves qui, jusque-là, s'appliquaient à éteindre ce qu'ils appelaient « mes illusions », m'entourèrent et que M. Costa, l'obscur, le didactique, le lointain M. Costa s'assit devant moi. Quel don que cette présence tout d'un coup si entière et presque en veine de sympathie.

On me posa des questions auxquelles je répondais tant bien que mal. Et soudain il y eut des verres et du vin blanc. Qu'il était beau cet enjouement de fin de cours, et encore plus le visage pensif de M. Costa, enfin si proche — avec, derrière les verres épais de ses lunettes, comme un appel. Je savais, moi, le simple auditeur, que je n'avais pas le temps de lui arracher une promesse de rendez-vous ; ne serait-ce que par politesse envers ses élèves, il fallait que je sois le premier à prendre congé de lui. Mais le groupe s'égaillait dans la salle ; ils parlaient fort, riaient. M. Costa voulut savoir dans quel quartier j'habitais ; il me raccompagnerait — et à ma fierté se mêla l'espoir d'un dîner. Deux verres de vin, à jeun, me rendaient capable de toutes les audaces.

Au coucher de soleil, nous montions au Janicule. La difficulté de la circulation, le bruit de la rue, avaient contribué à l'indigence des mots échangés. M. Costa posait des questions abruptes, comme le pianiste plaque des accords pour mesurer la qualité de l'instrument. Nous avons traversé la chaussée, ce qui rendit plus malaisé notre silence, et nous nous sommes accoudés à la balustrade du belvédère. Les coupoles absorbaient le jour ; les pins et les cyprès sentinelles prenaient de la hauteur, effilés ; le bleu du ciel devint intense, et la lune parut.

J'avais eu raison de me rendre au dernier cours. Cet homme à mes côtés, qui semblait vouloir éviter, par des mouvements de menton, le souffle chaud qui montait de la ville, où tout clignotait, tout balbutiait en proie à un fourmillement de lucioles électriques, peut-être était-il en son pouvoir de m'ouvrir des portes. Il parlait de la nécessité, de l'urgence de retrouver la tragédie de Kyd. J'affectai de garder une attitude perplexe : où et quand l'avais-je dénichée ? Je le savais, mais, en simulant l'ignorance, je m'accordais la chance d'un rendez-vous ultérieur. La revue française était tombée sous mes yeux, par hasard, dans une petite bibliothèque de Rome où, le besoin de survivre prenant le dessus, je ne retournerais pas ; au reste, la vie qui nous menace si souvent d'adieux sans vraiment nous avertir, ne me permettrait pas de revoir M. Costa.

Pour le moment, tout à l'euphorie de me trouver seul avec lui, dans une situation presque intime, les images éparpillées que j'avais cueillies jour après jour depuis mon arrivée, se figeaient en état d'équilibre, dans un temps suspendu, formes et couleurs d'un seul tableau : la place du Capitole, les palais et les temples, la musique soudaine dans une église, des séminaristes traversant à l'heure du marché le Campo dei Fiori, le profil du passant qui répète celui de la statue, Rome tout entière où la vraie lumière arrive au crépuscule du soir. Et M. Costa et moi, nos mains à plat sur le rebord râpeux de la balustrade, si proches ; et l'atmosphère de méditation qui s'exhalait de sa personne, quelque chose d'assoupi, de confiné, de taciturne que sa voix, quoiqu'il continuât à parler de théâtre, contredisait, car, d'habitude si bien conduite, elle avait perdu le contour, la netteté de l'articulation, son timbre même : enveloppée d'une ardeur timide, elle correspondait à des sentiments muselés, à des pensées recluses. Était-ce mon sempiternel besoin de protection qui le pliait à sortir de lui-même, ou son envie muette qui me suppliait de faire le premier pas de peur que je ne fusse pas digne de la confidence ?

De temps à autre, il coulait vers moi un regard vite détourné. Il approfondit ses questions sur mes origines, l'enfance, ma vie à Buenos Aires, et sur cette folle décision de quitter impromptu le pays… Sur son visage, de l'admiration et de l'incrédulité. Évoquai-je ma mère, il me parla longuement de la sienne. Il sortit de la poche du pantalon une montre de gousset ; c'était une Longines du même modèle que celle de mon père, mais elle était en or ; la faim, tout ce temps passé en sa compagnie, oubliée, m'envahit ; et l'espoir d'un repas.

Que d'approches précautionneuses, de reculs après une avancée pusillanime, que de repentirs et de trébuchements. Parfois, il se ramassait, parfois il se faufilait jusqu'au seuil de l'aveu, pour se rétracter aussitôt ; peut-être hésitait-il entre le remords qu'il éprouverait le lendemain, et le regret d'une audace dont il ignorait et l'effet et l'issue : comme Orazio, il n'exerçait sur moi aucune attirance, et il le sentait.

Cependant, alors qu'il parlait toujours, sa main comme une petite bête cauteleuse détachée de sa personne, s'approcha de la mienne, et d'un coup l'attrapa.

Alors, somnambule mordu par une vipère, d'un bond en arrière il s'écartait de moi serrant de son autre main la main hâtive qu'il récupérait. Rien ne désarçonne quelqu'un autant que d'être surpris par une partie de son propre corps en train d'accomplir en catimini le geste que sa pudeur lui interdisait.

Pris de tressaillements, M. Costa bégayait des mots incompréhensibles cherchant autour de lui les lunettes qui, dans le soubresaut, avaient glissé de son nez. Je les devinai dans l'herbe, et tandis qu'il continuait de tourner sur lui-même pour faire diversion à sa gêne, je les ramassai et les lui tendis.

La lune, maintenant de porcelaine, donnait aux paupières blanchâtres de M. Costa la texture d'une huître laiteuse encore vivante.

Il fit allusion à l'heure tardive, à l'anxiété de sa mère qu'il n'avait pas prévenue d'un possible retard et qui devait encore l'attendre pour dîner, et, secouant son porte-clés, il me proposa de me rapprocher de mon domicile. Il avait hésité en prononçant le verbe : au lieu de « ramener » qui déjà se formait sur ses lèvres, de justesse il avait redressé la barre. Avec politesse, avec lenteur, je déclinai l'offre. Je crois n'avoir fixé de ma vie sur quelqu'un un regard plus chargé de fierté, d'assurance, et je fis demi-tour.

L'estomac creux, le cœur serré par les spasmes du corps autour de lui, à l'étouffer, le frisson douloureux de la faim me montait à la gorge. Les pieds me brûlaient, humides dans les chaussettes sales. Je finirais Piazza di Spagna, solitaire, le croira-t-on, passé minuit. Au lever du soleil, les fleuristes y étaleraient leur marchandise. Après avoir trempé mes pieds dans la fontaine en forme de barque, la *Barcaccia*, je choisirais ma couche sur la large rampe de l'escalier ; tant de corps, tant de mains ont lissé sa pierre, qu'elle a acquis au cours des siècles, sur les arêtes, la luisance indécise de l'ambre.

Ainsi, sous la nuit semée d'étoiles et de pièges, la misère me poussait le long des quais du Tibre, pays des ombres et de la désespérance.

18

Tout ce que notre cœur désire, le tirerions-nous de son inexistence ?

Depuis que j'avais loué ma chambre au Janicule, où Rome s'encadrait dans la fenêtre, je savais que mon pécule allait bientôt s'épuiser, mais, en espérant décrocher un petit travail, je m'abstenais d'en imaginer l'imminence : le dénuement absolu. Quand je pense à cette période qui, avec des hauts et des bas, allait durer plus de six ans, j'ai à la fois l'impression d'éventrer des tombes où je devrais me trouver, et, du seul fait d'avoir survécu à l'inanition, celle de ne pas avoir appartenu tout à fait à mon espèce. Je ne sais quelle force m'a soutenu, à croire que l'esprit circule avec nous de concert avec le sang, et que rien ne peut l'arrêter, sauf le dépérissement extrême. Plus endurant que le corps dont il fait partie, il s'accommode de la ténacité du rêve et suit tant bien que mal son projet : une fois qu'il se trouve engagé, ni dédit ni faux-fuyant, il ne tergiverse plus.

La prévisible disgrâce s'amorça le jour où Orazio me réveilla en jetant des cailloux contre la fenêtre, ce qui ne tarderait pas à devenir de la persécution, et décida mes logeurs, au bout d'une semaine, à prendre des mesures à mon endroit le matin où, mon sommeil ayant résisté aux premiers jets, des poignées heurtèrent sans discontinuer les carreaux.

J'avais pourtant obéi à certaines injonctions : rentrer avant minuit et appuyer trois fois sur la sonnette. Je me rappelle le glissement feutré de pantoufles sur le carrelage derrière la porte, les voix endormies, le bruit de la chaîne de sûreté.

Maintenant, quelle réprimande ou quelle punition allais-je subir ? Quatre yeux me perçaient de leur dard avec une sorte de méchanceté qui n'avait plus à s'exercer sur grand-chose, tandis que, par moments, la grêle, moins fournie, continuait de marteler les vitres. Enveloppé dans un drap, je courus à la fenêtre au moment où Orazio s'apprêtait à utiliser une fronde. Il baissa les bras, un large sourire malicieux sur son visage ; je lui fis signe de m'attendre, cette fois-ci, au café.

Mes propriétaires, seuls, pouvaient m'aider ; il fallait que je les séduise. Je me rendis compte que je ne les avais jamais regardés droit dans les yeux, peut-être parce qu'ils passaient leur vie enfermés dans leur chambre — et parfois je les surprenais dans l'ombre du corridor, comme des souris à la recherche d'une cave.

En ce moment, aussi petits l'un que l'autre, ils s'étaient redressés de toute leur taille devant moi, et leur expression oscillait entre le défi et la crainte. Nous gardions le silence, puis ils échangèrent quelques mots dans je ne sais quel dialecte. Il avait, ainsi que, là-bas, mon père, des pantalons larges à la taille, que des bretelles remontaient très haut, laissant les chevilles à découvert. Ses cheveux étaient plantés en triangle, leur pointe presque fichée entre les sourcils. Elle ? Aucun détail ne la rendait mémorable, en dépit du tout petit arrondi du menton qui fuyait vers la gorge. Habillée d'une robe-tablier boutonnée dans le dos, décolorée aux aisselles, elle portait des bas épais en coton noir, sans doute pour rappeler davantage le deuil du fils mort au front ; ses gestes étaient si courts et si rigides, qu'elle semblait manquer d'articulations mobiles aux coudes et aux poignets, à moins qu'elle ne s'appliquât à se préserver de tout contact.

J'ai essayé en vain d'expliquer à mes hôtes que le gêneur était un brave garçon un peu déséquilibré, et qu'il méritait leur compassion. À ces mots, donnant libre cours à une exaspération qui dépassait leur énergie, leur voix, que l'habitude du mutisme avait rendue inapte à exprimer la colère, ne trouvait pas de registre où s'installer ; elle passait de la stridence chevrotante à de subites plongées caverneuses, pour s'accorder enfin en une sorte de contrepoint convenable, et le ronronnement lugubre et nasillard du mari soutenait le babil d'oiseau de la femme.

Souhaitaient-ils que j'appelle moi-même la police ? Ils se turent, pâlirent, se regardèrent et, se retournant vers moi, s'ils ouvrirent la bouche, aucun son n'en sortit : tout en mines embarrassées, l'air de ranger leur désordre intérieur, ils demeuraient interdits, jusqu'à ce que, à l'unisson, ils murmurent, dans un souffle : « Jamais », sur un ton qui était moins de commandement que de supplique, l'index sur les lèvres ; la femme effleura de la main sa poitrine, chanteuse aphone à l'heure de la peine de cœur.

Je compris alors qu'ils louaient en cachette et qu'ils avaient peur d'en être pénalisés : si je leur proposais d'entreprendre le jour même la quête d'une autre chambre, je risquais de récupérer une partie de l'argent. Mais bien sûr, bien sûr, ils pouvaient même me recommander une dame très gentille, une sainte, très pauvre, certes, mais d'une pauvreté décente ; j'y trouverais une place.

Je tiquais bien un peu sur le mot « place », mais j'étais résigné aux pires restrictions pourvu que se prolonge de quelques jours ma subsistance — et que je me débarrasse d'Orazio, de cette démence silencieuse qui survenait en lui et paralysait le flux du temps, le réduisait à une simplicité inquiétante que ses nerfs tout à coup secouaient, lui inspirant des gestes, des comportements d'une extravagance enjouée — comme de me réveiller avant le soleil avec des pierres.

L'inflexibilité des manières et la raideur des muscles de mes logeurs avaient fondu ; une souplesse s'était communiquée à leur démarche, un sourire dessinait la bouche de la femme, éclairait son regard ; chez l'homme, le front s'était dégagé du froncement obstiné des sourcils ; la plantation triangulaire des cheveux remontait, et cela permettait enfin d'imaginer où logeait son intelligence. Tout à leur soulagement, ils ne soupçonnaient pas le mien que, en l'occurrence, je prenais soin de dissimuler.

De ses petites mains potelées, elle jouait avec précision en disposant des tasses sur la table de la cuisine ; on m'offrait du café. Il comptait les billets, les pressait avec intensité entre le pouce et l'index, tandis que la femme notait sur un bout de papier l'adresse et le nom de la pauvresse qui se ferait une joie de m'héberger.

Qu'ils l'eussent qualifiée de sainte ne me parut pas incongru lorsque la *signora* Elena, déjà avertie de ma visite, m'ouvrit la porte ; dans sa blouse bleu pâle, elle avait davantage l'aspect d'une servante fidèle du Seigneur que d'une maîtresse de maison : elle rayonnait à l'entour la pureté des gens qui touchent à tout sans être touchés par rien, une béatitude presque lumineuse dans la pénombre de l'appartement où l'air même, confiné, paraissait soucieux, les bruits suspendus, pris dans une sorte de paix bien établie.

La « place » qu'elle pouvait m'offrir ? La moitié d'un couloir divisé par une cloison en contreplaqué avec, en haut, une découpe où pendait une ampoule, ce qui laissait présager, de l'autre côté, un deuxième locataire. Le lit, encastré entre les murs qui râpaient draps et couverture au moindre mouvement, et plus encore si on les tirait sans précaution pour les aérer, sentait la propreté. J'y entrerais assis, à reculons, et en sortirais à quatre pattes. La penderie ? Des clous avec des cintres en fil de fer et, derrière le semblant de rideau qui séparait ma couche de l'entrée, un portemanteau à usage commun où j'accrocherais mon poil de chameau. Un jour j'y verrais une capeline fleurie, à larges bords, comme on en voit encore aux mariages ; c'était au réveil ; dans mon sommeil, j'avais cru entendre un rire de femme.

Ce fut mon dernier domicile romain, et bien qu'Orazio n'eût pas tardé à le découvrir, le plus paisible ; il n'y avait pas de fenêtres sur rue. Sans allumer, si je rentrais tard, le soir, je gravissais sur la pointe des pieds les quatre étages ; les marches de l'escalier gémissaient ; ensuite je suivais un long couloir sur lequel dormaient des portes closes, guidé autant par les ronflements qu'elles filtraient que par un petit lumignon d'église, tout au bout, dans une niche.

Je mis quelque temps à m'apercevoir d'une activité nocturne qui, menée avec discrétion et par intermittence, devait être le vrai gagne-pain de la *signora* Elena. Cela m'inquiétait un peu, sans pour autant me déplaire. Bien que la mère de la tenancière, laquelle occupait l'autre partie du couloir, eût éteint de bonne heure l'ampoule qui distribuait avec équité sa lumière ténue de part et d'autre de la cloison qui nous séparait, il m'arrivait d'entendre la porte d'entrée s'ouvrir, la voix assourdie d'un homme qu'accompagnait un piquetage de talons aiguilles, et de sentir un parfum qui, parfois, tardait à s'évanouir. Était-ce l'attente de ces mouvements clandestins qui me gardait éveillé ? Je ne saurais pas tout à fait le nier. Mais les angoisses qui dans le noir descendent en nous, forment un dépôt qui, lentement, remonte et durcit dans la gorge, suffisent à nous tirer vers le bas, là où s'étend la plaine de l'insomnie.

Et pourtant, quand on croit au futur comme je le croyais, tout prend la figure de la destinée, surtout la souffrance. Ma force pour entreprendre la journée, je la puisais, mystérieusement, dans la sérénité de la *signora* Elena. Je me rappelle le soir où, quelque sept ans plus tard, je crus la retrouver à Paris, derrière le petit comptoir du bordel d'hommes que tenait, impasse Guelma, Mme Madeleine. Celle-ci lui ressemblait à en troubler le jugement ; sans doute le port d'une blouse bleu pâle accentuait-il la ressemblance, et, encore plus, ses yeux innocents qui, de vous avoir deviné d'emblée, ne manifestaient même pas une curiosité de politesse.

19

Afin d'alléger la sensation d'étouffement que mon bout de couloir me procurait, du pied du lit j'en fis le chevet. Ainsi, dès que la *signora* Elena, le matin, déverrouillait la porte fermée à double tour, en passant près de moi elle me renseignait sur le temps qu'il ferait, bouché ou clair, et si elle ouvrait la fenêtre, sur la température. Les prévisions de la météorologie, spécialité des paysans, acquièrent une importance insoupçonnée lorsqu'on court de-ci de-là à la recherche d'un gagne-pain, et qu'il faut se garder présentable.

Une nuit de mai, des coups de tonnerre me réveillèrent, le bonheur de la pluie minutieuse me rendormit, et, au petit jour, un claquement de volets m'arracha au sommeil : la rafale souleva au passage la cotonnade qui me dissimulait, m'apportant un enviable arôme de café, et une fraîcheur qui n'était plus de saison.

La journée, presque froide, me donna l'envie de m'aventurer Via Veneto ; la température justifiait que je jette sur mes épaules mon manteau en poil de chameau.

Parvenu à la Porta Pinciana, la timidité, le sens du ridicule m'envahirent, accentués par le bruit de mes chaussures cloutées au talon et à la pointe. Je m'appuyai à un autocar de tourisme, le premier que je voyais à Rome, garé Corso Italia, à l'angle de la « rue-salon » : là-bas, sur le trottoir, les tables de Donay. Et j'allais m'y hasarder quand, de l'intérieur du véhicule, on se mit à tambouriner contre la vitre : un visage asymétrique que l'on eût rapiécé, tavelé de son sur fond rougeâtre, au nez pointu et de travers, me souriait. Sa bouche, un ourlet pareil à celui de l'oreille, avec un bec qui reposait sur la lèvre inférieure. Un être humain s'intéressait à moi, je lui souris. Il descendit, cheveu roux ébouriffé, sourire élastique, large démesurément ; trapu, mais flasque, sans formes, avec des chairs qui bougeaient, et le dos arrondi sur le point de crever la couture de la veste. Anglais, il baragouinait l'italien, l'espagnol et le français. Il était dégingandé, pataud, et la tape qu'il donna sur la carrosserie en m'avouant sa qualité de chauffeur international, dévoila sa brutalité.

Il m'invita à monter, sa main chaude me poussait le long du couloir, et comme j'hésitais à gagner la banquette arrière, d'un coup il se colla à moi de toute la surface de son corps. Je m'enfermai dans mon manteau, il me l'arracha, et à l'instant, sa brusquerie s'interrompit : les paupières plissées, il déchiffrait la griffe du magasin sur le petit rectangle satiné cousu à l'encolure : « Harrods, London. »

Il soupesa le vêtement, l'étendit avec soin sur un siège, puis attira ma tête vers lui ; dans un sursaut de répulsion, je plaquai la main sur son cou, et d'un coup de pied au ventre le repoussai. Nous nous regardâmes, haineux, les yeux dans les yeux. Les siens resplendissaient et noircissaient au rythme de sa respiration proche du râle. Soudain, il se rua sur moi et, du tranchant de la main, me frappa à la nuque ; affaissé, l'idée me traversa, dans l'effort pour me lever, de feindre l'évanouissement et, avec mollesse, je m'étalai de tout mon long sur le plancher. Il mit un genou à terre et se pencha en avant jusqu'à poser sa tête entre mes omoplates ; je retenais l'air dans mes poumons ; il me souleva le bras et le laissa tomber. J'avais appris, dans des cours de théâtre, à relaxer les muscles. Sans doute épouvanté, il s'élança par-dessus moi, et dans une sorte de plongeon, il atteignit le tableau de bord. Il fouilla dans la bourse de la portière, une odeur d'alcool se répandit, et des passants se firent entendre que notre lutte avait attroupés. Je me relevai quand même, flageolant sur mes jambes, pris mon manteau, marchai vers lui qui, ne pouvant pas me frapper à cause des badauds amassés, de plus en plus nombreux, déversait un flot de paroles sûrement ordurières ; il essaya de me barrer le passage, sans succès. La colère qui gonflait tout ce qu'il avait de travers dans son faciès le mettait en harmonie avec ses imprécations. Rassuré par la présence de témoins, je forçai l'Anglais à s'écarter. Il me donna un coup de pied à la cheville, que les semelles de crêpe grenu amortirent ; je n'en avais jamais vu d'aussi épaisses. Je remerciai les curieux qui se dispersaient, déçus, cela va sans dire.

Via Veneto, je mis de l'ordre dans mes vêtements et démêlai mes cheveux, à l'époque encore blonds. Et ce fut au moment où je réussissais à prendre une contenance pour quitter les lieux sans avoir l'air de m'enfuir, qu'un relâchement de tout le corps, un éboulement intérieur, se sont produits : je chancelais, je flottais, je voyais double ; chaque piéton, sa propre image l'accompagnait, décalée, en surimpression ; j'avais le sentiment d'être à côté de moi-même. Il y avait de la musique ; un petit orchestre, sur le trottoir d'en face, était-ce chez Rosati ? jouait une valse ; et son rythme à trois temps, qui pousse le talon à bien taper le sol une fois sur trois pour que le corps reparte, m'imposa une allure soumise à sa mesure, et peu à peu eut raison de mon pas si mal assuré — sinon de moi-même, en proie à une euphorie soudaine que rien ne justifiait.

La valse m'emportait ; j'évitais avec adresse les tables de Donay, les promeneurs, et, à peine l'Excelsior dépassé, où peut-être Malena Sandor rédigeait son courrier, tandis que Francesca Bertini caressait son sautoir de fausses perles, je me précipitai, un-deux-trois, un-deux-trois, alors que la musique, désormais lointaine, s'arrêtait, vers deux figures de music-hall, galonnées d'or, le cimier du casque orné d'un plumet somptueux, pareilles au coq de *Chantecler* qui croit commander le lever du soleil. Mais les feux de la rampe éteints dans mon esprit, deux carabiniers de parade me retenaient, et l'Anglais m'enlevait le manteau, m'accusant à grands cris de vol : pour preuve, voilà qu'il l'enfilait et qu'il était à sa taille.

Frappé de stupeur ; muet ; aucun mot ne sortait ; mes gestes de dénégation s'avéraient inutiles. Un coup de sifflet fit surgir un policier en civil ; les carabiniers d'opérette demandèrent néanmoins à l'Anglais de me restituer le manteau ; et ils reprirent, solennels, leur rôle.

Étais-je à Rome, ou encore à Buenos Aires ? La préfecture de police, avec sa grande cour et ses murs ocre, ressemblait à celle où, là-bas, j'avais séjourné. Je me souviens d'avoir éprouvé un certain calme ; plutôt, ce désespoir du dernier versant où l'on atteint à la sérénité.

L'Anglais, en revanche, par toutes sortes de bruits respiratoires, de tapotements sur ses cuisses, manifestait son impatience à l'autre bout de la pièce où nous gardait un agent jeune à la tenue froissée qui, un pied sur le banc, la tête renversée contre le mur, essayait de suivre, malgré les crissements et les décharges de sa radio portative, la transmission d'une partie de football.

La nuit tombait ; l'obscurité de la pièce renforçait la faible lumière qui arrivait à travers les vitres dépolies du bureau où l'on risquait de ne pas être reçus avant le lendemain. Mais, le match fini, le résultat fit que l'agent se redressa et, au comble de la joie, voulut avertir le commissaire. Ainsi nous trouvâmes-nous, l'Anglais et moi, devant lui. Après avoir contrôlé nos passeports, il me demanda le manteau. Et l'Anglais de vouloir devancer son jugement : il voyait bien, n'est-ce pas ? la griffe d'Harrods, la largeur des épaules, la longueur des manches, il suffisait que je l'essaie ; et il fit semblant de pouffer.

Impassible, le commissaire retournait les poches de la doublure ; des grumeaux s'en répandaient ; ensuite, dans l'une des grandes poches extérieures, sa main s'arrêta et il en sortit la « réglette » en bois que Mimmo m'avait jetée à Naples lorsque je prenais congé de sa sœur. Il inspecta l'objet, le retourna, le secoua sous le nez de l'Anglais que la perplexité trahit : le haussement d'épaules, qui se voulait désinvolte, ne compensa en rien sa surprise ; moi, je décrivis en détail et sa fonction, et la manière de l'ouvrir. Le commissaire tira selon mes instructions par les deux bouts, et il eut du mal à garder le sérieux à la vue de la lame et de la fourchette.

Certes, chemin faisant, entre Via Veneto et la préfecture, j'aurais pu glisser ce machin d'antiquaire dans la poche, mais l'effondrement et le mutisme de l'Anglais jouèrent en ma faveur; et qu'il ne bronchât pas davantage lorsque, jugeant sans doute pénible de me la dénier plus longtemps, le commissaire reconnut mon innocence en me tendant, par-dessus le bureau encombré de paperasses, le manteau et, comme à regret, le curieux objet qu'il avait, si l'on peut dire, dégainé et rengainé à plusieurs reprises, l'air de s'amuser, balançant sa tête selon le mouvement que ses jambes imprimaient au fauteuil tournant. Une lueur de malice dans son expression animait l'insignifiance de ses traits.

Non, je n'étais pas à Buenos Aires.

Une fois replongé dans la nuit de la ville, je me suis dit qu'un jour je me rappellerais tout cela : la laideur hargneuse de l'Anglais, notre lutte, le tranchant de sa main, véritable battoir, sur ma nuque, le vertige surmonté, l'ivresse de la valse mi-songe mi-réalité lorsque je descendais Via Veneto et achoppais contre les coqs empanachés, l'indulgente lassitude de la police, et moi-même qui me consolais à la pensée que, dans l'agencement de faits qui composent la vie, chacun aura obéi à la même logique de la pierre qui tombe.

Comment me serais-je douté que deux mois ne s'écouleraient sans que j'eusse à me présenter à la préfecture, une notification à la main, pour y subir un interrogatoire ?

20

Toujours à l'ambassade d'Argentine où, un jour sur deux, je me rendais moins pour prendre mon courrier que dans l'espoir de décrocher, grâce à une employée qui m'avait à la bonne, un travail quel qu'il fût, je retrouvai deux compatriotes de mon âge, Edgar et Igor, musiciens qui commençaient à faire leur trou à Rome.

Nous avions lié connaissance, je ne dirais pas à Buenos Aires, mais dans un endroit précis de Buenos Aires, exigu et bondé : au théâtre Colon, dans les couloirs du troisième étage qui mènent aux fauteuils en bas des loges, où, faute de place assise, on pouvait se tenir debout : depuis le triomphe légendaire, dans les années vingt ou trente, de j'ignore quel Caruso ou quelle Ponselle, qui avait poussé une foule privée de billets à envahir la salle lors de la dernière représentation, on vendait des entrées à la portée de toutes les bourses. Très prisées pour cette raison elles l'étaient bien davantage du fait que l'enthousiasme collectif déclenché par la prouesse d'un chanteur, libérait l'audace du spectateur qui, s'il n'essuyait pas d'entrée une rebuffade, passait vite outre ses tentatives de frôlement.

De par ses origines, Igor avait ses entrées dans le cercle russe, fondé jadis par des rescapés de la révolution d'Octobre, et il faisait en sorte que son ami Edgar et, après nos retrouvailles, moi-même, puissions partager les faveurs dont il y bénéficiait. Eux, ils tiraient avantage, pour l'essentiel, du piano à queue, et tous les trois nous profitions du déjeuner que nous prenions seuls ; aucun des exilés, aussi modeste fût sa situation, ne s'y aventurait à l'heure du repas. Il faut dire que, hormis le pain et une moitié d'œuf dur qui, de temps à autre, venaient couronner l'assiette, nous étions incapables d'identifier les ingrédients qui composaient l'éternel hachis noyé dans une sauce glaireuse.

Éprouvais-je, alors, à manger cette pâtée, la répugnance qui accompagne le souvenir ? Je ne saurais le dire : enfant, là-bas, lorsqu'on tuait un mouton, on en faisait cuire la tête à même la braise et, tandis que les adultes se disputaient la cervelle, l'enfant se régalait des yeux, presque carbonisés et à la fois juteux.

Je me rappelle le piano noir sur l'estrade, la propreté de la salle, le luisant de son parquet, l'odeur de cire, notre façon appliquée de manger, l'aspect d'algues triturées et badigeonnées de béchamel, qu'avait la nourriture, mais la saveur de celle-ci et la sensation qu'elle suscitait en moi se sont évanouies.

J'aimais la halte fixée chaque jour, à midi, sauf, hélas ! le dimanche, dans ce lieu qui, sans atteindre au luxe, en ramenait la nostalgie, me procurant pendant une heure ou deux l'illusion de me trouver à l'abri pour longtemps.

Un jour, comme Hollywood préparait le tournage de *Guerre et Paix* à Cinecitta, en quête d'une figuration appropriée, on battit le rappel des Russes de la Ville éternelle afin de renforcer la vraisemblance des images, cueillant en même temps des gestes, des manières, et toutes les nuances des salutations officielles, de la révérence à la courbette, les acteurs produisant en général l'effet de celle-ci quand ils s'appliquaient à réinventer celle-là.

L'épreuve eut lieu au cercle. Igor m'y emmena ; ses traits d'Indien et la couleur de sa peau empêchaient Edgar de concourir.

De prime abord, l'assemblée où abondaient les vieilles dames — assemblée égayée de bibis à fleurs ou à plumes, de capelines de bon ton, ornées de cerises, d'un chou de tulle planté tout là-haut dans un chignon, d'une jolie ombrelle mauve qu'une main gantée de filoselle remuait en mesure, avec des arrêts mourants ; de l'éclat, ici et là, d'un corsage piqué de jais ou de paillettes rouillées —, on l'aurait dite déjà prête pour la prise de vues.

Assises sur les chaises pliantes dorées à la poudre de bronze, qui devaient servir à l'occasion de quelque causerie ou d'un concert intime, la plupart des candidates à l'écran, l'une contre l'autre et bien adossées au mur, rappelaient les saintes au visage de cire que l'on aperçoit, parmi des reflets tremblants, dans les châsses vitrées au pied des autels. Mais dans l'assistance on distinguait certaines, sinon moins âgées plus robustes, l'air de se soucier de la Vieillesse — jadis sans doute gouvernantes, voire domestiques ayant pris à leurs maîtres, au fil des ans et des chagrins qui les avaient flétris, leur port de tête et leur maintien, jusqu'à friser la noblesse.

Les hommes, compassés et falots, se tenaient debout, vieillards encore ingambes, pour la plupart ; ils formaient un cercle, le cou tendu, l'oreille attentive à leurs propos murmurés ; on eût dit qu'ils ruminaient des complots caducs. Et, à l'écart, costume de lin autrefois blanc, nœud papillon, sandales, et à la main l'éventail de *Lola de Valence*, une sorte de von Stroheim monté sur des échasses, la tête rasée huileuse de Yul Brynner, mais double de volume et bosselée d'un côté comme à coups de poing, traversait en diagonale l'espace débarrassé de meubles, soulignant la halte forcée et le retour sur ses pas d'un claquement, faute de bottes, d'éventail, qui appelait en vain ses sujets à faire la haie à son passage.

On se disait, avec Igor, qu'il lui aurait suffi de gifler d'un revers de main la première des dames pour abattre, chacune tombant sur sa voisine, l'entière rangée — ou, peut-être même, les coucher à l'horizontale d'un soufflement prolongé dont on ne doutait pas qu'il fût capable.

Cependant, un tout petit nez en trompette qui n'avait pas grandi en harmonie avec sa personne, ruinait sa majesté, la rabaissant à du cabotinage, malgré la carrure mythologique qu'il promenait avec satisfaction parmi ses compatriotes.

Dans la salle, d'habitude asile de fraîcheur sous la lourde chaleur de Rome, une autre chaleur se répandait qui, se dégageant des corps, exaltait des relents de patchouli, lorsque l'Amérique fit son entrée, précédée par les voix nasillardes de ses représentants, un grand blond péremptoire flanqué de photographes et d'assistantes munies de porte-documents — à fermeture Éclair, je m'en souviens — qu'elles s'empressèrent d'ouvrir, étalant fiches, cahiers et de la paperasse sur la table où Igor, Edgar et moi déjeunions d'habitude ; elles y avaient pris place sans la moindre hésitation.

Le géant arrêta sa promenade martiale d'un angle à l'autre de la pièce, et il se fit un grand silence.

Le gros, l'épais, le tonnant Américain parcourut du regard les gens figés sous la lumière pauvre du lustre — les uns rencognés dans leur orgueil, offerts les autres — avec le sérieux d'un enfant dans un aquarium de poissons exotiques.

Puis, d'étonnement en étonnement gagné par l'enthousiasme, il n'avait pas tourné vers ses secrétaires sa face réjouie que quatre sourires étincelaient à l'unisson.

Il déroula une grande feuille qu'il maintint déployée devant lui, en biais, à la façon d'un ministre du roi un édit dans un film d'époque, donna des ordres, les secrétaires ôtèrent le capuchon de leur stylo comme on dégaine, les flashes cessèrent.

Des narines frémissantes de chat prêt à l'assaut, l'Américain enroulait et à nouveau déroulait sa feuille, tout content du spectacle que lui offraient les candidats, lesquels avaient pour lui le regard de la souris écoutant avec ses yeux les bruissements de la menace — ces yeux qui nous avaient percés, Igor et moi, nous rejetant tous les deux, tels des intrus, quoique Igor, Russe blanc, fût des leurs.

Enfin commença la cérémonie de l'humiliation. Et l'Américain de massacrer le patronyme des inscrits, à en juger par les signes d'intelligence que les voisins de l'appelé échangeaient avec celui-ci en guise de réconfort, tandis que les photographes se remettaient à clouer sur place les victimes. D'abord les femmes : celle-ci faisait la révérence, celle-là se signait.

Les unes paraient leur personnage d'anciennes coquetteries ; les autres affichaient le regret d'avoir consenti à la mascarade. Telle, en trébuchant, un genou à terre, ouvrit des bras de danseuse que le public acclame ; et telle, voûtée sur sa canne, dut se soumettre aux photographes dans toutes les poses, mais surtout de profil, sûrement à cause de la distinction que lui conférait un nez devançant son visage et son pas.

Le désagrément, la gêne que leur causait la situation se peignait de différentes manières sur les figures des dames, mais davantage sur celles des messieurs : leur tour venu, leur nom crié, ils perdaient leur feint aplomb, et, en cet instant même, se changeaient qui en enfant timide, qui en domestique renvoyé. Leur salut devant le tribunal était bref et sec, et, une fois libérés, ils regagnaient l'anonymat, rapetissaient, cherchant à se rendre invisibles.

Le colosse à l'éventail se plia en deux pour ensuite se redresser très lentement, et il n'en finissait pas de grandir ; de petits rires catarrheux se laissèrent entendre quand il heurta de sa tête les verroteries du lustre : la Vieillesse pouffait devant ses gestes excessifs, d'une main preste des messieurs cachaient leur bouche, des femmes y portaient de fins mouchoirs ; il n'était pas de leur milieu. L'Américain, de son côté, avait du mal à réprimer son envie de rire, et les secrétaires attendaient sa permission, sauf l'une d'elles, une blonde à lunettes qui fit montre d'un sérieux réprobateur à l'adresse de ses collègues.

Le géant essuya un refus, suivi d'un commentaire flatteur suggéré sans doute à l'Américain par la blonde à lunettes qui s'était penchée vers lui.

On put croire qu'il éclatait en sanglots alors qu'il se tordait d'indignation : lui, qui avait joué chez Tairov et chez Stanislavski, et côtoyé Meyerhold, lui, tant de fois sollicité par Hollywood dont il avait refusé les propositions !

Il se tut. Son visage prit la couleur de la tristesse, la teinte jaunie de son costume. Après une tirade qui l'épuisa, soudain il s'écria, un doigt accusateur à l'endroit des comparses virtuels massés dans l'attente des consignes : « Tchekhov, votre prophète ! » Et avec un geste large où se mêlaient la lassitude et le dédain, il défit son nœud papillon et, secouant son éventail, altier néanmoins, disparut dans les coulisses, c'est-à-dire s'en alla.

Papotant à mi-voix, par petits groupes, tous partirent. Je regardais avec une curiosité affectueuse ces derniers messagers d'un monde déjà effacé.

Igor et moi, qui n'avions pas eu l'honneur des

flashes, nous nous attardions, en familiers des lieux. Les Américains rangeaient leurs affaires, bruyants et satisfaits. Igor s'entretenait avec le concierge — et cuisinier — du cercle. Et, derrière les lunettes à grosse monture d'écaille et sous la perruque que, tout à coup, la blonde secrétaire enlevait, je vis apparaître Audrey Hepburn ; elle renouvelait son sourire chaque fois que ses yeux se portaient sur l'un ou l'autre des membres de l'équipe qui célébraient sa farce. Diaphane, fragile à se briser dans sa robe blanche à bretelles, elle était néanmoins souveraine. Maintenant qu'elle est morte, je regrette d'avoir pensé, en cette après-midi lointaine, que ses épaules nues présageaient le squelette.

Tchekhov... Son nom suffit à me reconduire au cercle russe des exilés de Rome. Au reste, je n'avais pas encore dévisagé à mon aise les exilés, que le souvenir de Liubov traversait mon esprit. Liubov, forcée de vendre à un rustre, à un promoteur immobilier, l'immense propriété et son jardin d'enfance qui demain ne sera plus, pour réparer les conséquences de sa légèreté et continuer à jouir, à Paris, ou ailleurs, des mille frivolités qui l'ont menée au désastre. Écervelée, futile, et pourquoi si attendrissante ? Pourquoi, lorsqu'il m'arrive d'assister à une représentation de *La Cerisaie*, et que cette tête de linotte, moitié braise, moitié cendre, au plus épais du chagrin, au moment où déjà retentissent les coups de hache qui frappent les cerisiers, est prise d'effervescence en entendant les grelots, le trot, le crissement des roues du coche qui va les emporter loin, elle, cigale pour l'éternité, et les siens — pourquoi le cœur déborde-t-il comme si cet adieu coïncidait avec une nostalgie que je porterais en moi, alors que du passé je crois connaître, seule, la dose de nostalgie que contient le remords ?

Quand, la main sur la poignée de la porte, Liubov Andreevna Ranevskaïa fait du regard le tour de la pièce, qui, au fond, dit adieu à quoi ?

21

Je ne fus pas étonné qu'Orazio eût découvert ma tanière, ni qu'un matin, alors que trois coups de sonnette m'avaient réveillé vers sept heures, il soulevât le petit rideau au pied de mon lit, un air d'incrédulité se substituant au sourire malin qui accompagnait dans son esprit la surprise que j'allais éprouver. Les narines pincées d'un coup, il s'était retenu à peine de rejeter la tête en arrière, rebuté par l'atmosphère de l'antre, épaissie par les effluves du sommeil.

Il était rasé, les cheveux humides coiffés avec

soin ; il émanait de lui un frais parfum de savonnette. Avais-je craint qu'il me retrouvât, j'étais heureux qu'il l'eût fait.

La *signora* Elena se montrait en tout plus tolérante que les Mariotti de la banlieue et, surtout, que les sentinelles du Janicule, peut-être à cause du fait qu'elle ajoutait à la location illégale, d'abriter ces rendez-vous galants qui excitaient ma curiosité, et que je guettais depuis ce matin où, au réveil, j'avais découvert, accrochée au portemanteau, la capeline à fleurs, incongrue dans l'ambiance de misère de l'appartement.

Comme je devais faire un brin de toilette, je me souviens qu'un moment Orazio allait s'asseoir sur mon lit, quand la *signora*, si discrète, si ténue et, en dépit de ses coups d'œil furtifs, d'une délicatesse de madone au lys qui se répandait sur ses actes, lui adressa la parole. L'interrogeait-elle à mon sujet ? Je les retrouvai tous deux dans la cuisine, en pleine conversation, en train de boire ce café dont je n'avais eu droit qu'à l'arôme, et que, ce jour-là, j'ai goûté.

S'entretenaient-ils des rendez-vous nocturnes ? Avait-elle flairé en Orazio un intermédiaire virtuel, un complice, voire un rabatteur, et éprouvait-elle la tentation d'accroître ses gains en élargissant son commerce ?

Peut-être ne me louait-elle ce lit encastré dans

un trou que pour masquer son meublé, au cas où une éventuelle dénonciation de ses voisins de palier eût entraîné une descente de police. Ils s'étaient tus ; ils n'en échangeaient pas moins des regards qui me semblaient de connivence. Ni ce matin-là ni plus tard, un signe quelconque ne me permit de déduire qu'ils avaient conclu un accord. Et de cette conversation dans la cuisine qu'il savait m'intéresser, il éluda tout commentaire, et il n'en fut jamais question entre Orazio et moi. Après une quinzaine de jours au cours desquels son assiduité et ses entretiens avec la *signora* étaient devenus presque quotidiens, elle lui claqua la porte au nez. Deux ou trois fois le triple coup de sonnette retentit à peine le soleil levé, mais l'immobilité de la *signora* Elena, debout entre la cuisine et l'entrée, les mains croisées sur le ventre, imperturbable, reflétait la paix d'une âme grandie dans le cloître, m'empêchant de m'extirper du lit pour ouvrir la porte à Orazio.

Pareil au chat qui d'un fauteuil, d'une table, d'une armoire, fait son exclusif territoire, Orazio restait fidèle à ses habitudes, même à celles qu'il avait prises lorsque sa douce folie, d'autant plus inquiétante qu'elle ne l'éloignait pas de la normalité, pour ce qui est de l'apparence tout au moins, montait en lui comme une poussée de fièvre. Une lumière devait s'éteindre dans son cerveau, une coupure s'y produire, brouillant les relations établies avec la réalité, un trouble de classification, de portée de ses actes, comme s'il obéissait à une mémoire mécanique, tout en demeurant réduit à l'instant, et qu'il agît dans l'intimité d'un rêve qui coïncidait avec les rues qu'il parcourait, la sonnette sur laquelle il appuyait, les gens qu'il rencontrait, sauf avec lui-même — si peu lui-même en ces occasions qu'il paraissait ne pas être là, devant vous. À la table d'un café, face à face, on s'entre-regardait de très près, mais chacun d'une rive à l'autre d'un fleuve très large.

Orazio avait le pouvoir de modifier le monde autour de lui, de le rendre fluide, un peu magique ; par surcroît, il attirait des êtres qui, par ces côtés, lui ressemblaient, et le suivait-on, on se retrouvait dans des situations si extravagantes, si hors du commun, que moi-même, aujourd'hui, il m'est difficile d'y croire. Seulement s'il m'arrivait de rencontrer le Professeur dans son palais de l'Aventino — dont je me rappelle les tentures vert sombre et le fauteuil gothique, surélevé d'un socle à trois marches —, je croirais sans l'ombre d'un doute à son existence, et à ce dimanche où Orazio m'entraîna chez lui. Mais je n'allais plus jamais rencontrer le Professeur : il est toujours trop tard quand la mémoire exige la sauvegarde des images :

en 1955, le Professeur s'éloignait déjà de la soixantaine.

Haut comme trois pommes, tout de noir vêtu, du col empesé de sa chemise s'élançait un cou frêle pour soutenir la tête la plus petite que j'avais vue, et le minois chiffonné tendait au vieux rose sous un subtil entrelacs de rides à la pointe sèche ; ses cheveux enroulés en couronne à la saint Antoine de Padoue, accentuaient l'éclat de sa calvitie, la nimbant d'une auréole ; et la chevalière au petit doigt — ce qui à l'époque signalait les goûts du célibataire —, au chaton très large, parachevait sa mise.

Il avait l'habitude d'inviter chez lui, le dimanche en fin d'après-midi, des garçons qu'il gardait pour le dîner, dans l'espoir que des couples se forment, auxquels il offrait des chambres s'il devinait en eux le besoin de mener à terme leur intimité naissante. Si je m'en tiens aux dires d'Orazio, il ne quittait jamais son fauteuil, se contentant de régner sur l'essaim d'abeilles butineuses, ne leur demandant rien, hormis d'assister à la causerie sur saint Filippo Neri, qu'il tenait dans les jardins de la villa Celimontana, sur ce banc de pierre où, assurait-il, Filippo venait s'asseoir et méditer. Celui-ci avait quitté sa ville natale, Florence, afin de suivre des études de théologie à Rome, où il était devenu le précepteur des fils d'un certain Galeotto dont je n'ai pas retenu le patronyme ; le ton appuyé sur lequel le Professeur le prononçait, marquait le haut rang du personnage.

Oui, c'était assis sur ce banc même que celui qui atteindrait à la sainteté dispensait son enseignement aux petits de Galeotto. Passionné de savoir, il n'avait pas hésité à vendre tous ses livres pour venir en aide aux malades, aux pauvres. Plus tard, ayant reçu l'ordination, il avait fondé une congrégation de prêtres réguliers, celle des oratoriens, unis par le goût des études et les liens d'une charité mutuelle. Le Professeur répéta ces derniers mots, et leur répétition, soulignée par une œillade complice, fut, au cours d'un récit que l'on eût dit d'un dévot à l'ancienne, la seule licence qu'il s'accorda, avec, peut-être, sa façon de caresser mes cheveux sous prétexte de les arranger ; s'apercevant de ma réticence, il avait rabattu cette discrète effusion sur la tête d'un enfant imaginaire.

Filippo avait construit des églises et des maisons pour ses oratoriens, mais, aussi, une bibliothèque, la Vallicelliana. L'exposé, mené d'une voix égale, rythmée par le soin qu'il mettait à renforcer les dentales, avait pris fin, et le soleil se couchait ; des oiseaux vertigineux cisaillaient l'air en tous les sens ; comme on se réveille en sursaut, il se tourna vers ceux qui l'entouraient : « Avez-vous relevé que le même homme qui pour l'amour de son prochain se dessaisit de ce qu'il aimait le plus, sa librairie, créa la merveilleuse bibliothèque que l'on continue à fréquenter ? J'aime la symétrie, elle prouve la loi des compensations. »

Sur ce, une ardeur radieuse que le couchant encore rouge renforçait, illumina ses joues et sa petite tête de mort devint bien vivante.

Les garçons, chacun préoccupé d'avertir les autres, par de petits signes, qu'il avait assez de ces homélies, se retenaient pourtant même de sourire, non par respect, je crois, mais à force de surprise que le Professeur fût ému par sa propre dissertation. Et un geste de trop lui échappait-il, il se ravisait, il gardait son quant-à-soi.

Pressant entre le pouce et l'index mon coude, il m'entraîna en avant, tandis que le reste de la compagnie nous escortait. À l'évidence, même s'ils ne se connaissaient pas tous entre eux, tous ils étaient des connaissances d'Orazio.

Arrivés chez le Professeur, ils s'assirent, ou se laissèrent choir : qui, sur un fauteuil, qui, familier des lieux, à même le sol, sur un tapis. Je me souviens d'avoir observé que nous étions en nombre pair et, excepté Orazio et moi, tous semblables par leur robustesse et leur appartenance à une classe intermédiaire qui, sans cesser d'être moyenne, empruntait déjà à la bourgeoisie une insouciance satisfaite. Je me sentais plus que jamais malingre, chétif et décharné à côté d'eux, aussi essayais-je, sinon de gagner leur sympathie, d'être accepté dans leur cercle, le temps d'une soirée. Mon besoin d'affection me pousse souvent, d'acquiescement en approbation, de sourire en louange, à une sorte de servilité. Un seul visage me revient, sans être laid, pas beau, celui du plus entreprenant qui débouche le mousseux, remplit les verres et les distribue. Le Professeur, qui a chaussé des lunettes attentives, délicats verres ronds cerclés d'or, fait mine de tremper ses lèvres dans le sien, et le garde un moment levé avant de le déposer sur le bras de son siège soutenu par un sphinx, avec cette lenteur et cette onction des célébrants de la messe, tels que l'imagerie et la grande peinture en proposent — et peu souvent la réalité.

On alluma les lampes ; on mit de la musique dans une chambre attenante au salon ; on ouvrit les fenêtres ; le souffle du printemps gonfla les rideaux ; tout était accueillant, aimable, on aurait tant aimé qu'il en fût toujours ainsi ; et, là-haut, dans la verrière, au fond, la lune.

Pourtant, la conversation ne prenait pas, les plaisanteries ne provoquaient pas des rires, l'enjouement sonnait faux, de même que le parti pris de la désinvolture de certains. Mais, peu à peu, l'expression béate du Professeur qui, les mains dans son giron, dominait sa cour du haut de son trône gothique, l'ogive du dossier réduisant encore sa taille, modifia l'atmosphère : elle devint intime, toute pleine de conspirations, d'intrigues, de rires étouffés, d'un murmure de secrets qui passaient de bouche à oreille jusqu'à atteindre, dans une version qui d'un conteur à l'autre s'était affinée, celle du maître de maison lequel, d'un simple geste à peine ébauché, retenait le naïf qui, complaisant, se proposait de le vénérer de trop près.

Des couples se forment, des trios, le salon se vide, des portes s'ouvrent, se ferment, on n'entend plus de musique, plus rien.

Le Professeur, impassible, fredonne une mélodie, chantonne les premières paroles : « Là-bas, dans les buissons... », les répète, ne trouve pas les suivantes, se tait. Orazio m'enjoint de le suivre ; il me jette un regard du coin de l'œil pour atténuer la sévérité de sa voix.

Il y a des moments, dans la vie, qui ne tiennent de place dans la mémoire que par le souvenir du sentiment qui les a remplis à en déborder, et quelques détails épars : on se rappelle, et encore, avec qui on l'a partagé, mais on ne voit pas sa figure ; on ne se souvient ni des mots ni des gestes échangés, ni s'il y eut d'échanges.

De ce moment, sans doute assez long, passé en compagnie d'Orazio — enfermés à clé, car cela faisait partie du rite —, ne reste que le rouge du canapé, le dessus de marbre d'une commode, le capiton de la porte qui garantissait l'intimité, l'énormité d'une sensation où se mêlaient l'anxiété, la crainte, le bien-être que procure un certain cadre, l'absurdité de la situation, la pensée du plaisir qu'éprouvent d'autres corps dans d'autres chambres, cherchant à se perdre l'un dans l'autre, leurs battements qui se précipitent, s'affolent — ce plaisir singulier qui me rapproche du Professeur — et mon cœur qui va éclater et qui n'éclate pas.

Je suis à nouveau dans le salon, les membres fourbus à force de feindre le calme, de dissimuler l'énervement, la tension, le désarroi. Les garçons réapparaissent par intermittence ; ils se sont rafraîchis ; un bruit de douche parvient du fond du couloir ; on remet un disque ; après Stan Getz, du Tchaïkovski ; et l'on reprend du mousseux.

Le siège gothique est vide, mais le Professeur ne tarde pas à revenir sur scène, tablier immaculé, à la cheville, toque de cuisinier. On le congratule, on l'applaudit ; on joue à deviner quels mets il a préparés d'après les odeurs qui ont filtré dans son sillage jusqu'au salon, et s'y répandent. « À table, à table ! *presto, presto !* » Et de regagner la cuisine en trottinant. On entend des cliquetis de couverts et sa voix chevrotante : « Là-bas, dans les buissons... »

On m'invite à passer le premier dans la salle à manger; on m'y pousse avec gentillesse; on m'a admis; ce soir, au moins, je suis des leurs. Personne ne s'assoit, chacun derrière sa chaise attend le maître de maison et cette politesse me plaît. Il n'y a plus ni affliction ni problèmes; dans quelques minutes j'assouvirai ma faim; j'ai récupéré l'espoir de la jeunesse qui ignore; je peux aller où bon me semble — je suis ivre mort.

À l'honneur d'une si étrange personne, si heureuse d'ébahir et de combler, il faut louer sa prodigalité : à la profusion s'ajoutaient les délices des saveurs. Ce fut somptueux. Par bonheur, parmi mes expériences, je comptais celle de l'affamé assis de temps à autre à une bonne table, qui a appris à modérer son avidité, à ne pas se concentrer sur son assiette, à feindre qu'il déguste ce qu'il a déjà avalé.

Tous les deux des énigmes, il reste que le Professeur en posait une bien plus complexe qu'Orazio : le calme de celui-ci en faisait un étranger au monde, rivé à Dieu sait quelle idée fixe, et l'on ne savait jamais qui reviendrait de cet éloignement de lui-même; en revanche, devant la substitution des masques, comme d'un acteur qui multiplie les rôles, toute hypothèse au sujet du Professeur s'avérait sans fondement. On aurait dit, certes, que, tous deux, à la faveur de courts-circuits nerveux, cédaient la place à leur double, ou vice versa. Mais Orazio demeurait inatteignable, tandis qu'avec le Professeur, au milieu de la bizarrerie fantasque de son accueil dominical, on glissait de l'hagiographie de saint Filippo Neri à des propos presque intellectuels de tenancier de bordel ; de la bouffonnerie bon enfant du chef cuisinier, au sérieux qu'il apportait au divertissement de ses invités — ce tact perpétuel qui, tout désaxé qu'il parût, le mettait très au-dessus de son entourage.

Je ne sais pas pour quelle raison le démon de l'analogie me convie aujourd'hui, lorsque je pense au Professeur, à évoquer ces murs de brique, ces toitures rouges qui demeurent imprégnées de lumière, longtemps après le coucher de soleil. Il y avait une qualité crépusculaire dans la courtoisie du Professeur.

22

Moins par crainte de me montrer ridicule que de ridiculiser par quelque biais le personnage dont il sera question ici, j'hésite à entamer le récit que la mémoire me propose. Du virtuel lecteur de ce non moins virtuel récit, j'espère, certes, une collaboration ultérieure, mais tout d'abord, qu'il fasse preuve d'indulgence à l'égard de ces atermoiements en forme de préambule. On aimerait transmettre certaines choses autrement qu'au moyen des mots ; ceux-ci se complaisent dans nos scrupules et s'appliquent à les aggraver.

Peut-être aurait-il mieux convenu de rappeler, d'entrée de jeu, ce soir où, me promenant au bord du Tibre, mais d'un pas décidé, l'air de me diriger vers un point précis de la ville, la seule ombre à se détacher du parapet à mon passage, avait été celle d'Orazio. « Je t'attendais », m'avait-il dit avec son calme habituel, nuancé d'une pointe de reproche, comme si nous avions décidé d'un rendez-vous et que je fusse en retard.

M'attendait-il ? Quelque chose, en tout cas, m'attendait, moi. Trois jours plus tard, voilà que nous empruntions l'escalier conduisant au poulailler du Teatro alla Scala, pour assister à la première d'un opéra. Une amie à lui, une choriste, lui avait procuré ces places modestes ; j'étais loin de soupçonner le caractère miraculeux que je leur attacherais avec le temps. J'avais couru l'aventure milanaise attiré par une raison bien concrète : Luchino Visconti, auquel je vouais déjà un culte, était le metteur en scène de l'ouvrage.

Je viens d'écrire « ouvrage », je m'en aperçois, afin de retarder le moment où il devra être question, contre mon gré, de la soirée elle-même.

Il m'en coûte de réprimer un sourire lorsque quelqu'un me déclare, avec sérieux et un soupçon de défi, qu'il aime ou n'aime pas, par exemple Mozart ou Picasso, et davantage s'il me pousse à me prononcer sur le sujet. Il y a des gens qui, par incertitude, claironnent de ces aveux qu'on ne se fait même pas seul à seul, de soi à soi.

J'inclinerais moi-même à me taxer de snobisme si je n'étais pas convaincu que ma réaction, ils sont nombreux à la partager. Quand la valeur réelle, ou la renommée, procurent à des êtres la dignité du symbole, que peuvent bien représenter nos avis, notre goût, à leur endroit ? À quelque degré qu'on se trouve dans l'échelle sociale, on n'aime pas que Monsieur Tout-le-Monde nous emboîte le pas, s'empare de nos idoles. Le fait-il, on continuera de les vénérer, mais sans les vanter. Qu'il aille, lui, ressentir l'émotion désormais prévue, devant *La Joconde* ou *Guernica* ; qu'il proclame son enthousiasme ou sa déception ; nous, entre-temps, nous serons partis à la découverte, disons, de Pontormo ; nous serons en train de découvrir la modernité de ses aplats, de ses couleurs acidulées ; on aura délaissé Beethoven pour Schubert ; on aura abandonné le premier à Monsieur Tout-le-Monde, en attendant qu'il s'en détache pour le lui reprendre et lui livrer le second.

Réflexe de singularité que l'espèce nous impose, toujours latent dans notre misérable profondeur — où germent des envies et des répugnances qui grèvent notre esprit, le soumettent à des liaisons et des ruptures irrationnelles, des affirmations, des démentis, des virevoltes, sans que l'on sache si tout cela contribue, à notre insu, à maintenir cet équilibre qui fait que la pomme tombe et que la lune ne tombe pas ?

Comment évoquer encore de nos jours Maria Callas sans provoquer un haussement d'épaules, à peine ébauché, ce sourire contenu, oblique qui suffit à dire : « Bien sûr… On ne le sait que trop, n'en parlons pas » — les mêmes que nous réservons à quiconque se risque à en parler devant nous ?

C'était le 28 mai 1955 : c'était *La Traviata.* La réalité est lente ; et il aura fallu à Verdi que le médiocre Dumas fils réussît un beau mélodrame, et à tous les deux qu'il ait existé cet être en chair et en os, celui que Mme Bertini espérait faire revivre : la brave fille née à Nonant, dans l'Orne, en 1824, répondant au nom de Rose Alphonsine Duplessis, avant de se faire appeler, de façon plus distinguée, Marie Duplessis,

« bohémienne, grisette et enfin courtisane », comme l'a définie un chroniqueur de l'époque. Grandie à la campagne, livrée très tôt à des garçons de ferme, avant d'être jetée en pâture, par son père, à un vieux monsieur, vendue ensuite à des bohémiens, emmenée à Paris — « ce populeux désert que l'on appelle Paris », comme elle chantera dans Verdi —, et pour finir, placée chez une modiste des alentours du Palais-Royal.

Vingt-deux ans après sa naissance, une riche rentière disparaissait dans son somptueux appartement du 11, boulevard de la Madeleine, entourée plutôt d'amis que d'amants, puisqu'elle avait du cœur. Théophile Gautier rapporte que, après quelques semaines d'agonie, lorsqu'elle comprit que l'« ange pâle » venait la prendre, elle se leva toute droite, poussa trois grands cris, puis elle tomba.

Luchino Visconti devait bien connaître la notation du poète, qui fit mourir, au grand scandale des Milanais, debout son interprète — pour la dernière fois Maria Meneghini Callas, à l'avenir, Callas.

Au fil des ans, le nombre de spectateurs qui, à mesure que la soirée devenait légendaire, y auraient assisté, ne cessa d'augmenter, au point qu'il eût fallu accorder à l'enceinte du théâtre des dimensions contre toute vraisemblance. Mais, à partir d'un certain moment, d'y avoir été ne rajeunissait personne, aussi, le nombre de privilégiés diminua-t-il.

À l'égal du bonheur, le souvenir de quelque beauté que le sort nous a accordée, redit sa merveille et, en même temps, nous la dérobe ; elle aurait pu ne pas exister : qu'en reste-t-il ? Me rappeler cette soirée du 28 mai 1955 équivaut à la réinvention d'un foyer lointain, d'un éblouissement qui n'a cessé ni ne cesse de rayonner sur mon existence. Si, pendant quelques secondes, la pensée joue à la retrancher de ma vie, celle-ci perd une partie de ses précaires contours : les quatre ou cinq choses qui la soutiennent et, peut-être, ne serait-ce qu'en quelque sorte la justifient, se désagrègent, se disjoignent. Et tout cela parce que la grosse fille boudeuse, mal attifée du commencement — dont on avait déjà célébré, même sur l'autre rive de l'Océan, à Buenos Aires, à Mexico, l'art du chant, mais non sans retenue, non sans un sentiment d'incommodité que l'on décelait mal —, avait rejoint enfin l'image qu'elle portait dans son for intérieur, plus forte qu'elle-même, et d'une terrible exigence : au désir de gloire s'était ajouté celui, encore plus difficile à atteindre, d'une métamorphose physique radicale.

Silhouette gracile, long cou dégagé, bras interminables, visage émacié où maintenant ressortaient son nez antique, ses lèvres charnues et placides, et que dominait la tranquille majesté d'une présence soucieuse de plénitude. Sa voix ? La première note était la matière même du souffle retenu, gros d'une émotion qui ne peut plus rester enfouie ; et celles qui suivaient la première, le chant de l'oiseau qui enferme la nuit, le silence de la nuit et, dans la continuité de la mélodie, exprime une douleur impersonnelle, aveugle, de nature désespérée, libérée par la musique, obéissant à la mesure, mais prenant en charge le corps tout entier. Elle flambait noir, sa voix, dans le grave, pour ressusciter dans l'aigu, de l'autre côté de la conscience, et tout d'un coup pour nous emporter avec elle dans une déflagration de fureurs, exauçant les nôtres, emprisonnées ; et à l'instant, jamais détimbrée, elle devenait un murmure, une confidence — et l'on aurait dit que quelque chose en nous, d'informe, d'ignoré, l'attendait depuis l'enfance pour y couler sa peine.

Entre la véhémence, en elle, d'un destin en train de s'accomplir, et l'envol sans cesse repris du cœur vers l'appât d'un monde à la fois stable et fluide ; entre l'énormité du tourment et une suavité soudaine, les mots glissaient sur un autre fil que le fil de la pensée, et le drame et ses péripéties se résorbaient dans la cadence. Et puis, il y avait les gestes de la cantatrice, des gestes grecs d'avant notre Grèce à nous : le bras tendu, la main parallèle à la tempe, mais ne l'effleurant pas, dans la désolation. Et jamais de ces mignardises de doigts incurvés, de ces trémolos, de ces bégaiements des membres à chaque note, comme on en subit souvent au spectacle.

Je ne saisis pas, ce soir-là, à quel point l'autorité souveraine de l'interprète résultait du contraste entre la voix soumise à la moindre modulation, et la ligne ferme, soutenue de ses attitudes. En vérité, quoique bouleversé, je fus loin de mettre à l'abri ce qui s'emparait de mes sens, pénétrait dans mon esprit. On n'est jamais tout à fait dans le présent ; je n'ai récupéré la soirée, ni compris le génie de l'artiste, qu'une dizaine d'années plus tard, au palais Garnier, alors que de la splendeur vocale d'autrefois ne restaient que d'ultimes vestiges. Pourtant, ces *Norma*, ces *Tosca* des années 1964 et 1965 me semblent, elles aussi, appartenir au domaine du rêve ; j'ai été trop ébloui pour être présent.

J'arrive, ici, au cœur même de ce récit, à l'aveu qui infirme mes scrupules à l'entreprendre. Je me résigne au ridicule : les gestes de la cantatrice, je les ai intériorisés ou, plutôt, mon corps les a appris, qui peut les reproduire aux sons de n'importe quelle musique, qu'elle l'ait interprétée ou non, qu'elle soit vocale ou instrumentale. J'ai la certitude qu'elle eût adopté tel port de tête sur telle mesure, lancé son bras en avant pour parer l'éventuelle réaction du public à l'approche d'un passage périlleux, posé sa main aux doigts écartés à la base du cou, dans l'élégie, réglé le drapé de son vêtement dans une pause, croisé ses bras avec placidité pendant toute la durée de l'air le plus ardu ; et je sais la manière qu'elle avait d'envelopper l'espace où elle se tenait, plus qu'elle ne l'occupait ; et que le secret de l'artiste dépend de l'intensité de sa présence quand plus rien ne reste à l'intérieur.

Le destin de Maria Callas fut de lutter contre le destin, pour devenir dans la réalité tangible une autre — l'autre. Peut-être la seule bonté du sort à son endroit fut-elle de lui permettre de mourir avant que n'affleurât, surgissant des profondeurs où elle la gardait, assoupie, la Grecque primitive, la terrienne, la grosse fille boudeuse, mal attifée qui lui avait fait le don des mystères et des infinis qu'elle recélait : dans ses dernières années, n'apercevait-on pas que ce duvet propre aux Méditerranéennes tendait à repousser sur le méplat des tempes, à la naissance des cheveux, en haut de l'oreille ?

Aujourd'hui, lorsque j'écoute ses enregistrements, reviennent la nuit de Milan et les nuits de Paris, et certaines images se redessinent, plus nettes, mais sans continuité. Je me rappelle la Scala, les applaudissements, le théâtre debout, les gens penchés en avant dans les loges — et le regard d'Orazio qui, lui, ne participe pas à l'effusion. Ensuite, une coupure se produit, l'écran est vide. Je n'ai pas retrouvé Orazio et j'ignore par quel moyen je réussis à regagner Rome.

Orazio, je ne le reverrais plus jamais : peut-être avait-il accompli la tâche que la vie lui avait assignée à mon égard.

Où que le temps l'ait conduit, je le salue.

23

Maintenant, il faudra que je me retrouve dans cette nuit de la mi-juillet où, après que M. Costa m'eut abandonné sur les hauteurs du Janicule, je regagnai la Piazza di Spagna, me résignant à m'étendre sur la pierre adoucie de sa rampe parapet, pour y dormir.

Je me suis quitté là, il y a bien des pages, me semble-t-il : happé par le souvenir de M. Costa, un moment apparu comme dans la lumière oblique d'une travée, j'éprouvai le besoin de m'écarter de la chronologie, afin que l'ébauche d'histoire entre nous deux, si ténue, s'élevât à un semblant d'amitié. Cela arrive souvent lorsque des réminiscences s'avancent du plus lointain, pareilles à une escadrille de nuages sans contours, et qu'on aimerait emprisonner dans une forme, les figer. Au reste, les souvenirs, lesquels ont partie liée avec le temps, tendent à se détacher de vous, et obéissant à quelque loi de gravitation qui échappe à toute tentative de déchiffrement, se rassemblent en de petites constellations à contempler par quiconque, dans un ciel étranger.

La *signora* Elena qui, par intermittence, relâchait les traits de son visage en m'apercevant, le matin, se montra d'une intransigeance sans appel le jour où, les mots longtemps ruminés et tus, faute de courage, je m'entendis lui avouer mon impossibilité de payer la semaine par avance. Elle n'hésita pas à me congédier : j'étais de trop depuis que florissait son activité clandestine. Je me rappelle les gémissements de plaisir des clients, mêlés aux ronflements caverneux de la vieille femme dans le lit séparé du mien par la si mince paroi en contreplaqué. Je me souviens de la *signora* Elena assise dans sa cuisine sur le bord de sa chaise paillée, l'air de se trouver dans une salle d'attente, l'œil et l'oreille aux aguets ; et moi traversant Rome à pied, la valise à la main, un balluchon de linge sur l'épaule, que j'allais mettre à la consigne de Stazione Termini.

C'est ainsi que l'escalier fastueux de la Piazza di Spagna, dont je regrette la solitude — depuis que l'on est forcé d'enjamber à toute heure du jour ou de la nuit, des corps étalés, aux vêtements et aux cheveux sales —, devint mon domicile. Il offrait, par comparaison avec les tout proches jardins du Pincio, grâce à la stabilité de sa géométrie, l'illusion d'une demeure et l'avantage, pour le dormeur, de paraître moins suspect, aux yeux des éventuels carabiniers, qu'allongé sur un banc parmi des buissons.

Je ne songeais même plus à la pente que j'avais suivie, où j'étais en train de dégringoler, tombant du haut de mon orgueil. Avais-je senti grandir devant moi, telle une muraille qui s'écroule et se reconstitue sans cesse, la distance qui me séparait de l'avenir ? Me serait-il interdit de l'atteindre ? moins encore d'y renoncer, heureux, quoi qu'il en fût, d'avoir quitté mon pays natal. À cet égard, et je crois qu'à tous les autres aussi, il n'y eut jamais de place en moi pour le regret, alors que, en réalité, il n'y en avait pas non plus pour l'espoir.

Maintenant, je butais contre les dernières limites : rien entre la déchéance extrême, la chute et moi, que le souvenir de ce quignon de pain grignoté trois jours auparavant, et la générosité, que je célébrerais toujours, des fontaines de Rome. Quant à la provision de pastilles de menthe pour combattre l'haleine aphteuse, immonde de l'affamé, elle touchait à sa fin.

Comment dire la faim, comment exprimer ce qu'est la faim — non pas la faim de celui qui s'impose un régime par précaution ou par fierté : la faim dans le dénuement absolu, sans recours ?

On a des images de famine, devant nos yeux ; des peuples entiers se consument par carence alimentaire jusqu'aux os ; leur nombre nous impressionne au point qu'un sentiment d'impuissance nous envahit et, du coup, soulagés, nous tournons la page ; mais, comme la mort, la faim est une, et toujours celle, immense, de l'unique homme qui en souffre.

Quand le rêve que vous avez fait de devenir tel ou tel prend le dessus et vous traîne bon gré mal gré derrière lui, il se produit d'abord une sorte d'exaltation, les nerfs infusent dans le corps un semblant d'énergie ; mais que le rêve pousse le corps à aller de l'avant à ses risques et périls, il reste en retrait de l'élan, ne suit plus, devient une bête féroce à l'assaut de l'âme qui, gardienne du culte, nourrice monstrueuse en proie à des exigences que rien ne saurait satisfaire, s'en échappe vers ces confins à elle que l'on ne devinera jamais ; et lui, le corps, impuissant à se revancher des songes qu'il abrite et qui ont mis sa vie en danger, voudrait se dévorer lui-même de l'intérieur : dans les milliards de fibres qui composent les muscles, les entrailles, la chair qui recouvre le squelette, des milliards de bouches infinitésimales s'ouvrent, vrillent le cerveau, des milliards de papilles s'éveillent, fourmillent, frémissantes, de la tête aux orteils ; les muqueuses se dessèchent, la source des sucs tarit, au bord de l'effacement ; et c'est par la souffrance du manque que l'on continue d'exister et, même plus fortement, par instants. Et si d'aventure, arrivé à ce stade où la vie se referme sur vous comme la mer étouffe le cri du naufragé, on se pourvoit d'un morceau de pain, on le mâche, on le triture — que pas une miette ne se perde —, on l'enduit bien de salive, on le retourne entre langue et palais, on se retient de l'avaler, et au moment où le corps tout entier sent la pâte onctueuse glisser le long de l'œsophage, on n'a plus rien à fiche de sa propre superbe, et le désir vous traverse que Dieu existe pour rendre grâces : défaillait-on de faim, on aimerait aussi défaillir de reconnaissance.

Certes, le pire alors risque de se produire, car quelques bouchées suffisent pour que le rêve fasse retour et reprenne son allant. Je n'ignore pas que la faim est une de ces choses qui se dérobent aux mots et aussi à l'imagination ; que les métaphores, le seul moyen de l'approcher, pèchent par leur nature décorative, ce qui, en l'occurrence, les discrédite. Je gage que rien ne serait plus bénéfique à l'impossible harmonie de l'espèce, que chaque homme fît, comme il fait des études ou apprend à cultiver la terre, assez longtemps l'expérience de la misère, et cela, dans la solitude érigée par le monde autour de lui comme un rempart contre la vaste inévidence de Dieu.

Donc, flageolant sur mes jambes, je grimpe et m'étends sur la pierre, d'une largeur de pierre tombale, au rebord lustré, avec un creux à l'estomac qui me ronge de plus belle. La poussière rose de l'éclairage de ville dissimule mes nouvelles étoiles, celles que mon père disait avoir apprises quand il était enfant. Je m'abandonne au relâchement qui menaçait depuis le matin, et advienne que pourra. La peur poursuit son travail de taupe, mais, exsangue, le sommeil me noie. On ne mendiait pas à Rome, et je crois qu'aucun Romain ne mendie non plus de nos jours ; tendre la main aurait-il été un geste habituel, je ne l'aurais pas fait, préférant — mais c'est seulement aujourd'hui qu'il m'est loisible d'orner l'atrocité de cette période d'une citation — mourir d'inanition « *con la test'alta e con rabbiosa fame* » : la tête haute et la faim enragée.

Je dois bien cette reconnaissance à mon corps ; il a résisté aux vents et aux marées déchaînés par la folie d'un idéal qui me dépassait ; il a tenu bon malgré son envie, d'heure en heure, de jour en jour plus forte, d'un précoce, ultime repos : pendant des années, la faim s'ajoutera à ma vie, et cependant, le brave m'a conduit jusqu'à cette page.

Il devait être tard dans la nuit quand la main qui serrait ma nuque et tâchait de relever ma tête, me réveilla : dans le brouillard du sommeil, un torse, un visage : en moi, je ne sais quel mélange de frayeur et de soulagement à l'idée d'être pris par la police, ramené à la Loi, et de consolation au contact de cette main, fût-elle d'un étrangleur.

Son visage penché sur le mien, l'haleine chaude, il dut me poser une question puisque je me rappelle ma réponse : « J'ai faim. » À ce mot, le seul à ma disposition, de se hausser sur la pointe des pieds en attirant toujours ma tête vers lui, et de s'empoigner cherchant ma bouche. Dans un dernier sursaut des nerfs tendus à se rompre, je fus debout face à lui, qui recula d'une marche, puis de deux, et l'avais-je ouvert par précaution et mis à ma portée ? Soudain, il y eut dans ma main droite le couteau de Mimmo le Napolitain, dérisoire par la taille, mais non par le tranchant et la pointe de bistouri de la lame. Nos yeux se rencontrèrent ; je surpris en lui le vague irresponsable de l'homme ivre qui veut assouvir d'urgence et comme entre parenthèses, son envie ; et hors de moi, je me ruai, la main serrant le couteau retourné, pour le lui planter dans le ventre en poussant vers le haut :

les procédés de la colère nous devancent et on ne les découvre qu'une fois accomplis.

En essayant de fuir à reculons, il s'étala de tout son long sur les marches et en se redressant il se trouva à genoux entre mes jambes. Je baissai le couteau, et lui, la tête : il coula à la dérobée un regard sur la lame que je mettais dans la poche du pantalon, et de nouveau nous nous retrouvâmes face à face. Il est probable que nous ayons partagé le désir de boire, l'un dans l'autre, jusqu'à plus soif. Mais le jeûne prolongé éteint les démangeaisons de la chair : on n'en ressent plus et, l'inertie de l'imagination aidant, on n'est plus à même d'en concevoir. L'air contrit, son remords n'était qu'une grimace ; et comme je crachais sur sa chaussure, à tire-d'aile il s'enfuyait. J'entends encore le claquement de sa course ; je me disais que l'avoir blessé eût parachevé le malheur qui me poursuivait ; j'étais en sueur, mais prenant d'un coup la mesure de ce qui aurait pu avoir lieu, de très grosses gouttes se sont mises à sourdre de mon front, de mes joues, de ma poitrine, de mes jambes. Les pores ? des milliers de bouches ; le corps pleurait, sauf par les yeux ; je me déversais, diminuais, j'allais fondre, m'évaporer. Si je n'avais appris à me redresser de l'intérieur, en même temps et à mesure que ma tête tournait m'entraînant dans un vertige spasmodique, je me serais affalé à jamais sur les marches, dans l'attitude théâtrale de celui qui rampe vers l'église de la Trinità.

Que fis-je ensuite ? Je dus m'éloigner, tenté de me défaire du couteau de Mimmo en le jetant dans les buissons du Pincio, au cas où l'inconnu m'aurait dénoncé à la police.

Je me souviens d'être retourné sur les lieux avec le jour, afin de constater qu'il ne restait pas de traces de mon forfait ; j'aurais pu le blesser, cet homme, l'érafler. Les oiseaux piaillaient, péremptoires, invitant les dormeurs à reprendre leurs affaires. Le bruit des volets devenait de la musique. De petits papillons qui s'épanouissaient dans les lauriers-roses, où ils virevoltaient, disparurent. C'était l'été. L'air devenait chaud. Rome gazouillait ; Rome étincelait. Famélique, moi aussi j'ai haï la beauté.

24

Toute la matinée je marchai sans but, la pensée ne se fixait plus sur rien ; j'essayais en vain de m'éloigner de Trinità dei Monti, mais aussi loin que j'allais, mes pas m'y ramenaient. Je m'assis enfin sur la rampe où je m'étais endormi quelques heures plus tôt ; je me disais qu'admirer le spectacle des marchands de fleurs, me mettait à l'abri de tout soupçon. Je n'excluais pas que le visiteur de la nuit revînt en plein jour, et qu'il fût accompagné de la police ; je le souhaitais, maintenant que j'avais pris des précautions de meurtrier : j'avais dissimulé dans une rainure de l'autel le moins fréquenté de l'église vers laquelle s'élancent les marches, le petit couteau de Mimmo. Parmi ces innombrables peurs, une autre avait surgi que jusque-là j'avais ignorée : la peur de soi.

La chaleur de juillet ne cessait de monter, qui embrasait les pierres, et moi, qui ne l'aime guère, et bien qu'elle m'accablât, j'y voyais une faveur de la Providence ; dans la situation qui était la mienne, j'aurais succombé au froid.

À midi, le ciel de Rome tendu comme la peau d'un tambour, les fleurs commençaient de faner, et les fleuristes remballaient leur marchandise. J'avais échangé quelques mots avec le très vieil homme qui avait étalé pots et seaux en face de moi ; il me rappelait l'irrésistible Toto dans l'un de ces films mineurs que sa présence a rendus inoubliables ; si mes yeux l'avaient par moments quitté, ils étaient revenus à lui qui, sautillant, sans discontinuer, faisait le tour de ses rivaux, redressant ici une branche, cachant plus loin une rose flétrie, et s'arrêtait-il, pointait sur l'ensemble du marché un nez si long que celui-ci semblait avoir grandi aux dépens du reste de son visage. Il se voûtait, le cou allongé, la tête tendue en avant, comme si une cordelette accrochée aux narines tirait toute sa petite personne sans l'arracher à sa place. Ses fleurs enveloppées dans du papier journal mouillé, et disposées dans une carriole munie d'une bâche, il remonta encore une fois l'escalier et m'offrit un petit bouquet : « Pour la fiancée ! » Et il se retourna agitant sa main en signe de dénégation parce que je le remerciais ; il posait à peine les pieds sur les marches, on aurait dit qu'il foulait des braises.

Que faire de ces gardénias dont la texture des pétales prenait déjà la mollesse du velours ? Quand bien même je savais que d'aucuns mangent les capucines en salade, ma faim ne concevait pas d'avoir recours aux fleurs. Et quoique celles-ci fussent, sinon par leur fragrance, par leur état, des plus modestes, je décidai de me rendre chez Andreina Betti, Mme Ugo Betti, pour quémander une aide.

J'aurais été incapable, à l'époque, de soupçonner qu'un jour Ugo Betti, le dramaturge qui avait occupé les scènes du monde pendant une bonne vingtaine d'années, deviendrait un quasi-inconnu, et que, seuls, deux ou trois de ses ouvrages seraient rappelés dans les dictionnaires — de son pays —, après le lieu de naissance et les deux dates fatales : 1892-1953. Avant que les professionnels du théâtre ne le découvrent, à Buenos Aires, le groupe d'amateurs que je dirigeais multipliait les lectures publiques de ses pièces. Dès mon arrivée à Rome, j'avais fait signe à sa veuve ; elle était au courant de la ferveur que m'inspirait l'œuvre de son mari, et m'avait accueilli de bonne grâce.

À en juger par sa mine, sa mise et l'atmosphère petite-bourgeoise de son intérieur — petites pièces aux murs recouverts d'un papier à motifs décoloré, encombrées de lourds meubles sombres —, Andreina Betti était une femme modeste qui assumait comme un devoir son rôle de veuve et veillait à ce que rien ne changeât autour d'elle pour mieux préserver la mémoire du disparu. La robe anthracite qu'elle portait, à peine éclairée par un col Claudine d'un blanc passé, pareil à celui des napperons distribués ici et là, avait l'air d'un habit de nonne. Pourtant, dans la femme de quarante ans bien en chair, on devinait, derrière les joues rebondies, la jeune fille que Betti avait aimée, et qui traversait nombre de ses pièces, innocente, et plutôt irréelle.

Ses yeux s'embuèrent quand je récitai le monologue principal de *Lotta fino all'alba — Pas d'amour* dans la version française que Michel Vitold avait interprétée au Vieux-Colombier. « Ugo aurait aimé », me dit-elle, et je me sentis accepté. Elle savait, maintenant qu'elle m'avait entendu, qu'elle pouvait me confier ce qu'elle n'eût osé confier à ses meilleurs amis, lesquels, en fait, n'étaient que les amis de son mari. La croirais-je ? Le jour où je lui avais téléphoné, elle se trouvait dans un état très particulier, et cela, depuis son réveil ; incapable de surmonter les problèmes que, seul, Ugo savait résoudre ; et même sans le moindre désir de continuer à vivre. Accoudé à cette table où j'appuyais mes mains, mais le croirais-je, oserait-elle... ? tout à coup, des larmes étaient tombées, des larmes d'où venues ? qui avaient mouillé ses mains.

Après bien des échanges à propos de l'au-delà qui, de mon côté, essayaient de conforter son espérance, nous sommes revenus sur terre devant une tasse de thé et une tranche de *panettone*; et lorsque je lui fis part, non sans exagérer mon assiduité, des cours de M. Costa et de la bienveillance qu'il avait montrée à mon endroit, elle me promit de me faire rencontrer l'une des actrices préférées du maître, Evi Maltagliati.

Assise dans un coin sombre, d'une impassibilité de parti pris, on eût dit que la Maltagliati avait chargé ses mains d'exprimer et ses sentiments et sa pensée. Je ne voyais qu'elles : ses mains me regardaient, m'examinaient, me parlaient, se rejoignaient en un geste de prière et s'épanouissaient en signe d'exclamation, avant de se réunir sur son giron.

Il n'était question que de M. Costa et de sa mise en scène du *Dialogue des carmélites*, où elle avait joué le rôle de Blanche de La Force, celle qui décide d'entrer au Carmel parce qu'elle ne trouve pas d'autre issue ; et qui, les circonstances lui permettant de garder la vie sauve, tandis que ses sœurs en religion sont décapitées l'une après l'autre, enfin l'esprit libéré, monte elle aussi à l'échafaud dressé par la Révolution : « Le décor consistait en tout et pour tout en un immense escalier qui occupait entièrement le plateau ; lorsqu'on gravissait ses marches, dos au public, en chantant le *Veni Creator*, pour le descendre de l'autre côté, la salle voyait disparaître peu à peu le personnage ; quand l'une des religieuses arrivait en haut des marches, on entendait la chute sèche du couperet : *schack.* À mesure que les exécutions se succédaient, le chœur, bien entendu, s'amenuisait, et là, moi qui ne sais pas chanter, j'ai tiré parti de ma maladresse, grâce à M. Costa, et ma façon d'entonner le *Veni Creator*, joyeuse et enfantine, émouvait bien davantage... *Schack.* Alors, avec une infinie lenteur, de concert avec le rideau, les lumières baissaient. Et on entendait le silence des gens plongés dans le noir. »

L'occasion m'a manqué jusqu'à présent d'assister à une représentation de la pièce de Bernanos, mais je crois que toute mise en scène ne saurait que me décevoir en regard de celle que me permit d'imaginer le récit de la Maltagliati.

Comme souvent les comédiens au repos, elle m'avait frappé et plutôt déçu par un excès de réserve et presque une absence de personnalité ; elle gardait son quant-à-soi et se tenait en retrait par rapport à la véhémence de sa voix, même dans la délectation féroce qu'elle avait mise en imitant le couperet tranchant les têtes. Mais lorsque Mme Betti déposa le plateau du thé devant nous et alluma le lustre, je vis l'actrice qui, saisie par la lumière, redressée, soulevait l'arc des sourcils, aspirait les joues qu'elle retenait entre les mâchoires — et, perfidie des années, dans ses rides de gravure, ces incisions verticales qui un jour bordent les lèvres, le fard rouge, onctueux, se faufilait. Or, ce qui comptait à mes yeux, et me comblait, c'est que par un sursaut tout intérieur, elle eût recouvré sa beauté de théâtre.

Elle prit son thé comme on feint de le prendre sur scène, s'essuya les commissures de la bouche, se laissa aller contre le dossier, plaqua une main sur sa poitrine et, à la demande, que j'attendais, de Mme Betti, j'entamai le monologue de *Lotta fino all'alba.* Pendant qu'elle m'écoutait, son menton, de la taille d'un petit abricot, avait disparu dans la chair spongieuse de la gorge ; maintenant, ma récitation finie, comme notre hôtesse, émue, se tournait vers l'actrice sollicitant son sentiment, il rebondissait et les tendons du cou saillaient. Sans se départir d'une suavité que d'évidence elle cultivait, la Maltagliati se livra à des observations magistrales : bien sûr, je possédais un tempérament, mais mon élocution… les doubles consonnes, *lotta* ce n'est pas *lota*, mais *lot… ta* — et sa langue de claquer contre le palais —, de même que le *o* : j'avais les *o* ouverts, pas les *o* fermés ; cela, les doubles consonnes, avec le temps et un bon professeur, je pourrais m'y faire, mais les *o…* Elle laissa ses mains conclure à sa place.

Gênée, Mme Betti me pria d'enchaîner avec *Llanto por la muerte de Ignacio Sánchez Mejía*, de Lorca : « Je ne connais pas l'espagnol, me dit-elle dans un sourire, mais vous êtes un si bon acteur, que je le comprends. » Depuis que j'avais vu le jeune Gassman dans l'*Oreste* d'Alfieri, où il mettait à profit l'étendue unique de sa voix, j'essayais d'imiter ses *glissandi* chromatiques, du plus haut au plus grave. Le poème, en quatre parties, exige toutes les nuances, le murmure élégiaque et l'imprécation tonitruante. Aussi, dans les pauses, ma voix répandue dans le couloir regagnait la pièce pour se nicher dans les recoins.

Mme Betti applaudit à tout rompre ; la Maltagliati, avec la politesse lasse du spectateur lors des derniers rappels, quand la lumière monte dans la salle pour avertir que l'artiste ne reviendra plus saluer.

Ce ne furent pas les désaveux didactiques infligés par l'actrice qui m'éloignèrent de Mme Betti ; je ne lui avais plus fait signe à cause de la précarité de ma situation, que je tenais encore à lui dissimuler. Enfin, ce jour de soleil impitoyable, le bouquet à demi flétri à la main, et sans l'avertir, car je ne pouvais pas me payer un jeton de téléphone, je sonnai à sa porte. Je me rappelle son mouvement de recul en l'entrouvrant, que j'attribuai à la difficulté de reconnaître dans ce rebut d'humanité que j'étais devenu, le jeune homme sud-américain dévot de l'œuvre de son mari. Émacié, pâle d'une pâleur qui affleurait sous la barbe de plusieurs semaines et le hâle attrapé en marchant dans l'été de Rome, un inconnu m'avait surpris moi-même sur le chemin, dans le miroitement d'une vitrine.

Elle me fit entrer, l'air de s'y résigner. Il y avait de la fébrilité dans ses gestes, et cette hâte qu'interrompt l'oubli instantané de ce que l'on cherche. Je devais l'excuser, elle partait pour Venise où avait lieu la première de *La Fugitive* — « Ugo, *peccato !* ne l'aura pas vue... » — mise en scène par M. Costa, qui avait accepté de se déplacer.

Confus d'être tombé si mal à propos, je n'osais pas lui offrir mes gardénias, d'autant qu'un filet brun bordait déjà bon nombre de pétales. Elle s'en rendit compte, sourit, prit les fleurs, flaira leur parfum sur le point de se corrompre et, interrompant un moment ses anxieux préparatifs, elle s'éloigna pour revenir avec un vase plein d'eau où elle plongea les gardénias. Je demeurai toujours debout dans le vestibule exigu, où elle s'affairait, pliant, sur une large console, des robes, les lissant avec ses paumes, concentrée, méticuleuse. Soudain, dans un état de grande nervosité, elle vida le contenu d'un coffre à bijoux qu'elle avait fouillé sans succès, et telle la chute en flèche du rapace qui fond sur la proie, sa main se ferma sur une modeste broche, une tortue de topaze jaune. Elle la serra contre son cœur : *il* la lui avait offerte pour la centième de *Delitto all'isola delle capre*, et la portait toujours lorsqu'on montait l'une de ses pièces, ah ! si elle lui avait manqué maintenant qu'il n'était plus là…

J'étais de trop, devais partir, mais ne bougeais pas. Volubile, agitant des paroles et des gestes tout autour d'elle, Mme Betti avançait d'un pas, reculait de deux, à droite, à gauche et alors — jamais mieux qu'en ce moment, l'impression que, dans le péril, le corps agit à la place de la personne —, je m'entendis dire : « J'ai faim. » Un instant interloquée, elle se répandit en excuses, où avait-elle la tête ? Oh ! elle n'avait rien à me proposer, même pas du *panettone*. Venise, elle ne savait pas combien de jours elle y resterait. Du café ? Je la suivis dans la cuisine. De ma vie je n'aurai mis autant de sucre dans une petite tasse de café.

Il ne me restait plus qu'à partir. Je remerciai, présentai des excuses pour cette visite intempestive, formant des veux pour le triomphe de *La Fugitive* et, sur le pas de la porte, le corps, le corps encore à mon insu, les mots qui me devançaient : « Je n'ai plus de chambre, je dors dans les jardins, si je pouvais payer une semaine… » Elle ne pouvait pas m'aider, si elle l'avait su, elle aurait pris davantage d'argent à la banque : « Je vous l'ai déjà dit, je ne sais pas combien de jours je serai obligée de rester à Venise. Au fait, les fleurs, ce serait mieux que vous les repreniez, elles sont si belles, si parfumées ! À mon retour… »

Lorsque la porte se referma dans mon dos, j'éprouvai de la honte pour elle. Ensuite, je ne sais plus ce que j'ai ressenti, pensé. Il y a des moments où l'on est dépossédé de tout ce qui existe, non seulement de ce que l'on croyait à soi, mais de soi-même ; et l'on ne sait pas comment on marche ni qui marche. Oui, je marchais, je me vois passer un pont, gagner le côté ombré du fleuve et déposer les fleurs sur le parapet ; ce courant exténué d'eaux verdâtres qu'est le Tibre, ne les méritait pas.

25

Après avoir quitté Andreina Betti et traîné le long du Tibre, je souhaitais que le rideau tombe une fois pour toutes. J'avais joué la pièce que chaque jour m'avait proposée, dans l'espoir de satisfaire l'exigence qui me poussait en avant, de lui accorder un sens, de lui ménager une sortie honorable. J'étais à bout de forces, je glissais vers le fond d'où l'on ne remonte jamais plus. Et voilà que les pas m'offraient un changement de décor, apte au dernier acte, et que je me trouvais assis au pied de l'obélisque, au milieu de l'immense vestibule que figurent les bras de la colonnade du Bernin, au Vatican, comme si, avant de sombrer, j'eusse des comptes à régler avec le Ciel. Pour parfaire la solitude, goutte après goutte, les deux fontaines se taisaient, taries.

Adolescent, au séminaire, je m'étais cru poète et, en dépit de l'amenuisement de ma foi jusqu'au zéro, j'aimais à singer les apostrophes de Job : « À mon appel s'Il voulait bien répondre, je ne croirais jamais qu'Il écoute ma voix, Lui qui pour un rien m'écrase et multiplie sans raison mes blessures. » Mais, Job, lui, croyait en Dieu, il en nourrissait son espoir en L'accusant ; puis vient le moment où ses clameurs s'apaisent dans le sentiment du néant qui approche ; alors, à voix basse, il lègue à Dieu un remords conforme à la nature de Celui-ci : éternel : « L'œil qui me voit ne m'apercevra plus... Car bientôt je serai couché dans la poussière, je deviendrai poussière et je ne serai plus. »

J'étais appuyé à la base de l'obélisque ; la place réverbérait la chaleur de juillet, le ciel décoloré, massif ; la pierre était brûlante, et cette brûlure dans le dos, j'y puisais une manière de réconfort. Comme le vent entraîne les feuilles mortes, le souvenir me ramenait la poésie irresponsable de ce passage des Évangiles que mon enfance ébahie avait appris par cœur : « La vie n'est-elle pas plus que la nourriture, et le corps plus que le vêtement ? Regardez les oiseaux du ciel : ils ne sèment ni ne ramassent dans les greniers et votre Père céleste les nourrit... Ne vous mettez donc pas en souci, disant : Que mangerons-nous ? ou : Que boirons-nous ? ou : De quoi nous vêtirons-nous ? — tout cela, en effet, les païens le recherchent — car notre Père céleste sait que vous avez besoin de tout cela… Ne vous mettez donc pas en souci pour demain, car demain aura souci de lui ; à chaque jour suffit sa peine. »

Il y a des jours sans pitié où même la mémoire vous gifle.

Je ne m'étais pas aventuré dans ce lieu des lieux de la chrétienté depuis mon arrivée à Rome ; comment y étais-je arrivé, et pourquoi cette après-midi-là ? Il est des choses qui esquivent la conscience ; nous comprenons que nous les atteignons seulement lorsqu'elles se produisent. Face à la basilique de Saint-Pierre, j'ai su — oui, je sais que j'ai su — la raison de ma présence dans l'hémicycle légendaire ; de temps à autre, des prêtres le traversaient d'un pas rapide ; des colombes s'y posaient. J'étais venu pour y déposer mes restes de foi ; j'étais venu pour me dire, une fois pour toutes, que Dieu n'était pas mon affaire, et que s'Il existait, j'étais la sienne. Mais ce qu'on se dit ne nous modifie pas ; et une seule chose paraît sûre : que l'univers se suffit, mais pas la vie.

Ah ! la prodigieuse inutilité de la vie et de la mort du Christ ! Qu'avait-elle fait, la théologie, du pèlerin qui s'avançait parmi les hommes et les ronces de la Loi, l'amour dans une main, dans l'autre, le pardon ? Croyant ou incroyant, l'âme marquée au fer, l'homme avait fini par

Le craindre; et, ensuite, par moins redouter
Son jugement que d'en éprouver le besoin.

26

Hier est toujours là. À l'opposé de la vie, mauvaise romancière à force de répétitions et de pléonasmes qu'elle affectionne, la mémoire, avertie par la nature changeante des mots, et à l'école de l'imagination, ne raconte pas tout; aussi, entre les chapitres qu'elle livre, et qui souvent sont loin de nous paraître toucher à l'essentiel de notre existence, comprime-t-elle le temps — et essaie-t-on de la déplier, des ombres de souvenir montent, qui n'affleurent pas, réduites à des sensations.

Non, je ne sais plus où j'ai passé la nuit, après Mme Betti et le Vatican. C'est à peine si je me rappelle ce que j'ai fait les jours suivants; je dus avoir des nouvelles d'Igor et d'Edgar, qui étaient partis en tournée à travers la péninsule et m'annonçaient leur retour; et un matin — pourquoi n'y avais-je songé plus tôt? — j'allai frapper au tour du couvent de la Trinità. Je n'osais plus me présenter à l'ambassade; j'étais sale d'une façon trop ostentatoire, avec une barbe qui n'en était pas encore une, les cheveux gras, le col et les poignets de la chemise crasseux. Même dans la rue, je cherchais désormais à dissimuler ma présence, sans toujours y parvenir. On soigne aussi son apparence pour le regard des inconnus. J'avais fait de mes séjours nocturnes dans les jardins du Pincio une habitude ; à l'aube, la ville secouée de moteurs multipliait ses stridences, ses voix de ménagères, et je me réveillais sur mon banc, l'esprit épuisé — et même l'angoisse. Et comme chaque nuit je descendais plus profond dans la faiblesse, l'esprit avait de plus en plus de mal à redresser le corps que je voulais noble, pas dolent, portant bien haut la tête, afin de me faire respecter malgré ma saleté, me donnant une importance qui seule m'aidait encore à ne pas me sentir dépossédé de moi-même.

Desséché, certes, mais comme un fruit autour du noyau — et capable par instants de me délecter en répétant, devant les étalages de Campo dei Fiori, ces vers qui disent si bien l'art de Valéry : « … Comme le fruit se fond en jouissance — dans une bouche où sa forme se meurt. » Ainsi lorsque, dans le flux tumultueux de l'orchestre, on suit de la pointe de l'ouïe la mélodie secrète qui s'est faufilée parmi tant d'instruments pour dialoguer avec notre cœur.

Le corps ignore le lendemain, il est tout présent ; la faim, au reste, suffirait à l'y réduire.

Mourir de faim pendant le sommeil ne me semblait pas atroce ; j'existais de moins en moins ; même les chères images d'avenir se brouillaient ; j'avais l'impression que ce qui me restait de muscles ne collait, n'adhérait plus à mes os ; j'étais le centre d'une circonférence qui ne cessait de s'élargir, éloignant de moi les vivants : bientôt il n'y aurait plus rien entre le monde et moi, sinon le rideau de la nuit qui s'abaissait sur la ville ; des gens rentraient chez eux, des lampes soudaines illuminaient les vitres.

Quand dans la fraîcheur du parloir le tour pivota, le visage de jeune fille de la tourière, encadré dans la boiserie sombre et réduit par la guimpe, me rappela, d'abord, par la clarté qu'il irradiait, celui de ma mère ; et, à l'instant, l'estampe au bord dentelé et au coloriage sans vigueur, de sainte Thérèse de Lisieux, que ma mère utilisait comme signet pour marquer les passages du catéchisme lorsqu'elle me préparait à la première communion, et puis replaçait dans son missel.

Ce n'était sans doute pas dans les possibilités de ces religieuses, les Dames du Sacré-Cœur, de fournir de la nourriture aux pauvres, mais j'eus le droit ce matin-là à un morceau de pain encore tiède, odorant, peut-être celui qui revenait à la petite sœur ; et je ne manquai pas de quelque chose à manger chaque jour ; elle m'offrait du pain, du fromage, dans une jolie petite boîte déguisée en livre ; j'y trouvai une fois de la viande bouillie ; je la dévorai comme un chien dévore.

Lorsque Edgar et Igor, les poches moins vides, réapparurent, je confiai à ma Thérèse de Lisieux romaine l'espoir de me rendre en France : elle était française. Et, de nouveau sûr de mon sort, jusqu'à la présomption, je lui demandai ce que je pourrais faire pour elle, à Paris : « Dites bonjour à la Seine. » Il y avait de la lumière, une douce ironie, et de la miséricorde dans son ébauche de sourire.

J'ai beau habiter Paris depuis trente-cinq ans, je ne passe jamais un pont sans que je les salue toutes les deux : la Seine, droite au regard, mais aussi sinueuse que la vie, et la jeune tourière de la Trinità dei Monti qui empêcha que je meure d'inanition.

Edgar, Igor : ah ! délices de l'eau ! Ah ! la sensation, sous une modeste douche, de la peau qui ressent goutte à goutte et dans l'ensemble les filets rapides comme sur la terre la pluie dans les remous de l'air ; l'eau qui coule sous les aisselles, des pieds à la tête modèle les membres, effaçant l'immondice de l'été cueillie dans les rues et les nuits à ciel ouvert, et davantage celle qui suintait de moi. Dans le cerveau ivre, sous les cheveux dégraissés, des bleus profonds et dans la profondeur des bleus, le tressaillement de ce petit poisson récupéré et comme inerte sur la grève, l'espoir.

Les vêtements repris à la consigne de la gare, la propreté, le rasage, et voilà que la lumière étincelait sur les sept collines.

Il y a certes de la vanité dans le fait de rouvrir ses blessures, qui peut susciter le blâme, voire la moquerie. Je sais que, depuis toujours, la vie de milliers de rêveurs s'est passée, pour les plus illustres, sur des champs de bataille, mais moi, rescapé, si je parle de la mienne, c'est moins pour me donner en exemple de quoi que ce soit, que pour m'étonner avec vous que l'on puisse échapper au pire sans plus de mérite qu'un désespoir inné, ou ce manque d'imagination qu'est à mes yeux le courage.

À l'ambassade m'attendaient depuis longtemps plusieurs lettres : quatre de ma mère, deux de ce frère qui aura tout fait pour que le reste de la famille essaie de me comprendre. Je les rangeai selon la date du cachet et les mis dans la poche. Le temps qui s'écoule entre le moment où l'épistolier choisit, la plume à la main, l'événement à raconter, les questions à poser, et celui où le destinataire en prend connaissance, a toujours atténué en moi l'anxiété de recevoir des nouvelles par la poste ; celui qui a écrit n'est plus le même lorsque je le lis. En l'occurrence, un sentiment de culpabilité prédominait : depuis plus de deux mois, je n'avais donné aucun signe de vie aux miens. J'avais cessé de leur écrire, alors que je disposais encore de quelques timbres ; en arrivant, j'en avais fait des provisions ; elles s'avéreraient inutiles étant donné les dispositions de mon cœur : ce ne furent pas tant le découragement, les difficultés, la pénurie qui me poussèrent au silence, qu'une inertie venue de très loin et ayant pris possession de moi maintenant que l'Océan me séparait de ma vie de là-bas et que, livré à ma chance, j'étais seul et inatteignable.

Une chose me frappa, au milieu de ces journées et de ces nuits, hier cadrans sans aiguille, aujourd'hui amas de réminiscences rabâchées : je ne comprenais pas — je n'aurais jamais compris — la coexistence en moi d'une sensibilité à la curiosité souvent généreuse, et de cette indifférence qui est le sol même sur lequel je me maintiens debout, grâce auquel, si j'ai frôlé la disgrâce absolue, j'en fus néanmoins épargné.

Elle était là, dès le ventre de ma mère, derrière l'infini des molécules, derrière les nerfs à vif et les yeux bleus, lisse, solide, compacte, terre gelée dans laquelle nulle graine autre que les miennes, hypothétiques, n'y pousserait. Elle était là, l'indifférence, ce vide où l'on n'aime pas. De s'en apercevoir, d'en avoir la révélation comme d'un paysage que, la nuit, l'éclair dessine, on ne peut retirer qu'un sentiment d'inexistence. On est très rarement averti de ce qui se trame en nous ; la vie a ses lois et, pour vivre, il convient de ne pas les connaître. Sans les atermoiements de la réflexion, j'ai tâché tant bien que mal de me suivre. Nous sommes notre propre démon ; nous mettons à l'épreuve la fragilité de nos forces ; elles peuvent, aujourd'hui, tout ; demain, rien. De toute façon, on ne vaut que dans la mesure où l'on nous estime et l'on demeure condamné à être un peu soi-même, et beaucoup ce que souhaitent les autres.

Y eut-il de véritable attachement à ma mère ? La lecture, au séminaire, vers ma seizième année, des *Cahiers de Malte Laurids Brigge*, a dû, maintenant que j'y pense, jeter une première lueur sur mon isolement secret, ma froideur, un aperçu pour ainsi dire stimulant, car les *Cahiers* s'achèvent sur une version de l'histoire du fils prodigue où, de retour, ou de passage à la maison, il se jette, suppliant, aux pieds des siens, les conjurant de ne pas l'aimer. J'ai grandi ailleurs, loin de ce qui m'entourait, me retenait, par force, enfant. Les liens se nouent trop tard, lorsque la mort a escamoté leur objet. Les amours se dissipent — l'amour, la capacité d'amour dont nous disposons, se fige ici, s'arrête là, pour l'éternité, mais il repart, toujours vierge, pour se poser là-bas, d'où encore une fois il s'envole, et parfois, repu ou déçu, il s'endort, hiberne, et, en rêve, il se hait. L'a-t-on vraiment ressenti, mais sans y penser, il ressurgit pour se cogner à un mur d'absence. Le seul amour véritable germerait-il au cœur du remords ? Tel me paraît aujourd'hui l'amour que j'éprouve pour ma mère — dans quelle robe raidie, dans quel cercueil, quelle niche du cimetière de Córdoba ? Enfant, je l'ai aimée contre mon père ; après sa mort, parce que je n'avais pas toujours répondu à ses lettres — et j'ai puisé dans ma faute l'émotion que demandait ma laborieuse littérature. Comme aux bêtes qu'on maltraite, on ne peut pas demander pardon aux morts.

Les messages, les cartes-télégrammes, je m'en souviens, se sont succédé, désireux de nouvelles, discrets, cependant, me priant presque d'en donner. Et un jour, le frère qui m'avait compris, ou accepté sans comprendre que je veuille coûte que coûte forcer la misère qui nous était commune à plier le genou, et mettre toute la réalité de mon côté, m'écrivit une lettre de délicats reproches ; et il me racontait que, n'ayant pas eu la possibilité de me joindre par aucun moyen, il s'était résigné à consulter une voyante. Elle lui avait annoncé ma mort ; j'étais enterré dans la sierra de Córdoba — et cette précision géographique l'avait rassuré sur mon sort.

Quinze ans plus tard, invité en Argentine par ce même frère, à l'époque en train de prendre le relais de ma mère en tant que mémorialiste de la famille, je me suis rendu chez la sibylle. Je me rappelle l'odeur aillée de son antre, les rideaux de macramé, les mouches lentes qui planaient autour de son chignon orné d'épingles en strass, et ses yeux boulus qui s'approfondissaient et ressortaient en cadence ; je me rappelle enfin le hiératisme subit de la créole qui m'indiquait la porte en s'écriant d'une voix éraillée, mais péremptoire : « Je ne veux pas de revenant chez moi. »

27

Août arriva avec ses cortèges de nomades : ils se croisaient à Stazione Termini, à Fiumicino, les Romains en partance, les étrangers frappés d'une stupeur préalable devant les premières ruines, question de justifier le coût du pèlerinage.

La chaleur s'appesantit sur la rondeur des dômes, s'étala sur les places d'où elle semblait émaner, chassant les gens des rues, y prenant possession jusque dans ses recoins à l'écart du soleil ; des milliers de volets demeuraient fermés pendant le jour et ne s'ouvraient, trous noirs, que la nuit ; le cri italien vrillant le brouhaha des marchés ou des trattorias devint solitaire, distinct, ainsi que le son des cloches.

Ferragosto planta la tente de son ciel pâle, et Rome fut rendue dans sa splendeur aux siècles, toute composée de cirques, de temples et de palais amoncelés par les dieux successifs qui avaient glissé au néant. Tant de luminosité, tant de mystère dans la luminosité, tant d'heures vides engendraient une angoisse de fin du monde sur le point de s'accomplir en silence. À certains moments on aurait entendu chanter les anges en araméen. Mais l'eau continuait à jaillir des fontaines, les couchers de soleil s'étalaient tout à leur aise, ils s'attardaient, ils cédaient avec réticence à l'ombre rouge que la nuit, appelée par le cri triste des pins, ne tarderait pas à absorber.

De nouveau en tournée, Edgar et Igor m'avaient laissé leur chambre ; et la dame de l'ambassade d'Argentine, à laquelle j'avais épargné la vision de ma misère poisseuse, m'avait obtenu un petit emploi intérimaire à la radio où, à quatre heures du matin, je présentais en espagnol les nouvelles, au cours d'une émission destinée à l'Amérique latine. Mon gain, dérisoire, ne suffisait pas à combler ma faim, mais, au moins, à l'apaiser.

J'avais une bonne élocution, savais mettre en

relief, au moyen d'une emphase calculée, l'information qui comptait le plus, et obéir sans hésiter aux *accelerando* exigés par le minutage, et que, derrière la vitre de sa cabine, m'indiquait le réalisateur. Celui-ci me témoignait de l'estime, et le soir où j'ai lu, au pied levé, et sans trahir le contenu, une longue dépêche que l'on avait négligé de traduire, il promit de m'obtenir une rémunération fixe. Les lumières du studio diminuaient pour s'éteindre dans la clarté du jour lorsque nous fermions les micros. Goulus, nous trempions des croissants dans des bols de café au lait. Je m'étais cru sauvé.

Je m'aperçois que le rythme des paragraphes qui précédent est dû à l'excitation qui m'envahit jadis quand le bonhomme me fit part de ses intentions à mon endroit. Je me le rappelle épais, énergique et par moments avachi, la calvitie luisante et, en revanche, le dos de la main et même des doigts, velu ; les poils de la poitrine, qui ne permettaient guère d'entrevoir la peau, s'enroulaient en collier autour de la gorge.

Or, une semaine ne s'était pas écoulée, qu'il me tendit, envoyée à la radio même, à son service, une citation à comparaître à la préfecture de police ; il m'avouerait par la suite que celle-ci lui avait communiqué le double, y ajoutant le motif. Aussi traversai-je une autre fois la cour qui par sa couleur ocre ressemblait à celle, de sinistre mémoire, de Buenos Aires — où j'avais séjourné quinze jours avec des voleurs, sans soupçonner la cause de mon arrestation. À Rome, un employé qui s'éventait avec un morceau de buvard, et d'un ongle crochu épluchait une liasse de papiers, m'informa, avec un sourire inexorable, que, si je poursuivais mon travail à la radio ou en entreprenais un autre, je serais expulsé du territoire. J'ignorais que ma condition de fils d'Italiens m'aurait permis d'acquérir les droits des autochtones, si toutefois j'avais bénéficié des moyens et du temps pour remplir les formalités requises, plus de quelque argent pour le timbrage. Ma vie est parsemée d'ignorances de ce genre. Je me souviens qu'en passant le seuil de la préfecture, une fois dans la rue, j'éprouvai une sorte de regret que l'on ne m'eût pas retenu, mis en prison — et je ne suis pas sûr de ne pas avoir souhaité le refuge d'une cellule. J'ai de ces nostalgies qui, au lieu de disparaître, s'accentuent.

Le soir même, je me rendis à la radio pour prendre congé de mon protecteur et lui faire part des mesures policières sans appel ; désavoué lui-même, il tourna la tête vers le bureau contigu, et son seul commentaire fut un vaste juron romain, certes, à voix basse. Humilié, comme s'il n'avait pas vu plus loin que son nez ni flairé les manigances de ses collaborateurs, son regard, par-dessus mon épaule, s'évadait par la fenêtre. Et moi, au désespoir — ce désespoir qui, tel un fil à plomb dans l'eau, marque la profondeur en touchant le fond —, j'eus presque envie de le consoler. J'avais été dénoncé, et lui avec moi, par ces deux employés qui ne répondaient jamais à mon salut, l'un et l'autre aux yeux caves et à l'air arsouille.

Maintenant que je songe à ce long chemin derrière moi, qui m'a conduit loin de l'Italie et de ses merveilles — mais province cependant pour celui qui aspire à se nicher en catimini, au moins, au cœur de l'Europe —, je me dis que ces petits traîtres ont été mes bienfaiteurs.

Août touchait à sa fin. Les Romains rentraient et le mot que l'on entendait le plus souvent dans la rue avait trait au raccourcissement des jours — de même qu'à l'approche de l'hiver ou du printemps, la phrase rituelle devient : « On ne sait pas comment s'habiller. »

Edgar et Igor ne tarderaient pas à rentrer, et encore une fois je me retrouverais sans toit, mais je pouvais compter sur leur aide. Or, ils ne revinrent pas à la date prévue, et une semaine plus tard, n'ayant pas eu de leurs nouvelles, la logeuse m'intima l'ordre de libérer la chambre dans la journée. Ce fut pire que le dénuement d'avant le mois d'août, car les nuits rafraîchissaient, de sorte que les jardins étaient moins propices au sommeil. Les quelques sous qui me restaient, des monnaies, je les dépensai en timbres-poste pour lancer des appels au secours à des amis argentins que je savais à Paris, survivant, il était probable, dans des conditions semblables aux miennes.

Il y a plus de quarante ans que j'ai vingt ans, je le sais ; mais ce qui me stupéfie aujourd'hui, c'est l'espoir qui, revenu pour quelques semaines, me maintint debout longtemps, alors que, pour la deuxième fois, tout se refermait devant, autour, au-dessus de moi. J'étais intrépide, oui, mais d'où surgissait-elle cette puissance qui couvait en moi sans ma participation, me condamnant à espérer, à résister, aveugle face à la réalité, à aller de l'avant en proie à cette idée démente d'un destin à accomplir — sans distraire de mon but pas même un regard au moment où il n'y avait plus de chemin nulle part ?

Je n'étais sûr que d'une chose : je ne retournerais jamais à mon point de départ.

Le creux de l'estomac, les bancs, les fontaines, et les arbres du Pincio aux feuillages d'or ou de pourpre — et la splendeur des roses sous la fragile lumière d'octobre... J'essayai d'en manger, et ne l'ai pu ; le parfum s'interposait entre les pétales veloutés et mes dents. Ou un interdit immémorial, un tabou — bien que des répugnances naissent à notre insu, que les années fortifient, portant sur quelque chose qui nous procurait des délices autrefois, tels, pour moi, les yeux grillés de l'agneau, dont j'ai déjà parlé. Aujourd'hui, le seul souvenir de l'enfant qui s'en délecte, me donne des frissons.

Un vagabond qui avait surpris mon geste, eut la bonté de m'indiquer, à l'orée du bois, l'endroit où poussait, se détachant des mauvaises herbes dans le fouillis, le céleri sauvage. « Son véritable nom est ache », me dit-il en souriant ; nous avions de la chance, puisqu'il ne pousse que tous les deux ans. Savais-je que sa feuille est courante dans l'ornementation gothique, et, aussi, fleuron des couronnes des ducs et des marquis ? La saveur, piquante, était exquise.

Malgré la consommation d'ache, que j'allais cueillir avant le lever du soleil, de crainte que d'autres dans mon cas ne découvrent, sur mes traces, la manne, le dépérissement se poursuivait, les dernières énergies étaient atteintes, je me sentais sans consistance, prêt à me dissoudre sans regret — une flaque qui s'élargit, que la terre boit. Ma Thérèse de Lisieux tourière n'était plus à son poste, remplacée par l'intransigeance en personne. Nul doute qu'on avait découvert et puni la charité de ses petits larcins.

Enfin, le Greco vint. Et tout se mit à palpiter ;

une porte s'ouvrait, c'était l'irruption d'un envoyé de la Providence, à la main la clé de l'avenir que j'avais égarée.

28

Le Greco : c'est ainsi que nous l'appelions, nous, ses amis de Buenos Aires, et continuons de le faire trente ans après sa mort.

Nous nous étions rencontrés lorsque j'avais vingt ans et lui dix-neuf. Il venait de publier un livre de poèmes. Deux, très brefs, restent dans ma mémoire : « Je vais avec ton nom. / C'est comme si je portais les clés / du monde, y compris / celle des songes / et celle des jardins des enfants. » Et cet autre qui, dans sa concision, définit bien le garçon à peine sorti de l'adolescence : « Approche / tu me trouveras protégé par des horizons. »

Je ne sais pas pour quelle raison, avant même que leur allure et leurs traits ne me reviennent, c'est la voix des êtres chers aujourd'hui morts qui est la première à se faire entendre, à ressurgir en moi, comme si j'étais le détenteur, sa dernière chance, et qu'elle dût se taire avec moi.

Du Greco, rien ne saurait effacer le souvenir

de sa voix ou, plutôt, de son débit entrecoupé par un rire où s'exprimaient son ironie, son goût de la dérision et, parfois, son sarcasme ; je ne saurais pas oublier, non plus, ce qui dans son aspect me déplaisait : le corps amorphe protégé par certain manteau gris, pareil à une couverture froissée par le sommeil, dans lequel il s'enroulait ; les joues molles ; les cheveux gras ; le large front pâle qui suait toujours ; ses mains moites, d'une moiteur que j'imaginais amère, et les infimes bulles de salive aux commissures des lèvres. Il me déplaît de rappeler ce dégoût qui perdure ; je me fais violence, car bien d'autres l'ont dit et écrit, frappés par son apparence et ses manières, sans soupçonner le personnage d'exception qu'elles masquaient, et qui triomphait sans effort de ses désavantages. Toutes les épithètes qui pourraient suggérer l'admiration, voire l'éblouissement qu'il suscitait, et donner une idée de sa singularité, se dérobent, s'enfuient, usées, défraîchies, éculées — à commencer par celle qu'il affectionnait, « magique », qui demeure la première qu'on prononce quand on l'évoque, et qui, somme toute, est la plus juste si l'on convient que, en dépit de son physique, sa parole transformait ce qui l'entourait, surtout les gens. Moi, j'y voyais l'Adam d'une espèce inédite.

Parlait-il ? Comme des flammèches ses mots

s'envolaient pour descendre en zigzaguant et se poser sur quelque étrange axiome qui souvent déclenchait le rire — tandis que, pour sa part, il lui arrivait de sombrer tout d'un coup dans un silence impénétrable, appelé ailleurs par ces propres mots, l'ouïe tendue vers un au-delà à lui qui le réclamait. Mais il ne quittait pas le cercle consterné des présents, au contraire, il ne faisait qu'un avec eux. Il voulait se fondre en eux, comme dans le réel, et cette idée se levait avec lui le matin et avec lui s'endormait, ou le veillait, pendant la traversée du sommeil.

Son élan, son magnifique, son pur élan se changera en théorie quelques années plus tard. Mais, pour le moment, nous avons toujours vingt ans. C'est l'été ; c'est le bruit de Buenos Aires ; c'est le havre de la place San Martin, ses sentiers sablonneux, le Cavanagh, qui nous semblait si haut, derrière les arbres.

Je me souviens qu'il arracha une feuille de lierre, la frotta avec douceur pour enlever le dépôt de poussière, la mit dans la paume de sa main et me la montra : se poser des questions devant les choses qui composent le monde était inepte ; le monde tout entier, et chaque chose dans le monde, était réponse et poésie ; il suffisait d'ouvrir les yeux, de tendre l'oreille pour la ressentir dehors et l'éveiller en nous-mêmes. Alors, mû par sa ferveur et voulant de toutes mes forces le rejoindre dans les hauteurs où il se tenait, le cœur toujours prêt à s'égarer dans un lyrisme sentimental, j'attirai son attention sur un papillon inexistant : non, on n'inventait pas le merveilleux, le merveilleux était ce qui est, sans restriction aucune, et, surtout, sans papillons illusoires.

Je l'avais déçu, mais, à l'instant, il comprit que je l'étais moi-même encore plus ; et ce fut ainsi que je vis pour de vrai ses yeux, ses grands yeux bleus enchâssés dans son visage sans vigueur, ses yeux qui savaient, et qui, à eux seuls, auraient suffi à engendrer la vieille, la si juste métaphore selon laquelle les yeux sont les fenêtres de l'âme.

« Pour moi, me dit-il, être c'est la seule chose qui compte ; être ceci ou cela est moins important ; être, c'est faire fi des préventions, ne pas avoir peur, ni peur d'en éprouver ; une chose est inévitable et terrible : la beauté. »

Ni ce jour-là ni les suivants je n'ai soupçonné qu'il vivait dans les affres de l'amour et que j'en étais l'objet. À peine avais-je remarqué, au cours de certaines rencontres, que sa nervosité s'intensifiait, mais comme un bouillonnement à fleur de peau, qui, à mes yeux, relevait de l'euphorie, de cette joie de vivre dont il se voulait le vivant exemple. J'appris la vérité sans l'avoir soupçonnée, et ce fut un orage dans la pièce encombrée où nous nous trouvions. Il savait que je dormais dans un réduit — l'ancienne chaufferie de l'immeuble occupé en grande partie par la société immobilière où je travaillais —, et que mes employeurs me permettaient d'utiliser une des salles de bains. Un soir, comme nous nous étions attardés dans un café du voisinage, il demanda à voir mon refuge, et le reste. Quand je descendais, la nuit, prendre une douche à l'étage des bureaux, je n'allumais pas, me guidant par la clarté intermittente des fenêtres qui donnaient sur la rue. Le concierge me surveillait — et il ne manquait pas de discernement.

Le Greco fut désolé de l'exiguïté du cagibi, il en rit même. Je me le rappelle, ensuite, penché sur le bref parapet de la terrasse — en fait, le toit du bâtiment —, en train de murmurer que le suicide, si on le prenait très tôt pour but de l'existence, était la grande source des émerveillements ; je me rappelle aussi le ton pensif de sa voix, et, davantage, le pluriel. Il insista pour visiter mon lieu de travail. Dans ce que l'on nommait, avec solennité, la salle de réunion, il y avait des sièges confortables disposés autour d'une robuste table ronde sur laquelle se dessinaient les carreaux projetés par l'éclairage public et, jusqu'à minuit, par l'enseigne d'une agence de voyages qui arborait les premiers néons de couleur ; des verts et des rouges alternaient, qui n'existent pas dans la nature.

Surpris qu'il fermât la porte derrière lui, je l'interrogeai du regard ; je me trouvais dans le rectangle de lumière, et lui, en retrait, à la lisière, haletant, dans le souffle une telle intensité de désir que je levai les mains comme pour le contenir, le retenir, le repousser, ce qui eut pour effet de le mettre en mouvement. Il avança vers moi qui m'écartais, fébrile, en sueur ; et avec la violence saccadée des maladroits, il me bouscula, balbutiant des mots inintelligibles, me saisissant par les épaules, essayant, avec acharnement, avec désespoir, de coller sa bouche à la mienne ; d'une poussée de tout le corps, que de prime abord il prit pour une manière de reddition, je le plaquai contre les vitres et, lui donnant un coup en pleine poitrine, me libérai de son étreinte.

À aucun degré, la passion ne tolère l'effort de l'autre pour s'y dérober ; et si, à l'instar de quiconque, j'y ai succombé, et tant de fois souffert à en périr, quand je pense à la sienne cette nuit lointaine et toujours là sous des milliers de nuits, rien ne me permet de mieux revoir l'Enfer du catéchisme, tel que l'enfant le concevait à l'aide des braises de la cuisine et les feux des couchants qui se déversent sur la plaine.

Me voilà, ridicule, courant autour de la table, et lui à ma poursuite, trébuchant contre les sièges, les renversant. Essayai-je de gagner la porte, il me barra le passage, les bras en croix, avant de tourner la clé dans la serrure, qu'il enfouit dans la poche de son pardessus. Et dire que, jusque-là, j'avais cru qu'embrasser un arbre ou un être humain comblait également son cœur épris de la magie du monde.

Nous sommes restés immobiles, les yeux dans les yeux, et lorsqu'il ébaucha une sorte de caresse en l'air, je sautai sur la table et en me redressant il y eut un cliquetis de verroterie ; le Greco éclata de rire : dans notre course, l'un ou l'autre avait frôlé l'interrupteur, et le lustre de Venise — dont l'incongruité, même éteint, avec ses girandoles et ses pendeloques agrémentées de fleurettes turquoise et rose, n'échappait au plus distrait des visiteurs — me couronnait.

Alors, apaisé, souriant, il m'ordonna de ne pas bouger — mais sur le ton du photographe qui a perçu l'image enfin juste ; et avec gravité, dans un recueillement intense, il traça son nom à mes pieds, sur le bois voilé de poussière, de son index qu'il avait porté à sa bouche, sans négliger et la date et l'heure. « Je t'ai signé, dit-il, tu es ma première œuvre d'art. »

Comme on le verra plus loin, ce geste fut, pour ainsi dire, le geste fondateur d'une doctrine d'artiste qu'il proclamerait, quelques années plus tard, en Europe.

Entre le rire provoqué par le tintement subit du lustre et la trouvaille d'ordre esthétique, il était revenu sur terre, libéré de moi.

Épuisés, nous nous sommes appuyés ensemble au chambranle de la fenêtre. L'enseigne lumineuse, verte et rouge, l'enchantait : ce vert, ce rouge. C'était l'heure des prostituées. L'une d'elles nous regardait, remuant les hanches. Le Greco souffla sur le carreau jusqu'à ce que le petit brouillard de son haleine lui permît d'écrire son nom. « Ma deuxième œuvre d'art ! » s'exclama-t-il et, enjoué, regardant la fille qui maintenant balançait son sac à main : « Il faut que je te dégoûte pour que tu m'aies fait cette peine », dit-il sur un ton de constat. Je sentis que je m'écroulais en moi-même. Son attitude m'avait saisi à ce point d'étonnement que, devant ses aberrations d'halluciné, j'avais risqué de perdre l'ami en lui jetant à la figure la répulsion qu'il m'inspirait. Essayait-il, avec ce mot, en apparence insouciant, de forcer mon amitié à dépasser mon impuissance et, sinon à l'aimer, du moins à subir son toucher ?

Il tira la clé de sa poche et me la rendit. Nous avons quitté l'immeuble. Il s'imposait que nous évitions la moindre allusion à ce qui s'était passé afin de préserver, ou de rétablir, nos rapports. Je me disais qu'il nous serait difficile de nous séparer, comme d'habitude, sur un simple au revoir.

Lui, il ne semblait pas éprouver le moindre embarras : alerté par le martèlement des talons aiguilles de la fille qui nous avait attendus et s'en allait rejoindre ses compagnes, il me cria presque, en me serrant le bras : « À demain ! Je veux voir de près ma deuxième création. » Il s'éloigna de sa démarche pesante qui, lorsqu'il pressait le pas, devenait celle d'un pantin désarticulé.

Je n'aurai pas été le seul à le décevoir dès qu'il tâchait d'aller plus loin que l'amitié ; et, bien qu'amoureux de la fascination qu'il exerçait, il était malheureux ; les trésors que dispense la sensualité lui ont fait défaut. Je crois qu'il y a deux sortes de gens : ceux qui ont été caressés dans leur enfance, et ceux qui ne l'ont pas été. Le Greco — nous avions cela en commun, à l'origine — appartenait à la seconde espèce. Méprisé par sa mère qui voyait en lui un demeuré, un idiot, un avorton qu'il fallait attacher au pied d'un meuble lourd pour le maintenir à distance des fauteuils qu'il salissait, des objets qu'il cassait, il ne connut, enfant, que l'affection timide d'un père soumis à sa femme. « Ma mère est un camion qui nous a écrasés tous les deux », disait-il.

Il n'aimait pas s'attarder sur ses malheurs, et s'il les évoquait, c'était en riant. Il avait pris tôt la clé des champs, la clé des rues de Buenos Aires, et comme il ignorait les entraves des conventions sociales et, friand de bizarreries, possédait la grâce que l'on attribue aux anges ou aux elfes, il charmait même ceux qu'il ne s'était pas proposé de séduire.

Bientôt on le dotait d'une acuité divinatrice, et toutes les portes s'ouvraient devant lui. Sa « magie » — cette volonté de collaborer à l'avenir de la réalité, de l'univers — transfigurait son aspect de pauvre diable et, par elle, il régnait sur la foule de lutins, de fées, de démons qui cohabitaient dans son esprit. Les paroles semblaient le devancer et ceux qui l'écoutaient, même pour le contredire, ressentaient la relativité de leurs convictions, la futilité laborieuse des mensonges que, au fil des années, ils s'étaient inventés pour devenir singuliers, et ils se montraient désemparés, car il leur opposait son sentiment éperdu d'être, sans invention, soi, unique — sans songer, et pour lui-même d'abord, que l'unique exige l'unique, d'où l'insatiable inquiétude qui nous habite tous.

Certes, lorsque, poussé par le besoin de toujours surprendre, ses audaces devinrent du pittoresque, il ne sut pas contrôler le style de son extravagance, de sorte qu'on finit par ne voir en lui que le personnage — et plus du tout ce qu'il essayait de bâtir.

Cela arrivera. Maintenant, après la scène de la table ronde et du lustre de Venise, je poursuivais avec le Greco l'apprentissage de l'amitié. J'aspirais à pouvoir tout lui confier, même l'irritation qu'il pouvait susciter en moi, voire ces haines soudaines à l'aveu desquelles, comme je ne tarderais pas à m'en convaincre, aucun rapport ne survit. J'ignorais que l'amitié exige une vigilance permanente, qu'elle implique un travail ardu, et que ce genre d'intimité entre deux êtres résulte du contraire de ce que le mot laisse à supposer : la confidence extrême, la possibilité de se délivrer des secrets qui nous alourdissent ; qu'elle ne s'établit et ne se consolide que par un surcroît de discrétion, un accommodement nuancé et réciproque des points de vue.

On garde pour soi tout ce qui pourrait infliger ces blessures subtiles qui favorisent les jeux de l'amour ; on est seul à savoir à quel point l'ami nous a obligé à atténuer, à gauchir le propos, à mentir, dès que l'on a aperçu chez lui, à de certains signes, un mouvement à peine perceptible de retrait, un changement de température. On a si vite fait de glisser hors des rails : une intonation, un regard, un verre de trop, suffisent — et de tomber, aux yeux de l'ami, au-dessous de soi, là où peut-être sommes-nous pour de bon ce que nous sommes, libérés des manières, des contraintes, des cravates, de l'amour simulé du prochain, qui est une demande d'amour.

Si, dans la passion, on s'abaisse à quémander auprès de l'être aimé la consolation du malheur survenu, pour l'ami on se fait beau, même dans la déchéance : on lui parle de celle-ci sur un ton neutre, on la réduit à un accident.

Moi qui croyais, alors, qu'avec le Greco l'amitié atteindrait à la spontanéité innocente, au règne de l'enfance, au temps où l'on déverrouillait des portes interdites, on fracassait des bibelots, on choisissait l'objet maniable pour en finir avec le petit frère qui avait usurpé notre berceau… Au vrai, rien de plus éloigné de l'enfance que l'amitié; aucun sentiment n'exige autant de maturité, aucun n'est aussi sévère, aussi fragile, et aucun plus nécessaire. Il y a du désespoir dans l'amitié.

Le Greco et moi nous aurons été pendant plusieurs années les meilleurs amis du monde, mais faute d'avoir trouvé mieux.

29

Voilà donc qu'il était là, le Greco, accouru tout de suite après qu'il avait reçu mon appel. Le jour de son arrivée à Rome, il m'avait laissé un message à l'ambassade, me fixant un rendez-vous pour le soir même, mais il m'avait trouvé presque aussitôt dans les parages de la Piazza di Spagna. Il eut le rire bref des gens qui savent qu'ils nous surprennent sans qu'eux-mêmes soient surpris. Il était fier d'avoir fait un pied de nez au destin, de m'arracher à ses ténèbres, d'en faire, somme toute, partie — mais côté soleil.

Il se mordillait le poing pour contenir son excitation, il voulait perpétuer le souvenir de ce moment, et devant nous surgit un photographe. Dans le catalogue de la première exposition rétrospective de son œuvre, en Espagne, figure cette photographie prise dans l'escalier de la Trinità dei Monti, ainsi légendée : « Avec un ami. Rome, 1955. » Il s'est laissé pousser la barbe ; il a coupé ses cheveux, en pointe sur le front, où ils se rebiffent formant une houppe. Nous avons tous les deux l'air calme, distrait, alors que, devant l'objectif, il saura, à l'avenir, redresser la tête, affiner son visage au moyen d'un curieux étirement des muscles, et, surtout, mettre dans son regard une intensité d'acteur, d'une émouvante naïveté. Derrière nous, là-haut, l'horloge de l'église marque 11 h 25. Il n'aurait pas négligé le détail.

Si je pense à son séjour à Rome, très bref, la première image qui remonte est celle des grandes assiettées de spaghetti accommodés avec une sauce courte au concentré de tomate ; on payait un supplément pour une cuillerée de parmesan. J'en ai mangé de meilleurs, certes, mais jamais ils ne m'auront paru tels. Et cette image se superpose à une autre : le Greco à travers la ville, conduit ou plutôt tiré en avant par son insatiable curiosité ; le corps suivait comme il pouvait ; mais, tout à coup, il s'arrête devant une vaste façade, et il cadre de ses mains, l'une sur la bouche, l'autre sur le front, ou sur les tempes en guise d'œillères, la parcelle qui par la texture granuleuse et les nuances de couleur, ainsi isolée, devenait pour lui un tableau. Il s'égarait si loin dans la contemplation qu'il semblait ne plus être capable de revenir à lui-même. Pendant la nuit, à la lumière d'une bougie, je l'ai vu entailler d'épaisses feuilles de papier à dessin, y pratiquer de longues éraflures avec une lame de rasoir, avant de les enduire de gouache, qu'il appliquait avec ses doigts, et allégeait, ici et là, jusqu'à la transparence, en laissant tomber, de différentes hauteurs, de l'eau qui parfois éclaboussait son visage ; enfin, à l'aide d'un pinceau, il en atténuait l'impact sur la couche de peinture.

Au crayon, à la plume, il avait atteint, dans ses premières œuvres, à d'incisives délicatesses. Les sillons du bout des doigts, les nervures des ailes des mouches, les fibrilles rouges sur les joues d'un ivrogne ou, encore, agrandies de centaines de fois dans les manuels ou les encyclopédies, les arborescences des cellules nerveuses, les métamorphoses des globules rouges vieillissants ou malades : il y voyait le présage des formes qu'il se proposait d'inventer sur la feuille ou sur la toile — souvent sur un fond de buée rose ou jaune rongée par la lumière.

Son carton à dessins en regorgeait, qui constituait l'essentiel de son bagage. Il visita des galeries pour montrer ses encres et ses gouaches, et ne recueillit, dans le meilleur des cas, que des moues perplexes ; il essaya d'en vendre aux terrasses de cafés de luxe, Via Veneto ou Piazza del Popolo, en vain : Rome n'était pas Paris.

Nous partîmes pour Florence, et ensuite pour Vienne : les dernières troupes alliées évacuaient la ville, on rouvrait les grands théâtres endommagés par les bombardements ; il y avait partout une ambiance de fête. Je me rappelle le grincement solitaire des tramways qui nous emmenèrent au promontoire de Leopoldsberg, le coloris de ses lointains sur le Danube, la vue, de Kalenberg, sur Vienne, et la vapeur savoureuse qui flottait dans une brasserie où nous avons mangé du cerf dans une sauce épaisse et brunâtre ; et je me souviens de Grinzing où, parmi des soldats américains ivres et heureux à l'idée de retraverser bientôt l'Océan, entourés de filles qui les cajolaient, suppliantes, nous bûmes le vin nouveau chez des vignerons dont les maisons, qu'une couronne de pin suspendue à la porte distingue, abritaient des guinguettes.

Nous vîmes, sur de petits écrans installés devant le Burgtheater, un acte du drame de Hauptmann qui s'y jouait le soir de l'ouverture, mais pas une note ne nous parvint de *La Flûte enchantée* qu'affichait l'Opéra — devant lequel nous attendîmes la fin du spectacle dans l'espoir d'apercevoir Greta Garbo qui, disait-on, se trouvait dans le public.

Avant de quitter Vienne, nous retrouvâmes la gamine prodige que nous avions entendue jouer le concerto de Schumann, à Buenos Aires, à huit ans ; elle conservait son aspect de garçon buté, aux cheveux presque ras. Quand le monde entier connaîtrait Martha Argerich, elle aurait sa longue chevelure noire en bataille, qu'elle garde toujours, et qui semble contribuer à la fougue de son jeu.

Le carton à dessins inentamé, nous descendîmes à Salzbourg : une promenade dans les jardins de Mirabel, où Freud, l'élocution déjà embarrassée par le cancer à la mâchoire, et Lou Andreas-Salomé s'étaient rencontrés pour la dernière fois, en 1929 ; les vieilles dames à chapeau tyrolien, assises sur les bancs en fer, et silencieuses, nous intéressaient plus que les bassins ornés de sculptures qui scandent le parcours. Puis, nous fîmes le tour des lacs, l'un avec des vagues marines, les autres paisibles comme il convient aux lacs, avec de petits villages au bord de l'eau, où il devait faire si bon vivre ; et des hêtres élancés, d'une robustesse à gagner le ciel ; je me rappelle l'alignement transparent des fûts, et leur glissement, l'un sur l'autre, au fur et à mesure que roulait la voiture.

Le Greco, je ne le vois, à Salzbourg, que penché sur le parapet de la tour de guet, au château : nos coudes se touchent, mais il m'a voué à l'inexistence. Son œil bleu fixe, au fond de la prairie déployée sous notre perchoir et sa visière bleutée des collines, le point le plus lointain, au-delà de la ligne où se résorbe le paysage : il est dans un présent énorme, au cœur même de la Création, sans le moindre souci de mon impatience, jusqu'au moment où l'ombre recouvre la campagne.

Le Greco se réveilla en sursaut. Une ceinture de brume enfermait la ville, éteignait l'or des clochers. Et nous risquions de rater le train de Zurich.

Comme le vert de l'enseigne au néon de Buenos Aires, celui des jardins frisait l'irréalité, et les maisons avaient l'air de coffres-forts. Un wienerschnitzel, dans une énorme assiette ovale, accompagné d'un monceau de pommes de terre, fut notre seul repas pendant les trois jours que nous avons passés en Suisse, avant de prendre la fuite : le Greco s'était gardé de m'avouer que ses ressources s'épuisaient et, de mon côté, je pensais qu'il saurait, en toute occasion, se substituer à la Providence. Il est probable que nous ayons poussé jusqu'à Berne afin de demander de l'aide au consul d'Argentine ; mais je n'en suis pas sûr. Quoi qu'il en fût, à Berne ou à Zurich, je n'ai pas oublié certaine pièce aux boiseries sombres, ni le visage d'Indien du monsieur qui nous tendit deux billets dissemblables : l'un de train, l'autre d'avion. Avant ou après, dans la chambre de la pension que nous nous apprêtions à quitter sans régler la note, je me rappelle le Greco qui punaise au mur deux de ses gouaches, en manière de dédommagement.

La peur, comme un bol d'encre noire répandu sur le souvenir, a enseveli les heures clandestines qui ont dû suivre, nos pas furtifs, notre séparation et l'au revoir. La mémoire ne se réveille que dans l'avion — je n'en avais jamais pris, et ne m'étais pas rendu compte du décollage —, lorsque les deux messieurs assis à mes côtés comparent les avantages et les désavantages de diverses lignes aériennes, et que l'un d'eux proclame à la cantonade que l'appareil dans lequel nous voyageons est équipé de moteurs de Rolls-Royce. Notre appareil se pose à la nuit tombée ; je passerai la nuit à Orly, cette nuit où je faillis perdre ma faculté d'espérer envers et contre tout : fugitif étourdi, le visa pour la France ne figurait pas sur mon passeport.

J'avais pris la précaution de mettre une cravate, le costume sombre dont je disposais et, sur les épaules, le poil de chameau qui m'inventait une allure.

Dans la salle vide aux grandes baies vitrées où je suis assis, j'ai le sentiment de n'être plus nulle part. L'hôtesse de garde, derrière le comptoir en arrondi, est une jeune fille blonde ; à mes yeux, elle représente le chic parisien qui fait partie de ma mythologie. Elle me propose des boissons, un « en-cas », et, comme je ne comprends pas ce mot, avec un sourire elle dit : « Quelque chose à grignoter. » Elle répétera sa proposition à plusieurs reprises au cours de la soirée, et je me limiterai à demander de l'eau, par crainte d'avoir à payer ; je n'ose pas lui poser la question, mais je comprends qu'elle a deviné la cause de ma réticence, à je ne sais quelle hésitation dans son sourire. Au reste, le téléphone ne tarda pas à sonner et, en raccrochant, elle parut mal à l'aise, mais, à l'instant même, elle se ressaisit, et le redressement du buste fut le seul signe de l'autorité qu'elle se devait d'exercer à mon endroit ; sa voix ne changea guère en m'apprenant que la Sûreté nationale se trouvait dans l'obligation de me renvoyer à mon lieu de départ.

Je vis Zurich, la pension impayée, des policiers qui me passaient les menottes, le consul au visage d'Indien, et, au bout, l'Argentine. Seule, la mort pouvait simplifier les choses. Jamais je n'oublierai les mots qu'elle ajouta : « Il y a beaucoup de brouillard, regardez… peu d'avions décollent. Avez-vous des connaissances, des amis à Paris, votre ambassade, le consulat ? »

Je n'avais qu'un nom, Juan Prat ; et son adresse, l'hôtel de l'Académie, 42, rue des Saints-Pères. À deux heures du matin, Juan n'était pas encore rentré. De quart d'heure en quart d'heure, elle téléphonait, en vain, tandis que le brouillard, de minute en minute, semblait s'alléger. À quatre heures, enfin, elle me tendit le récepteur : la voix de Juan — et d'un coup je récupérai le sentiment de vivre, alors que le brouillard s'épaississait contre les vitres.

Me suis-je endormi ? Pourquoi sinon le souvenir de cet escalier qui s'élance dans l'espace et qui au fur et à mesure que je le gravis s'illumine ? Soudain, l'hôtesse blonde n'est plus « mon » hôtesse — la relève avait eu lieu —, et sans doute a-t-elle reçu des consignes de sa collègue, car je bénéficie d'une identique amabilité. Devant moi, le plateau du petit déjeuner, sur une table que l'on a rapprochée de mon fauteuil, et l'odeur chaude des croissants et du café ; sur la serviette, une carte : « Avec les compliments de Swissair. »

L'attente de Juan fut longue ; huit heures, neuf heures, dix heures. On m'apporta ma valise, je me sentis perdu. Mais c'était que Juan et le consul étaient là. À dix heures trente je quittais Orly avec, imprimé sur mon passeport : « Visa gratuit de transit valable 48 heures. Ce visa à durée strictement limitée ne pourra en aucun cas être prorogé. »

J'aurais aimé m'agenouiller, baiser le sol, rire à défaut de crier.

Madame, ma jolie et charitable hôtesse, où que vous vous trouviez, je voudrais vous dire, profitant du mystère du monde et de ses lois, que j'étais non seulement au bord de l'abîme cette nuit-là, mais en outre, possédé par le désir d'y choir une fois pour toutes ; que sur cet abîme vous avez jeté un pont, et que je l'ai franchi.

30

Depuis ce séjour pour ainsi dire minuté, j'appelle Paris la « ville grise ». L'hiver, précoce cette année-là, avait dénudé les arbres dès la fin octobre, le long des quais — ma première promenade, ma première image nette de cette Ville Lumière que chantent les vieux tangos.

Le soir, Juan me conduisit au café de Flore où

nous trouvâmes le Greco au milieu d'un groupe d'amis, ou d'inconnus, dont il était, à l'évidence, comme dans les cafés de Buenos Aires, le centre. Dès qu'il m'aperçut, il se mit à rire ou, plutôt, à glousser. Il ne se leva pas pour m'accueillir, ne bougea pas, ne me posa aucune question et pas davantage ne nous fit signe de nous asseoir. Il riait, parlait à son entourage, et de temps à autre pointait un doigt dans ma direction. Il ne s'était pas inquiété, comme il l'avait promis, de mon arrivée à l'aéroport. J'avais trop besoin de son amitié pour lui en vouloir. Toute cette espièglerie, cette malice où affleurait je ne sais quelle cruauté, ne pouvait rien contre l'ami et moins encore contre le personnage, lequel m'en imposait — moine fou à qui les oiseaux auraient pu obéir, et même son frère le Soleil ou sa sœur la Mort. J'avais pris l'habitude d'attribuer ses bizarreries à la disproportion qui existait entre ce que je considérais son génie, et sa malchance. Son corps ne l'aidant pas à se donner une contenance, il avait sans cesse recours à la désinvolture, voire à la dérision.

Oui, je crois que ce soir-là, au Flore, cette manière de brimade mêlée de rires à laquelle le Greco me soumit, je l'écartais de mes pensées pour ne pas le perdre, parce que j'étais vivant grâce à lui, et que je ne pouvais me permettre de dépeupler le petit cercle d'affection qui venait de se créer autour de moi depuis mon arrivée en Europe. Il régnait dans une atmosphère où je brûlais d'entrer. À l'époque, aussi loin qu'il m'en souvienne, je cultivais la certitude que le monde entier me traquait.

Quelqu'un qui nous avait rejoints, Juan et moi, nous dit que le Greco hantait certains lieux de Saint-Germain-des-Prés, car il voulait à tout prix surprendre Juliette Gréco et l'embrasser sur la bouche.

31

Rien ne pouvait m'entraîner dans un tel désarroi, mais la seule possibilité de vivre m'était offerte par l'Espagne, et je m'y résignai. Délivré de la dictature sans boussole de Perón, que nourrissaient, au jour le jour, la chasse politique et la délation généralisée, j'entrai le 30 octobre 1955 dans l'Espagne noire du Caudillo, au despotisme de fer, quoique sans tapage.

L'Argentin n'aime pas l'Espagne, la Mère Patrie ; j'étais pourtant loin de soupçonner, en passant la frontière, à Irun, à quel point je la détesterais.

D'une tyrannie à l'autre renvoyé par l'adversité, il m'étonnait qu'il y eût des hommes pour désirer avec fureur le pouvoir, et de s'y asseoir sans éprouver la terreur qui devrait l'accompagner. Mon opinion politique, baptisons-la ainsi — une anarchie endiguée par le respect de l'autre —, mon père contribua grandement à la former, à son insu.

J'avais neuf ans en 1939, quand la guerre éclata en Europe, et de voir mon père sourire à l'écoute des nouvelles que transmettait avec force crachotements le poste de TSF, lorsqu'on annonçait le recul des Alliés, et ensuite marquer la position des Allemands sur la carte de l'Europe qu'il s'était procurée Dieu sait où, m'apprit à tenir compte des avancées des uns et des autres, et à me réjouir de ce qu'il déplorait.

Jamais assez le maître, il ignorait toutefois que je me dressais, moi, en m'opposant à lui en tout ce qui était à ma portée et, surtout, par précaution, en tout ce qui ne l'était pas.

Je voudrais, ici, entrer dans la chambre au carrelage rouge et disjoint de la pension madrilène, mais la mémoire, qui préfère les échos et les affinités à la chronologie, me pousse, près de six ans plus tard, vers celle que le Greco occupe à Paris dans un hôtel borgne, rue Dauphine.

Je monte un escalier qui sent le remugle, je trébuche le long des marches, les tringles de cuivre ne retiennent plus que par intermittence le tapis effiloché. En haut de chaque volée, la lueur d'une ampoule nue. Quelques marches après le dernier palier, s'ouvre la porte « 32 ».

Le Greco, mi-allongé sur son lit, les jambes repliées, dessine. La chambre qui, par endroits, perd son crépi, forme une sorte de trapèze ; les côtés les plus longs ébauchent une perspective, bien que celle-ci ait l'air faux à cause de la fenêtre placée en marge du point de fuite. C'est ce que le Greco est en train de dessiner.

Il pouffe de rire en plaçant sous mes yeux une esquisse, en même temps qu'il me désigne le plafond : « Dieu est un humoriste... cette chambre, Il ne l'a pas achevée ! »

Je remarque, en effet, du premier coup d'œil, non seulement que la chambre n'est pas d'origine, mais qu'elle s'est faufilée entre deux autres, contiguës ; l'une d'elles, en angle, à en juger par les restes de corniches en stuc, est droite ; l'autre arrondie et, au reste, d'un style différent ; on a négligé de les racler.

Dépourvu du moindre sou, il évitait de quitter l'hôtel, car il redoutait de trouver, en rentrant, ses affaires déposées à la réception ; il ne payait plus sa chambre depuis plusieurs semaines, et personne, parmi ses connaissances, n'avait le moyen de résoudre sa situation, si ses amis partageaient avec lui ce qu'il leur arrivait de se procurer : un croissant par-ci, un morceau de pizza par-là, un gâteau, et de l'eau glacée, qui était alors le breuvage de prédilection du Greco.

Je lui avais apporté un pot-au-feu très appétissant à première vue, et juste à la portée de ma bourse, sans mesurer l'impression de dégoût qu'en ouvrant le paquet on pouvait ressentir devant le contraste entre cette viande et ces légumes imbibés de bouillon, et la boîte en carton qui les contenait, laquelle, sur le chemin, se serait amollie.

Il s'esclaffa et, à l'instant même touché par ma gêne, une étrange douceur émanait de sa personne, soudain sereine, mélange d'animal, d'ange et d'enfant, et tout entière dans la lumière du regard bleu.

Ce fut ce jour-là qu'il me parla de sa mort ; il n'en était pas, pourtant, à se nier lui-même, au contraire ; il avait, plutôt que le pressentiment, la certitude qu'il mourrait jeune, et qu'il « s'agirait » de suicide ; il en parlait comme si quelqu'un qui eût été plus lui-même que lui-même, allait accomplir le travail à sa place.

Dans ce moment où je le revois cerné par l'ignorance de tout ce qui va lui succéder, le Greco allume la lampe de la table de nuit. Nous sommes debout, le désordre du lit nous sépare. Il affirme qu'il préfère « une mort juvénile » — telle fut son expression —, puisque toute sa vie, à n'importe quel âge s'achèverait-elle, est une vie accomplie. Et j'entends à nouveau les inflexions ironiques de sa voix : « Ce ne sera pas dramatique, juste comme on boit un verre d'eau. Ma seule peur est d'être en retard… Il me reste pas mal de choses à terminer. » Et de rire.

L'humour — il y tenait — demeurait sauf; il le fallait.

Et encore et encore et encore une autre fois et de nouveau, les rémiges écourtées, mais l'élan intact, il s'envola — pendant les brèves années affectées par le destin à son travail, les trois années qui lui restaient à vivre, vers quelques glorieuses défaites. Comme tout un chacun, il avait mis longtemps à traduire en pensée ce que depuis toujours sa sensibilité lui proposait.

La beauté en tant que but de l'art lui semblait-elle une vanité, et savoir montrer, plus important que savoir faire ? Il délaissa pinceaux et crayons pour un bâton de craie avec lequel il encerclait des passants sur les trottoirs de Saint-Germain-des-Prés, forçant ainsi les gens assis aux terrasses des cafés à les regarder.

L'élu qui, au lieu de s'éloigner, saisi d'effroi ou rempli d'indignation, se prêtait au jeu, pétrifié par le regard des spectateurs, donnait l'impression, pendant quelques secondes, de ne pouvoir rompre l'enchantement, incapable soudain d'agir, de réagir : le Greco pensait pour lui, et sous ses grosses chaussures à semelles de crêpe, il effaçait le cercle qu'il avait tracé à toute vitesse, libérant son prisonnier quand l'attention des témoins se relâchait.

Le bâton de craie venait-il à lui manquer, il signait en l'air l'objet de son étonnement, le montrant du doigt avec insistance.

Le doigt, et le Greco : « L'Art vivant c'est l'aventure du réel. L'artiste apprendra aux autres à voir non pas au moyen d'une toile, mais avec le doigt : il leur apprendra à voir de nouveau ce qui arrive dans la rue. L'Art vivant cherche l'objet, mais, "l'objet trouvé", il le laisse à sa place, ne le transforme pas, ne l'"améliore" pas. L'Art vivant est contemplation et communication directe. Il veut finir avec la préméditation que galerie et exposition impliquent. Nous devons nous mettre en contact direct avec les éléments vivants de notre réalité : mouvement, temps, gens, conversations, odeurs, rumeurs, lieux, situations. Art vivant. Mouvement Dito. Alberto Greco. 24 juillet 1962, à 11 h 30. »

Tel le manifeste *Dito del arte vivo* — ou « Doigt de l'art vivant » — qu'il conçut et publia à Gênes — ville qui, parmi les autres villes de l'Italie, est celle que l'enfant argentin connaît tout de suite par ouï-dire, car il croit que de Gênes sont parties les caravelles de Christophe Colomb, la *Niña*, la *Pinta* et la *Santa Maria.*

Il exposa à Paris une cage de verre remplie de

souris, lâcha des rats au passage du président de la République italienne lors d'une cérémonie officielle à Venise ; et à Rome, avec un complice, Carmelo Bene, pas encore célèbre, qui, dans un petit théâtre proche de la Cité du Vatican, montait ses premiers spectacles, il se lança dans un happening devant un public huppé. On racontera par la suite que les compères, secondés par de nombreux comédiens, s'étaient inspirés du deuxième chapitre de l'*Ulysse*, de Joyce. Sur le moment, d'après ceux qui s'en faisaient l'écho, la soirée, conçue comme une parodie de la Crucifixion, s'était réduite à des criailleries, au jet de spaghetti à la tomate sur l'assistance et à bien d'autres outrances : se mettre nu et, même, satisfaire ses besoins naturels ou se livrer à des jeux érotiques, inaccomplis à cause de l'alcool ou de la drogue.

Dans ces comptes rendus, on négligeait souvent ce qui, peut-être, au milieu de la chienlit, était passé inaperçu, et qui à mon avis rachetait le Greco : il s'était planté un clou dans le pied, à coups de marteau, comme s'il eût éprouvé la nécessité de donner un sens à ce délire. Aussi, dans la débandade provoquée par l'irruption de la police, le Greco fut interpellé et transporté dans un hôpital tenu par des religieuses. La chronique changeait quelquefois celui-ci en couvent, et ajoutait une camisole de force, ainsi que les mauvais traitements qu'il aurait subis de la part des nonnes à la charité sélective.

Ce genre de recensements, la fiction s'y mêle, par ce goût, si répandu, de réduire les faits à des anecdotes, de les rendre, en quelque sorte, exemplaires. Une chose est certaine : le Greco dut fuir l'Italie ; le destin le déposa en Espagne. En dépit de sa vieille compagne, la misère, il y trouva le soulagement de l'amitié, l'estime de ceux qui, à l'époque, réinventaient la peinture espagnole, et bientôt cette estime se changea en une manière de dévotion pour cet illuminé qui ne croyait pas que les miracles prouvaient la réalité, mais plutôt celle-ci, les miracles. La scène de ses happenings ne fut plus celle d'un théâtre ; à plusieurs reprises, les rues, les places, le métro de Madrid furent leur décor. Une galerie parisienne lui avait-elle refusé d'exposer des clochards que les spectateurs n'auraient vus que du dehors, à travers les vitres ? À Madrid, dans le saint des saints de l'art moderne, un public affamé d'extravagance, ou de révolte, célébra des œuvres composées d'une toile et des gens anonymes qui s'y collaient : il en avait dessiné la silhouette, les réduisant, par le pinceau, au vide d'une présence que pendant les heures d'ouverture de la galerie, ils remplissaient de leur corps, dans l'attitude exacte fixée sur le tableau.

L'artiste devait-il apprendre à voir non pas

au moyen de la toile, mais au moyen de son doigt ? Le doigt de l'artiste — le *dito vivo* —, son propre doigt, finit par se tourner vers lui-même, vers la seule, folle, douloureuse réalité qui portait son nom : Alberto Greco. Le Greco signé par le Greco.

J'eus vent de son succès ; je vis une photographie où, très droit, en costume prince de Galles, cravaté et le cheveu discipliné, il joue un rôle à l'opposé de son emploi coutumier ; on me raconta que, à Madrid, dans un luxueux appartement transformé par ses soins et ses caprices en lieu d'exposition, comme lui seul pouvait en concevoir, la fête primait, et les invités concluaient des affaires entre eux sans que lui n'eût à participer : ne l'intéressait que de présider aux rencontres, aux échanges, aux jeux, au carnaval.

À New York, le Greco n'eut de cesse qu'on le présentât à Marcel Duchamp. Il tendit au maître une feuille de papier portant un griffonnage de son cru, et lui demanda d'y écrire : « *Viva Greco !* » et d'y apposer sa signature. Duchamp y avait consenti de bon cœur, et le Greco obtint, de la sorte, pour son exposition, une couverture de catalogue qui donnait un relief unique à ses débuts américains. Au fond, l'aîné était un iconoclaste de génie, et le cadet un disciple excessif, mais rien d'aussi différent que leur aventure spirituelle ; il suffirait, pour s'en convaincre, toute mise en parallèle biographique étant exclue d'emblée, de songer aux dessins de l'un et de l'autre : avec les nuances qu'apporte l'ironie, Duchamp est un géomètre qui rêve et déjoue des théorèmes : se trouve-t-il devant une cruche, il en interroge le galbe que, tel un fil de sa bobine, il tire et déroule pour qu'il rende visibles toutes ses virtualités à travers des objets imaginaires ; épures déliées, fluides et cependant précises, leurs accords éveillent un sentiment de joie sereine.

En revanche, les dessins du Greco sont des événements abrupts, des orages d'encre, des figurations hors la loi qui, à force d'exprimer le désespoir, ressemblent à des visages, autant de foyers de cris que l'on entend avant que l'œil ne devine la bouche, la grimace, dans l'embrouillement des lignes et des taches.

J'en étais resté là, pour ce qui concerne son itinéraire, quand la nouvelle de sa mort me parvint. J'appris plus tard que, de retour en Espagne, appartement, galerie d'art, argent envolés, ce sourcier, ce familier du trépied de la pythie, avait vécu ses derniers mois dans un village de Castille où il avait retrouvé, et avec enthousiasme, son goût de l'apostolat, repris son combat contre l'opacité qui masque la beauté de cet ensemble disparate qu'on appelle le monde.

Des photographies le montrent — à la main, en guise de signature, une sorte d'affiche à son nom — flanqué d'un habitant du village, qu'il exhibe, ou signalant un étendoir où sèchent des draps. Mais sans doute n'y avait-il personne à Piedralaves pour voir autre chose que le fou, et son désir cessa d'être fécond. La misère l'avait rattrapé, et l'heure vint où le maniement de ce qui lui restait d'amour de la vie, exigea de lui des efforts qui le dépassaient. Alors, on ne sait quelle confusion s'installa dans son esprit, dont il ne se délivrerait que par ce geste extrême qu'il avait depuis toujours pressenti, et souhaité. Et il se mit en marche vers la mort, la mort qui, elle, s'était mise en mouvement vers lui, avec sa grande houle noire qui monte et qui descend pour entraîner tout un chacun de l'autre côté du jour. Les démons l'avaient emporté sur les elfes et les lutins, et le diable ne valait pas le diable. Dieu ? Si l'on n'y croyait pas, mieux valait se tuer. Mais déjà prêt à renvoyer au néant les tourments et les visages, les paysages et les mots, il dut éprouver la résurgence d'un ancien besoin d'affection demeuré à l'état larvaire, condamné dès la naissance à ne pas se développer au soleil, puisqu'il fit signe à ses amis de Madrid ; il leur annonça son départ pour Barcelone où, leur dit-il, il mettrait fin à ses jours. Je l'imagine enjoué en l'occurrence, et, par moments, calme, souriant, comme le jour de l'hôtel borgne de la rue Dauphine : personne, parmi ses proches, ne prit au sérieux ses propos — on était tellement habitué à ses facéties.

Pourquoi Barcelone ? Il est probable qu'il ait voulu prendre congé de l'ami qui fut l'objet de sa passion au fil de ses dernières années, et auquel il se garda de confier sa décision. Il tenait à faire des adieux aux gens qu'il aimait. L'un de ses confidents racontera, par la suite, que, sur un ton hilare, le Greco s'était montré satisfait d'avoir revu son père en Europe peu de temps auparavant ; cela lui évitait le voyage d'aller et retour à Buenos Aires, qu'il aurait fait pour offrir une fête au vieil homme timide qui avait essayé de protéger son enfance.

Ce fut donc à Barcelone qu'il brisa sa baguette et que, le charme dissipé dans les airs, il suspendit son âme au clou du temps.

Tandis que certains de ses amis font allusion à la femme de ménage qui l'aurait découvert inanimé, l'élu de son cœur affirme, avec force détails, que, au lendemain de leurs retrouvailles, le Greco s'étant montré dans un état d'abattement peu conforme à sa nature, il se rendit à son domicile : la porte de l'appartement était entrebâillée ; le Greco respirait encore, étendu sur son lit, habillé d'un pantalon bouffant de couleur pourpre ; dans la paume de ses mains, à l'encre de Chine, il y avait écrit le mot « fin ». Il ajoute qu'après qu'il eut avalé le tube de pilules, le Greco « avait écrit sur l'encrier jusqu'à ce que le sommeil eût pris le dessus » — supposition, celle-ci, qui trouble la vraisemblance du récit, de sorte que je préfère m'en tenir à une autre version des faits, moins prolixe, parce qu'elle propose le mot « non » tracé avec un bâton de rouge à lèvres, ce qui me paraît mieux convenir au personnage : le premier monosyllabe semble, tout simplement, annoncer qu'un film s'achève, alors que le second est le refus absolu du monde qu'il aimait et qu'il abandonne, et l'ultime affirmation de soi face au néant.

Quoi qu'il en fût, une détresse qui ne néglige pas la liturgie, sauve l'essentiel d'un homme, ce qu'il laisse derrière lui : son image.

Voici plus de trente ans que le Greco s'en est allé au fil du fleuve, et j'étais encore en train de rédiger ces pages, croyant que je l'aimerais en elles vraiment et pour lui-même, quand cette blessure qu'il m'avait infligée jadis, au café de Flore, à cause de son attitude rieuse devant le rescapé que j'étais, se rouvrit : une espèce de rancune inexpiable vint gâcher la besogne et l'hommage à celui qui, bien longtemps après sa disparition, deviendrait, quoique imprécis, un symbole, de même que ses œuvres éparpillées de par le monde sont devenues une œuvre. Mais que faire de la rancune à l'égard d'un disparu, comment s'en décharger, si enclin qu'on soit à favoriser les morts plutôt que les vivants ? Le commerce que la mémoire entretient avec eux procure bien des surprises quand les mots les évoquent.

L'éclairage se modifie dans le musée des sentiments et se croit-on délivré de ce que l'on a couché sur la page, dans le moindre petit fait se glisse quelque chose d'inattendu, de surprenant, et une foi captieuse se réveille qui nous convie à y voir un signe, le clin d'œil d'un au-delà impensable.

Ainsi avec le Greco : à mesure que les phrases reconstituaient la scène du Flore, j'avais ressenti la mortification supportée sans broncher ; ensuite, celle-ci s'était changée en rancœur et ne cessait de se répandre comme une humeur sale dans mon corps, lorsque, en tournant les pages d'un livre consacré à la peinture de Stanislao Lepri, je retrouvai un tableau que j'avais vu exécuter. C'est le visage, juste le visage du jeune homme qui, à Buenos Aires, m'initiait aux arcanes de la poésie, laquelle n'était pas pour lui le privilège du seul langage ; le visage du Greco, sur le fond neutre de la toile, tel qu'il était, illuminé de l'intérieur. Je dirai qu'il apparaît, car il s'agit bien d'une sorte d'épiphanie ; il rutile. Ses yeux, doués d'immatériels pinceaux au bout du regard, ramènent au présent de la peinture les lointains qu'il fixait à Salzbourg.

J'eus l'impression, devant ce portrait surgi du passé, que le Greco évoqué par moi s'était dérobé aux mots, en dépit de mon acharnement à le restituer avec ses contrastes, ses contradictions, ses clairs-obscurs, pour mieux montrer, en soulignant ses embardées et ses ruades, la persistance de l'ange en lui ; mais, en même temps, j'éprouvai que mon ressentiment refluait.

32

Je retourne à Madrid, d'où le récit, qui cède volontiers aux caprices de la mémoire, m'a éloigné ; je reprends au moment où je dépose mes valises dans cette chambre que je vais occuper pendant quelques semaines. Nous sommes le 30 octobre 1955.

Détourné de ma voie qui, bien qu'obstruée en permanence de barrages et de menaces, n'avait jamais oublié le but que depuis l'adolescence, sinon l'enfance, le cœur convoitait ; retranché dans les marges, refoulé au fond de cette province de l'Europe qu'était l'Espagne selon mes préjugés ou mon intuition, j'avais beau me répéter que la merveille du Siècle d'or continuait d'allonger ses rayons sur la terre ; à ce peu judicieux rappel, une voix plus intime répondait que du flamboiement glorieux ne restait sur place même pas l'odeur de la fumée.

Le péril, l'oppression, la précarité des circonstances aiguisent-ils les sens ? Le sentiment du danger, la peur qui entravent ma marche depuis toujours, se ravivent si fort en de certaines occasions somme toute banales — le premier contact avec un pays, une ville, un milieu —, que le souvenir en perdure, d'une netteté et d'une minutie que celui d'événements graves, même récents, très souvent ignore.

Me voilà donc dans la chambre vaste et glaciale, basse de plafond, au sol carrelé qui, descellé, ici et là, claque sous le pas ; à côté de la fenêtre, qui donne sur la rue de la Montera, un trépied de fer soutient une cuvette et un broc en émail pour les ablutions, qui me rappelle celui de mes sœurs, là-bas, dans la ferme, par le motif de fleurs en relief ; le lit est étroit et concave ; sur la table de nuit, une lampe à abat-jour vieux rose, et un bougeoir : on m'a prévenu que la dépense d'électricité n'est pas comprise dans le loyer — et on m'a montré le compteur caché derrière la penderie que dissimule un rideau rayé de crasse : on a de ces pudeurs dans le dénuement.

L'heure décline, l'ombre envahit la chambre ;

les premiers réverbères s'allument ; les rues inconnues m'attirent. Je me sens entre parenthèses, exempté de respecter mes propres principes, dispensé de devoirs, en vacance de destin. Alors que j'ajuste ma cravate devant le petit miroir qui ne reflète que le nœud et mon menton, dans un moment d'euphorie, je me promets de faire fi de mes scrupules, de vaincre ma timidité et de sauver, au risque de me perdre, ma vie, ici et maintenant.

Je sors. Un bruit cadencé de talons hauts me devance et me précède ; ce ne sont que des femmes modestes qui ont fait des emplettes, mais au visage si flamboyant de carmin autour des yeux exaltés par le crayonnage qui les entoure et remonte, incurvé, vers les tempes, qu'on les dirait grimées pour la scène, ou devineresses de foire, prêtes à sortir leurs tarots de la poche.

Au bout de la rue, la Plaza del Sol : remous et brouhaha d'une foule qui semble attendre une harangue, et de groupe en groupe, de bouche en bouche, cette élocution toute de vantardise qui me mettait déjà les nerfs à vif dans les cafés de l'Avenida de Mayo, à Buenos Aires, colonisée par les Espagnols.

J'entre dans un bar populeux et me fraye un chemin jusqu'au comptoir, appâté par l'étalage de petites assiettes de fruits de mer, de patates, de tripes à la madrilène, dans une épaisse sauce au piment rouge. Ce n'est pas l'assemblée égayée de volants à pois, d'œillets ou de jasmin à l'oreille et d'éventails, conforme à l'imagerie, mais la rudesse naturelle de l'autochtone ; et, le sang échauffé par les épices et le vin, j'accepte l'invitation de ce voisin gouailleur qui n'économise pas ses tapes sur l'épaule de l'étranger, lequel fait entre-temps le calcul des pesetas qui lui restent. Je suis même disposé, un instant, à opérer en sa compagnie des descentes dans les bas-fonds de la vieille ville, parce qu'il m'en vante la beauté et les avantages clandestins, mais, tout à coup lucide, à je ne sais quel signe incitant à la méfiance, je profite de l'invasion tumultueuse de clients qui nous séparent, et m'esquive. Je me rappelle l'horloge de la place, soleil jaune dans l'heure entre chien et loup : il marquait l'heure de ma naissance, selon l'inventaire de ma mère, mais de l'autre côté du globe.

Des rues qui convergeaient là, je pris la plus illuminée, une avenue aimable. Il eût fallu se calmer, se cambrer, se camper avec assurance aux abords de cet hôtel de luxe ; sur le perron en demi-lune, des hommes bien habillés qui ne semblaient pas se connaître, sortaient soudain de leur inertie polie à l'arrivée d'un taxi ou d'une voiture de louage dont le chasseur ouvrait la portière de la main droite, tendant la gauche dans le geste d'aider le client à monter, pour l'encourager au pourboire. Je remarquai un sexagénaire qui, parmi les autres, pareil à tous les autres, m'avait suivi du regard depuis que je m'étais arrêté sur le trottoir d'en face. Il me regardait comme on épie par le trou d'une serrure. À mon tour, je le regardai : cheveux gris plaqués, raie précise, costume sombre, mais gilet clair, peut-être gris perle, sous lequel s'arrondissait, en dépit de la maigreur de sa personne, un ventre curieusement ovale, tel un melon d'eau. Et, le geste arrivant avant moi, ce geste, presque un jeu, ce geste plus du nez que de la tête, qui indiquait la venelle sombre qui longeait l'hôtel, je m'y acheminai. Il se détacha du groupe. Oui, il me suivait. Je ralentis et, sans changer de rythme, il me rejoignit ; bientôt il marchait à mes côtés ; j'entendais sa respiration ; il gardait un écart convenable.

Quiconque nous aurait croisés eût cru à un père et son fils. Les manches de nos vestes ne tardèrent pas à s'effleurer, mais par intermittence. Aussi hésitant que moi ou, comme moi, peureux, il ne se décidait pas à franchir le pas ; ses chaussures prévoyantes, aptes aux intempéries, semblaient absorber par succion le trottoir ; ses mains que j'allais ensuite admirer, à table, étaient d'une propreté ascétique ; les pouces dans les goussets, ses autres doigts pianotaient sur son ventre. Enfin, ce fut son coude pointu sur mon bras qui glissa vers mes côtes, et sa voix sans timbre, tout en souffle, qui me proposait d'aller dîner dans un restaurant « typique » : tout ce que j'attendais, non du fond de mon être, mais de ce fond infini, sans circonférence ni centre qu'est la faim, cette voracité qui, l'a-t-on ressentie longtemps une fois, ne sera jamais apaisée, mais toujours menaçante, même lorsqu'on est assuré que « cela » ne saurait se reproduire.

Dans la vieille ville, une petite porte qui s'ouvre ; une bouffée d'air aillé qui nous enveloppe ; des outres noires en guise de décoration au pied des marches ; une salle voûtée à forte odeur de friture. J'en rêve encore, tout en sachant que je n'y remettrai les pieds que contraint et forcé. Des civelles à l'huile bouillante, tels des spaghetti avec des yeux, minuscules points noirs, qu'on pique et qu'on enroule autour d'une fourchette en bois. Et devant moi, qui m'applique à déguster, à prendre conscience de la nourriture, comme si cela pouvait prolonger, le lendemain, l'état de satiété, le monsieur au gilet gris perle, avec sur le visage cette expression d'avidité subreptice qui résulte de l'austère harmonie entre la bouche sans lèvres, que fouettent en s'y glissant les civelles, et les yeux embusqués qui voudraient tout dire. Avec prudence, avec circonspection, d'un air réfléchi, il insinue, interroge, feint de s'intéresser à mes réponses, prolixes et fantaisistes ; il propose, ou est sur le point de proposer quelque chose de concret, quelque chose qui justifie sa soirée vacante à Madrid. C'est un homme d'affaires ; il est belge ; il me montre la photographie de ses enfants ; l'aîné est de peu mon cadet ; il ébauche un sourire qui se veut signe de bonté, qui voudrait m'inspirer confiance ; il aimerait... J'épouse l'appel, je l'attendais ; ce qui le tracasse, je l'aide à l'avouer : c'est l'hôtel ; il ne peut pas m'emmener à son hôtel : des gens connus, des collègues... Une sorte d'explosion doit se produire en lui, tout intime, qui ne se manifeste que par une sorte de tassement de son torse, par cette veine de la tempe qui gonfle, le souffle bref, et, comme une illumination soudaine, ce mot : « Je suis un imbécile. »

Il a toujours été si naturel au brave monsieur d'être prisonnier d'un mode de vie dans la norme, qu'imbécile, il n'a pas cru l'être jusqu'à ce moment. Comment lui en faire grief ? Il est triste, il regarde son assiette. Va-t-il verser dans la sentimentalité, et après m'avoir offert ce dîner, s'apprêterait-il à se dérober ? Il me répugne, mais je préfère ne pas rester seul, en tout cas, pas tout de suite. Compte-t-il manquer à son tacite engagement, rentrer à son hôtel de luxe, jouir du petit bruit rassurant de la clé dans la serrure et s'enfermer à double tour dans sa chambre ?

Le vin aidant, d'un ton qui vise l'impertinence et que, de minute en minute, une rage mêlée de mépris rend haineux sous le sourire, je voudrais l'acculer à des aveux sans détours, quand les couples attablés à nos côtés interrompent leur conversation et, poussés par leurs compagnes, les hommes se retournent : d'un seul mouvement, après avoir jeté un coup d'œil sur nous, l'un d'eux murmure quelque chose qui déclenche une hilarité que les femmes exagèrent ; à l'évidence, elles ne parlent si fort ni ne rient si joyeuses en laissant échapper des œillades, que pour mieux nous rappeler notre condition d'exclus, pour bien faire savoir au monsieur indigne et au jeune homme que personne n'est dupe de la nature des rapports qu'ils entretiennent.

Flegmatique, le monsieur me convie à partir ; il a parlé à mi-voix, entre ses dents ; ses mains tremblent ; je partage sa crainte d'un incident. Mais l'entrée dans la salle d'un homme très gros, feutre à larges bords, chemise garnie d'un bouillonné, veste à la taille ornée de passementerie et guitare à la main, suscite des hourras et nous demeurons assis par respect du *cantaor* qui a pris place contre un pilier, assis sur un tabouret, et déjà heurte de l'ongle les cordes pour imposer silence aux dîneurs.

Maintenant que, remis de sa frayeur, le monsieur a réglé l'addition sans l'examiner, ce qui me le rend sympathique, on profite des applaudissements pour partir. La rue est froide, le ciel endiamanté. On attrape au vol un taxi et c'est moi qui donne au chauffeur l'adresse, la mienne.

L'âme a souvent horreur du corps, et voilà que l'on se met à éprouver de l'horreur envers soi-même. Mais il s'agit d'empêcher que l'orgueil se réveille, il s'agit de se mettre nu et de laisser faire l'autre ; et vite ; que ce qui doit advenir advienne.

Indécis, il desserre avec lenteur sa cravate, délace avec soin ses chaussures ; il ôte ses vêtements et fait coïncider les plis du pantalon avant de le poser sur le dossier de la chaise ; on dirait que la vue de ce corps nu qui l'attend au creux du lit, et qu'il n'a qu'à allonger la main pour caresser, lui donne l'impression de se trouver en dehors de la réalité, de sa propre vie, et cela en pure perte. Il est nu à son tour ; il a gardé ses chaussettes d'un gris bleuté, qui sont courtes ; de même que son visage, son corps est glabre et ses bras tombent de toute leur longueur, inanimés. Rien, aucun muscle n'est ajusté à son squelette, et toute sa personne si peu installée dans sa haute taille, que l'on se demande où le désir naît, à quoi il accroche, comment il arrive à s'épanouir. Agité d'un long frisson, il plonge plus qu'il ne s'étend sur moi, et aussitôt c'est fini. Il a dû tant de fois s'imaginer dans une pareille situation, qu'il a atteint le but avant que d'y penser. Et moi, l'estomac bourré de nourriture à en vomir, de la pointe des pieds le corps tout entier me monte à la gorge, contré par la pensée que vomir, justement, impliquerait une déraisonnable déperdition d'énergie.

Il fallait que je me fusse ressourcé pendant le sommeil pour que le lendemain se refermât la fissure si grandement élargie entre moi et moi-même ; et que je me ressaisisse ; renié le temps d'une soirée, le songe reprenait ses droits. De son côté, le souvenir n'aura cessé de remuer la sensation atroce, les images indélébiles de cette aventure, chaque fois que la tentation me poussait à enfreindre les lois que je me donne, pour brider, refréner celui qui est resté, cette première nuit de Madrid, irrésolu et comme en suspens.

33

Le brave père de famille n'avait pas laissé, comme dans la plupart de ces histoires illustrant la vénalité que la littérature et, de façon plus intense, le cinéma transmettent, quelques billets sur la table de nuit. En revanche, alors que le lendemain, vers midi, je m'apprêtais à sortir, un énorme paquet dont le poids dépassait encore la taille, me fut remis « de la part d'un monsieur étranger », par ma logeuse. Je me rappelle le regard de qui se ravise, qu'elle m'adressa, sourcils circonflexes, bouche en cœur, dû sans doute au joli emballage et surtout — mais cela je ne le comprendrais qu'une fois au courant des us et coutumes de la ville —, au nom du traiteur répété, en manière de motif décoratif, en rouge et copieusement paraphé sur fond ocre.

Tandis que je m'appliquais, sans succès, à dénouer la ficelle alourdie, à chaque croisillon, d'un chou de bolduc, la logeuse franchit le seuil de ma chambre sur la pointe des pieds : s'arrêtant tous les trois pas, elle semblait prête à faire demi-tour si je manifestais la moindre réticence. Avec une dextérité qui affinait ses mains courtaudes, en un rien de temps elle défit l'emballage et, par politesse, je soulevai les rabats du carton mettant à découvert son contenu. À en juger par l'ensemble des boîtes de conserve disposées telles les incrustations d'une marqueterie, j'étais ravitaillé en vivres pour une bonne quinzaine de jours, pour autant que je réussisse à discipliner mon avidité.

Je commençai à enlever la première couche de boîtes que j'empilais ensuite à même le sol, et un arôme suave de café s'exhala du fond du colis. Une douceur maternelle affleura au visage de doña Manuelita : elle fit mine de partir, cligna des yeux, mais ne bougea pas ; son regard passait par-dessus mon épaule et s'évadait par la fenêtre, mais l'odeur l'enivrait et, tournant vers moi la tête, elle baissa les paupières, allongea le cou et se redressa comme pour mieux l'aspirer et faire ainsi l'éloge muet de sa qualité.

S'animant soudain, sans un mot, elle me fit signe de l'attendre ; bientôt, elle revenait poussant une table roulante toute déglinguée, mais qui, néanmoins, placée contre le mur, s'avéra utile. Doña Manuelita se rapprochait de moi, non par vertu, mais par nécessité : personne ne demeurant longtemps dans son garni, elle aussi tirait le diable par la queue. J'avais besoin de sympathie et, sur le moment, elle m'en donna ; je lui offris les paquets d'arabica, elle m'invita à partager son dîner : « À dix heures, ce soir, pas plus tard ! » J'ajoutai alors des conserves ; elle me proposa de faire mon café dans la cuisine, le matin. Nous souriions, le cœur servile, misérablement solidaires. Elle me quitta en trottinant, avec de petits rires saccadés et espiègles.

Au-dessus des toits, le ciel étincelait, le ciel madrilène de ce bleu luminescent et dense que même l'hiver n'arrive pas à atténuer.

En rangeant mes affaires, j'avais trouvé, dans la poche de la doublure de ma valise, une de ces lettres de recommandation, par miracle efficaces, qu'il est si gênant de présenter, meurtri d'avance que l'on est à la perspective d'affronter, peint sur le visage du destinataire, l'oubli d'une promesse autrefois faite, et son regard déconcerté qui scrutera vos traits en quête d'une quelconque ressemblance. Elle était adressée à une femme dont je ne me souvenais plus si elle était danseuse ou créatrice de mode, les deux à la fois, ou tantôt l'une tantôt l'autre. Je ne la connaîtrais qu'antiquaire, mais ce n'est pas encore le moment de l'évoquer, car une autre visite précède celle que je lui fis le même jour. En quittant mon pays, je n'avais pas omis de glisser dans mon portefeuille, si dégarni qu'il fût, la carte de visite d'un acteur alors célèbre du cinéma espagnol, le Portugais Antonio Vilar, lequel, pendant le tournage d'un film à Buenos Aires, et par l'un de ces caprices qui, de loin, paraissent calculés par la Providence, avait assisté à une représentation de *Lotta fino all'alba.* À la fin du spectacle, il était venu dans les coulisses saluer les interprètes. Il m'avait assuré que je pouvais compter sur lui au cas où, me rendant en Espagne, j'eusse voulu y exercer mon métier. Sans abonder en louanges, il se montra affable, et en guise d'au revoir il ajouta, sur le pas de la porte, comme on sort de scène en modulant une réplique aux effets maintes fois éprouvés :

«Je tiens toujours parole, même quand je n'ai pas pris d'engagement.»

«Exercer mon métier…» Pour la première fois, quelqu'un du métier, précisément, et qui plus est, un vrai professionnel, venait consolider mon goût pour les planches par ces simples mots qu'il m'avait plu de croire spontanés. Un jour, je serais Hamlet; je serais un homme de théâtre, l'égal de Meyerhold, de Gordon Craig — je rêvais de leurs échecs glorieux. Tout à l'euphorie de la reconnaissance dont j'étais l'objet, au plus haut point d'exaltation, je ne savais plus que faire de moi. Et c'est ainsi que, à peine arrivé à Madrid, je sonnai chez Antonio Vilar — et, en parfait Sud-Américain désinvolte, sans le prévenir.

Je revois la porte d'acajou à grand cadre de l'appartement, l'attente, l'envie tout à coup de dévaler l'escalier, l'espoir — toujours si proche de la peur — qui me retient, le glissement précautionneux du battant sur la moquette, la surprise de le voir apparaître, lui-même, Vilar, en robe de chambre, un journal à la main, la joie de constater qu'il se souvenait de moi et, mieux, l'accolade qu'il me donnait en dépit de ses façons réservées.

J'arrivais fort à propos, me dit-il : il allait commencer, dans les jours prochains, à tourner un film, et je lui paraissais tout indiqué pour un rôle qui demeurait vacant. Certes, les postulants étaient nombreux, mais il avait son mot à dire du moment qu'il jouait une scène, assez importante, avec quelque autre comédien. Il téléphona au metteur en scène en ma présence, me recommanda avec une éloquente fermeté, convint d'un rendez-vous avec moi devant les caméras, et j'eus l'impression, lorsqu'il eut raccroché, qu'il m'avait déjà imposé.

Je fis mes premiers pas dans cette carrière épisodique et, au reste, sans lendemain, en interprétant le personnage d'un traître ; et, sinon de traître, de lâche, pusillanime ou veule pourrait-on qualifier les ectoplasmes auxquels j'ai fourni un visage, une silhouette, jamais ma voix, à cause de mon accent argentin — si l'on excepte certains films de dernière catégorie destinés à la province et qui, dans les grandes villes, n'étaient, tout au plus, que projetés sur les écrans de banlieue.

Avais-je à ce point le physique de l'emploi, l'ai-je encore, et si je l'ai, le suis-je toujours, lâche ? Ne croyant ni à la faute ni au mérite, j'y consens : je m'étonne qu'une vie, la mienne, puisse sembler courageuse, alors qu'elle fut et reste commandée par la crainte et cette impudente lucidité que l'habitude appelle lâcheté — de même qu'elle nomme courage une certaine torpeur de l'imagination propre à engendrer les indispensables héros, et les martyrs. Il s'agit là d'une conviction tout intime, en marge du théâtre de l'histoire, et qui, d'être partagée, nuirait au précaire équilibre de ce moindre mal, notre civilisation. Je ne suis que ce que j'étais en naissant, et si je préfère la montée à la descente, j'ignore la stabilité satisfaite des sommets. Au fond, je n'aurai appris qu'une chose : qu'avant de se perdre pour toujours, on s'enrichit de ses pertes. En outre, je crois savoir maintenant, mais sans doute la fatuité n'est-elle pas étrangère à mes propos, que si l'on raconte sa vie, c'est qu'on ne l'a vécue qu'en vue de la raconter; il faut en avoir acquis le droit.

Antonio Vilar m'avait averti de ne pas me formaliser si le metteur en scène tiquait sur mon accent : je serais doublé, comme il l'avait été lui-même à ses débuts; c'était une curieuse expérience de voir sa propre image et d'entendre une autre voix; une expérience, somme toute, pirandellienne. Il me conseilla de tendre l'oreille dans la rue, dans les cafés, d'éviter mes compatriotes, les Andalous, les Galiciens, les Catalans. Aussi me suis-je employé à singer les inflexions qu'engendre la fierté castillane, en plus de la prononciation du *c* et du *z*, du sifflement ténu de celui-là, et emphatique de celui-ci, nuances ignorées dans le parler argentin où ces consonnes et le *s* se confondent.

En essayant d'adopter une élocution, je m'imprégnais d'une manière, non pas d'être, mais de se comporter ; en pensée, ou de vive voix, bavardant avec doña Manuelita, ou tout seul dans la rue, je tâchais d'acquérir le juste, le bon accent, l'accent officiel — comme l'est celui de l'Île-de-France — lorsque je m'aperçus que je marchais d'une manière qui ne correspondait pas aux habitudes de mon corps : j'étais aguerri, indomptable ; mes épaules, fortes ; mon pas, militaire, comme l'aurait voulu mon père ; mon port de tête, inaltérable ; je bombais le torse, je regardais comme on juge, je disais « oui » ou « non », tout doute exclu : je défiais la mort. Ainsi, le temps de revenir à moi, je fus, quelques instants, dans une rue peu fréquentée du quartier de Salamanca, où je m'entraînais en déclamant des vers, un Espagnol de Castille — un homme moins courageux qu'impétueux, qui ignore cette différence, et qui porte dans ses veines la nostalgie d'une race barbare, d'une race de très anciens tueurs inassouvis.

Je ne saurais dire, au juste, ce que je ressentis en ce moment ineffaçable ; pour qu'il demeurât tel, je dus éprouver que modifier l'accent de la langue maternelle suffisait à infléchir la représentation que tout un chacun s'offre de lui-même, et sa façon de réagir aux sollicitations du monde. Et je suis persuadé que cette modeste expérience à l'intérieur de ma propre langue, fut déjà la prise de conscience des mutations qu'implique l'adoption d'une autre, à laquelle le corps, d'emblée, s'accorde, bien avant que la pensée ne suive.

Mais il ne convient pas que j'aborde dès maintenant le sujet ; le récit me condamne à ce qui m'est le plus étranger : la patience. Je viens d'arriver en Espagne, je dois donc y rester — et pour longtemps.

J'aurai subi mon sort deux fois : jadis, pour de bon ; maintenant, sur la page.

34

Encouragé par le succès de ma première visite-surprise, je me rendais l'après-midi chez Ana de Pombo de Olivera. J'avais repéré la maison d'antiquités, sans enseigne ; son nom, « Tebas », figurait tout juste sur une plaquette de cuivre encastrée au-dessus de la sonnette. Somptueuse, et d'autant plus que décolorée, une draperie à plis, barrée par une embrasse en torsade, aveuglait la vitrine. Un peu en avance sur l'heure que doña Manuelita, se targuant de connaître les habitudes des gens du monde à Madrid, m'avait conseillé de choisir, je faisais le tour du pâté de maisons lorsque, la lettre de présentation à la main, je cessai de relire l'adresse sur l'enveloppe pour ne plus voir que la calligraphie de Pancho Bunge, bien à lui, et d'une autre époque ; je le revoyais assis à son bureau en train de rédiger, à l'encre violette, le mot destiné à cette femme qu'il me vantait, les yeux levés, cherchant la phrase, et dont il me disait que la vie avait son poids d'aventures ; qui, démariée pour la troisième fois, avait convolé avec un garçon de dix-huit ans son cadet, à Buenos Aires où, ayant fui l'Europe en guerre, elle avait séjourné quelques années. Pancho appartenait à une famille jadis des plus illustres, mais qui avait perdu ses terres depuis au moins deux générations.

Le seuil de « Tebas » franchi, on ne se trouvait pas dans une boutique : un vaste salon vous attendait, aux murs crépis à chaux et à sable, au sol de marbre en damier noir et blanc, meublé de quelques sièges, d'une armoire imposante à plusieurs corps, et d'une table de réfectoire qui, par ses dimensions et son piétement, ne l'était pas moins. Sur la table, une pyramide d'artichauts frais dans un plat de terre cuite. Blancs étaient également les rideaux, que l'on eût dits en stuc s'ils ne se fussent ouverts en corolle sur le carrelage avec un rien d'une robe de bal.

Des mots espagnols qui m'avaient quitté à jamais, croyais-je, me font des appels de phares depuis que, dans le temps du récit, je suis arrivé à Madrid ; et c'est ainsi que je ne me décide pas à substituer au laconique « *Qué tal!* », d'un accueil si prompt, à mettre en confiance le plus timide, l'insipide « Comment ça va? », lorsque, encadrée dans l'ouverture du couloir qui vient de s'éclairer, Ana le lance plutôt qu'elle ne le prononce, de sa voix grave, mais bien timbrée, une de ces voix de poitrine qui, chez les femmes, dénotent, selon moi, un définitif esprit d'indépendance.

Je verrais toujours Ana, par la suite, telle qu'elle m'apparut ce jour-là, car elle n'aura pas cessé de se ressembler, et à dessein, comme tous les gens qui, autrefois célèbres ou célébrés, s'emploient à préserver les particularités de leur apparence par crainte de passer inaperçus.

Une masse de cheveux d'un auburn roussi frôlait ses épaules ; des mèches savamment indisciplinées mangeaient à demi son front trop vaste ; rien moins que belle, placé sur n'importe quel autre visage, son nez de travers eût déparé le reste ; mais elle le portait avec gaillardise ; ses yeux n'éclairaient-ils pas sa figure, son sourire en prenait le soin.

Une robe noire en coton mercerisé, qu'elle avait mise au point une fois pour toutes — robe de duègne ou de paysanne à la messe, juponnée, à taille basse, au corsage ras du cou ; les manches s'arrêtaient bien au-dessus du poignet, comme pour allonger encore ses mains interminables, aux gestes nets ; et un entremêlement de chapelets et de colliers anciens à grosses noix d'argent ou de pierres opaques, lapis-lazuli, ambre, béryl, lui bardaient la poitrine.

Aucune afféterie et pas davantage de hiératisme dans son maintien ; elle était là, devant vous, et rien de lointain, d'approfondi dans son regard n'affaiblissait la majesté sans pose de sa présence empreinte d'une sorte de souplesse et d'amicale disponibilité.

Dans le séjour auquel conduisait l'étroit couloir où Ana de Pombo m'entraîna aussitôt, à croire qu'elle m'attendait, une profusion de meubles d'une monacale austérité, en tout semblables à ceux du salon d'entrée. Et cette simplicité de formes équarries qui ignoraient l'ornement en relief, semblait exaltée par l'inattendu déhanchement gothique d'une Vierge en bois, jadis polychrome.

Cependant, dans une alcôve où l'on recevait les visiteurs, un canapé moderne recouvert de toile noire — pour atténuer sans doute le contraste qu'il offrait avec l'élégante rusticité de l'ensemble — et deux honnêtes fauteuils bien rembourrés, rendaient plus aisé le dialogue.

À peine étions-nous assis, Pablo arriva. D'une

grande prestance, sinon beau, du moins bel homme, il était d'une cordialité réconfortante.

Ana tira un cordon qui pendait entre deux poutres, une cloche lointaine parut sonner le glas dans la maison, et elle donna l'ordre à qui devait surgir, d'apporter le thé. Pablo dissimula un gloussement avant que son visage ne se fige dans une expression d'ironie qui était, pour ainsi dire, stable, j'aurais l'occasion de le constater, et que l'on percevait derrière toute autre. Il avait au coin des lèvres l'amorce d'un sourire oblique toujours prêt à lui plisser la joue. En dépit de certaines inflexions castillanes qui infusaient de l'énergie à ses manières, des paresses d'élocution s'étalaient sur les dernières syllabes des mots, et je retrouvais ce je ne sais quoi de blasé, et cette lenteur désespérée propres à l'accent de l'Argentin, si propice à son goût du mélodrame, mais également à trahir celui-ci au profit de son sens de l'humour.

Ses yeux, intenses, étaient si dénués de cils qu'il donnait l'impression d'être nu de la tête aux pieds. Mais vous regardaient-ils lorsqu'il expliquait tel ou tel aspect de son métier, les paupières en berne, il avait l'air de se réveiller dans son univers à lui. Et, à entendre Ana — laquelle connaissait l'avantage que l'on retire tôt ou tard des éloges que l'on décerne, et qui aimait à susciter les manifestations de bien-être pour se persuader du sien —, c'étaient ces yeux, les yeux de Pablo, qui avaient déniché certaine *Madeleine* du Greco, dissimulée par la crasse, dans le poulailler d'un couvent de nonnes ; et, dans une foire à la brocante de province, le seul tableau de Carreño dont il ne subsistait pas d'autre trace que la description répertoriée dans les archives du Prado : une dame en robe blanche, un petit chien blanc à ses pieds.

Carreño, Pablo l'avait au premier coup d'œil identifié, bien qu'à la place du chien, il y eût un énorme bouquet de fleurs, de belle facture sinon des mêmes pinceaux que le reste. Eh bien ! le croirais-je ? la radiographie de la toile avait débusqué, derrière les fleurs, le bichon, comme on pouvait désormais l'admirer au Prado, tout près des Velázquez. C'était le côté sourcier et sorcier de Pablo ; il avait l'« œil absolu », comme on dit « oreille absolue », indispensable au compositeur. Et je ne pouvais pas soupçonner à quel point Pablo s'était dépensé pour combattre l'ignorance et le mépris où les Espagnols, même les Espagnols de très vieille souche, le fin du fin, tenaient le meuble espagnol des XVe et XVIe siècles ! En matière de siècles, à « Tebas », à de très rares exceptions près, on ne descendait pas plus bas que le début du XVIIIe. Les gens bien, à Madrid, vivaient dans de la fausse Renaissance, quel style ! Une crédence suffit, n'est-ce pas, à assombrir de sa lourdeur tarabiscotée la pièce la mieux éclairée ; et les plus cultivés parmi les gens de grande fortune n'aimaient que le Louis XV et autres mièvreries. Une révolution du goût jamais vue, celle de Pablo : « Autant te dire, en deux mots, que tout ce qui était courbe se redressa. »

Si la dernière formule se ressentait d'une mise au point peu favorable à la conversation, elle m'étonna moins que le tutoiement qu'Ana y avait introduit. Comme je lui répondais en la vouvoyant, Pablo intervint pour m'expliquer que le tutoiement était de rigueur en Espagne, et signe de politesse son emploi du moment qu'une personne, même de beaucoup plus âgée ou de haut rang, l'avait employé en s'adressant à vous. Et Ana de s'écrier à l'appui et avec ampleur : « N'oublie pas, *niño*, que dans notre langue on tutoie Dieu Lui-même ! »

Je me rappelle sa voix, qui s'amplifiait en montant, et ses arrêts suspendus, tel le son lorsque l'archet tarde à quitter la corde. Et celle de Pablo lorsqu'il taquinait Ana, avec un don de la raillerie qui dans sa nuance n'appartenait qu'à lui, et qui amorçait d'emblée le sens de la phrase — ainsi en cette après-midi ressurgie maintenant entre deux tombes, quand, en guise de conclusion, il me disait qu'à son avis on tutoyait le plus jeune par condescendance, et que l'on devait tutoyer la vieille duchesse pour ne pas lui faire sentir son âge.

On annonça le pianiste et nous descendîmes à la queue leu leu par un escalier étroit dont le crépi griffu des murs aurait pu démailler un jersey ou mettre en lambeaux une robe délicate si, une fois qu'on s'y était accroché, on s'en détachait avec brusquerie. Les marches menaient à une assez vaste cave aux voûtes très basses, qui montaient d'un seul côté. Un monsieur rondelet, frisé, pétillant, nous y accueille avec tapage ; il regorge de potins et de rires impatients que de sa main potelée il s'empresse d'étouffer. L'un de ses interlocuteurs prend-il la parole, ses lèvres papillonnent, et se détourne-t-on de lui un instant, les commissures de la bouche arquées vers le bas, son visage se noie dans l'amertume ; mais s'intéresse-t-on à lui de nouveau, le voilà, l'arc de la bouche retourne vers le haut, et le sourire d'une oreille à l'autre. Ce changement de masque est tout ce qui pour moi subsiste du pianiste d'Ana.

Aucune ouverture sur l'extérieur ; à la place des sièges, un divan qui fait le tour de la salle ; un plancher en lattes figure la scène ; deux colonnes brisées la délimitent ; elles cachent de petits projecteurs ; ainsi que cet ustensile de cuivre tout en arêtes, posé sur une console qui lui donne l'isolement d'un ostensoir, d'où s'échappe, pour éclairer dans l'encoignure le chevalet du piano droit, le seul rayon vibrant dans cette gradation des ombres destinée à protéger par un resserrement attentif du spectateur, ce qui va se passer sur la scène.

Or, ce qui va s'y passer sera d'abord un jeu de castagnettes. Chaque fois que j'ai raconté ce qui va suivre, ce que j'entendis et vis ce jour-là et tant d'autres fois par la suite, a provoqué une hilarité que je ne fus pas loin de partager, bien que j'eusse toujours protesté de l'intérêt de la chose. À l'époque, j'en étais fasciné : combien ne l'ai-je pas été au cours des années rien que pour combler l'intime nécessité de l'être, de ressentir quelque fascination, et de pouvoir aimer afin de susciter quelque affection ? Souvent mon adhésion à ceci, à cela, au vouloir de quelqu'un, n'aura été que celle de l'acteur que le rôle apprivoise.

Ana jouait des castagnettes sur la musique de Bach. Elle attaque le *Concerto italien* en même temps que le pianiste; elle guette l'entrée des voix, des expositions et des réponses, des thèmes et des contre-thèmes tantôt à l'endroit tantôt à l'envers du contrepoint; elle choisit une ligne, tantôt celle qui s'échappe en hélice vers l'aigu, tantôt celle qui plonge dans le grave, afin de tirer des humbles castagnettes un éventail de sons et leur donner les chances d'un clavier.

Certes, la musique de Bach n'a pas besoin de nous, ni de personne : nul emprunt au passé et nul au mystère, mais une prolifération de cellules, un enchaînement de théorèmes qu'aucun ajout ne saurait ni arrêter ni résoudre; d'un infini à l'autre du monde, elle traverse le nôtre et, fondée sur le nombre, au passage nous change l'âme. Pourtant, le bruit tiqueté des castagnettes, soulignant avec exactitude les notes de la voix qu'elles ont choisies, rappelle que c'est le rythme, point d'appui d'où s'élance la mélodie, qui introduit la persuasion de la mesure dans le vol plané de la musique : celle-ci le précède, et il l'attrape, la cloue au sol, mais elle peut se passer de lui pour exister.

Maintenant, après qu'elle a remis les castagnettes dans leur gaine de velours, elle s'apprête à danser, Ana; elle s'est déchaussée sans que l'on s'en aperçoive et a ramassé sur le piano un voile noir; elle l'a jeté sur une épaule et a regagné le centre du plancher. Elle se concentre, elle rassemble les énergies éparses à l'entour et se compose une gravité de pythie habitée par un dieu; son corps a, peu à peu, acquis de la consistance; il est devenu un foyer d'attitudes virtuelles. Soudain, au moment où le pianiste plaque un accord auquel succède un orage d'octaves, un coup de vent, d'où parvenu en cet enfermement ? a soufflé sur la petite scène rejetant le voile sur le visage de la danseuse ; ses pieds ne quittent pas le sol si, toutefois, elle s'étire, mains au ciel, phalanges à plat, sur demi-pointes. Elle penche sa tête à droite, à gauche, jusqu'à frôler l'épaule, et fléchissant les genoux, elle tord son buste et développe, par poses qui s'enchaînent, une manière de convulsion au ralenti, qui part du nœud de muscles et de nerfs au creux de sa taille.

On dirait qu'elle aspire à quitter son corps dans un mouvement d'envol, mais le corps, aussitôt, comme mélangé de sommeil, s'enfonce en lui-même. Elle se redresse, recule, se colle au mur, le voile glisse.

Au spectacle, je ne crains rien tant que ce moment où l'artiste s'immobilise et qu'il faut que quelqu'un se dévoue et donne le signal des applaudissements ; être le premier à applaudir et de ne pas entraîner l'assistance, cela vous humilie.

J'applaudis. Pablo appuya sur un bouton et le buisson d'ombres de la cave se dissipa : Ana venait vers nous, toujours pieds nus — maintenant salis, pensai-je — ; elle souriait ; j'étais le préposé au commentaire. J'avais la maladresse qui, le nierais-je, m'est encore chère, d'ajouter à l'ardeur qu'en l'occurrence je mets, un assortiment de correspondances, d'échos, d'affinités, à propos de ce que je viens de voir, entendre, lire, savourer : je fais allusion à tel ou tel nom illustre, ce qui flatte ou froisse, c'est selon. Me suis-je empêché d'évoquer Mary Wigman, von Laban, Kurt Joos et sa *Table verte*, Dore Hoyer, devant Ana ?

Je me souviens qu'elle m'a parlé des douze mouvements qui étaient à la base de son art chorégraphique ; elle ne savait pas me dire en quoi ils consistaient, sinon qu'ils étaient des attitudes clés, chacun déclenchant une série précise ; aussi leurs combinaisons aboutissaient-elles, chaque fois, à une danse inédite, et ces combinaisons, chaque musique déterminait celle qui lui correspondait. En fait, ces principes étaient le fruit d'une contemplation studieuse de la *Descente de la Croix* de Van der Weyden, à vrai dire, de la danse de douleur de la Madeleine, toute recourbée sur elle-même, et cependant ondoyante : « On dirait qu'elle éprouve une curieuse volupté, *verdad, niño* ? »

Conquis, le lecteur précoce de Valéry crut déceler chez Ana ce qui à ses yeux distinguait l'artiste du reste des mortels : ces lois que tout un chacun porte sans doute en lui, mais qui n'affleurent que rarement : quand cela arrive, quand cela monte en nous venant de l'inconnu, toute la vie en est à jamais possédée.

Ana de Pombo l'avait subjugué. Il lui attribuait, déjà, toutes les qualités et, en premier, celle de le comprendre : ils pourraient même s'entr'admirer. Il regrettait seulement que la première rencontre heureuse avec « son » destin ait eu lieu en Espagne.

Il redressa le dos, s'avança au bord du divan. Allais-je partir ? « Mais, *niño*, tu n'as pas encore entendu Pablo, il chante divinement le tango ! » Après un refus de politesse mêlé de plaisanteries, qui se changea vite en hésitation, sans plus se faire prier — comprit-il que l'on aurait pu ne pas insister ? — il s'exécuta *a cappella*.

De même que ses yeux, sa voix le mettait à nu, et davantage; c'était d'une intimité gênante : l'air de remonter du plus secret de son esprit, où germe le contraire de ce que l'on s'applique à paraître, il profitait du tango pour donner libre cours à cette emphase traînarde et pleurnicheuse qui était, en dépit de sa prestance, la tonalité de son âme tout imprégnée d'un désespoir exténué qu'à grand renfort de bourdonnements soulignait à plaisir le chanteur, comme pour satisfaire l'individu sans contours qui logeait en lui.

Je n'aurais plus voulu être là, je ne voulais plus l'entendre ; il me troublait la mémoire, réveillait en moi, par intervalles, ces acquiescements à une musique qui ne me séduit, et cela depuis l'enfance, que si elle est interprétée par des femmes — alors que, de femmes, les paroles du tango n'épargnent que la mère, figure inapaisée du remords —, musique que quelque chose au fond de mon être refuse, mais qui écoutée, par hasard ou parce que les dons de l'interprète m'attirent, me plie à elle et me confronte à moi-même.

Quand Pablo eut fini, je remarquai chez lui une certaine difficulté à reprendre l'intonation et le rythme madrilènes, et il fallut qu'il s'écriât tout à coup : « Allons manger des civelles ! », pour que son maintien se remît de tant de langueur.

Un dîner somptueux, des rires, du flamenco, des confidences — mais j'éludai autant que je le pus la précarité de ma situation.

Rien ne laissait présager qu'une histoire allait se tramer autour de moi et à mon insu, à laquelle, longtemps, j'allais collaborer en toute ignorance, jusqu'à ce jour où je quittai la maison d'Ana, une autre, ailleurs, le canon d'un fusil de chasse plaqué entre les omoplates.

35

Lorsque, au bout d'une semaine, je compris que j'étais l'unique pensionnaire de doña

Manuelita, j'éprouvai une inquiétude qui, cela va de soi, augmentait pendant la nuit. Et quand un nouveau colis, un carton grossier, cette fois-ci, expédié en port payé, de Bruxelles me parvint — ou, devrais-je dire, nous parvint, à en juger par l'attitude de ma logeuse qui le serrait sur sa poitrine en me le présentant —, je me dis qu'il me fallait quitter les lieux au plus vite. Mais j'avais donné l'adresse de la pension à Antonio Vilar et au producteur du film, de sorte qu'il m'était impossible de changer de domicile sans courir le risque de gâcher ma chance.

J'étais planté sur le seuil. À un signe de la tête que je fis, doña Manuelita déposa le paquet sur la table recouverte d'une toile cirée à ramages, et elle se tourna vers moi, l'expression de qui, voulant parler, est déserté par les mots : les yeux remplis d'infimes éclairs, les seins plus ronds, plus abondants, plus maternels, le geste plus arrondi, mais ferme, et ses tortillements d'entraîneuse tintinnabulante de colifichets apaisés par une gravité presque solennelle.

Aussi grand que fût le besoin de protection ressenti, je ne voulais pas qu'un quelconque attachement vînt entamer ma liberté : c'était par précaution que je partageais avec elle les vivres du monsieur belge ; et quand bien même je n'eusse souhaité éluder une nouvelle rencontre avec lui, l'odeur mélancolique, propre aux vieilles maisons à l'abandon, qui se dégageait des chambres vides, de l'unique cabinet de toilette — il s'ouvrait sur le palier —, m'avait dissuadé de faire de vieux os dans cette baraque.

Novembre se traînait, mais le temps fuyait vers la Noël. La neige assourdit le brouhaha de la rue. Derrière les vitres des bars, on apercevait, à travers la buée, des gens agglutinés, l'air d'appareiller pour la nuit. Quelqu'un y entrait-il ou en sortait-il, des relents de friture, une vapeur d'huile rance jamais renouvelée saisissait le passant qui, quoique pris de dégoût, à l'instant salivait.

J'avais gardé l'habitude de l'Argentin qui, sous Perón, regardait à droite et à gauche dans la rue, et je me suis aperçu que, pendant les pénibles années passées là-bas, j'avais éduqué l'oreille à capter ce qui échappe aux yeux. Mon dos avait appris, je crois, à calculer la distance qui le séparait du promeneur qu'il devançait, à en mesurer la taille et la corpulence ; à distinguer la cadence du badaud, du pas qui progresse vers un but précis. L'Espagne d'alors favorisait ce genre de réflexes, bien que la dictature qui y régnait ne ressemblât pas à celle, brouillonne, de mon pays. Atroce avec sérieux, elle s'occupait moins de la vie que menaient les gens que des idées qu'ils avaient en secret. Aussi, résurgence de l'Inquisition, faisait-elle la chasse au moindre indice de critique à l'endroit du régime, au moindre soupçon de pensée : penser, réfléchir, philosopher, représentaient un affront au dogme et, par conséquent, un danger pour les institutions. L'ordre prédominait, et l'ignorance ; la dictature agissait, silencieuse, impersonnelle, obscène, dans les coulisses ; elle avait ses pressoirs à hommes dans l'ombre. L'esprit, endormi, tâchait d'éviter les précipices.

Quant au reste… On eût dit que Madrid ne dormait pas. La Gran Via demeurait éclairée jusqu'au petit matin ; le soleil décolorait ses feux, dispersait les derniers noctambules. Qui ouvrait le commerce ? Les mêmes qui avaient perdu ou gagné leur nuit dans les bars, les boîtes, ou assisté au spectacle ; théâtre ou cinéma, la séance la plus courue ne commençait qu'à vingt-trois heures. L'habitude de la sieste compensait le manque de sommeil.

Au reste, dans bien d'autres endroits de la ville on passait des nuits blanches, comme dans cette « Ronda de los Matadores », fréquentée par des toreros aux rêves brisés, qui proposaient leur silhouette et parfois leur savoir à un tourisme naissant. Des travestis, certes interdits officiellement, s'y produisaient à une heure tardive, originaires, assurait le patron, du Barrio Chino de Barcelone, la ville qui, seule, regardait vers l'Europe, la ville où s'était réfugiée la liberté. La loi exigeait-elle des hommes le port du pantalon, sur scène ? En pantalon, ils folâtraient dans un carré exigu ceinturé par des cordes, pareil à un ring ; mais, de la taille au-dessus, à peine imaginables : des faux seins caparaçonnés de verroterie, des cils comme des araignées du Brésil ; les poignets lourds de bracelets à breloques dissimulaient des battoirs et, surmontant les boucles inertes de la perruque, des peignes scintillants, ou des capelines à voilette mouchetée, de la taille d'une ombrelle.

Dans la foulée, il faudrait aussi que j'évoque l'obscurité sépulcrale de certains lieux au grand air où l'on faisait de son mieux pour maintenir une certaine tradition interlope — tel ce quartier d'hôtels particuliers qui bordent le Paseo de la Castellana, là où, à l'époque, la plus grande avenue madrilène perdait ses réverbères en s'éloignant du centre. Des garçons, des hommes de tout âge y faisaient les cent pas, jamais parmi les arbres : sur le trottoir, afin de sauver les apparences ; des hommes à la figure fermée où brasillaient des yeux en quête de connivence ; des garçons délicats, apeurés, évasifs — impossible de les attraper au filet, ceux-ci. Je me souviens de voitures lentes qui, la première fois, me rappelèrent celles de la police en costume de ville, de Buenos Aires ; et, par la suite, lorsque j'avais mieux saisi la méthode du Système et ses négligences sans doute étudiées en matière de mœurs, celles qui ralentissaient le long du Tibre, les passagers qui évaluaient à leur aise la marchandise, en fumant des américaines.

Ah ! la vigilante patience, le guet d'un signe, d'une invite, dans ce tronçon du Paseo où les belles demeures abritent de vieilles duchesses ensevelies dans leur sommeil.

Un soir, je vis apparaître le plus célèbre danseur espagnol de l'époque, et qui demeure comme le plus grand dans les annales. Il passait, isolé dans sa gloire ; une véritable meute de roquets l'escortait, l'entraînant par moments, et, soudain, la stridence de leurs aboiements troubla la nuit clandestine.

Les promeneurs, arrêtés, se rapprochaient les uns des autres et, formant cercle, nous regardions se fondre dans l'ombre, entouré de ses chiots, le danseur de petite taille qui, sur scène, s'élevant d'un tour d'épaule, d'une torsion de reins, tout à coup grandissait.

L'un des anonymes de la nuit raconta qu'un quidam, emmené par le danseur chez lui, s'était trouvé dans l'impossibilité d'agir, car les chiens, gardiens de la chasteté de leur maître, n'avaient cessé de japper, tourbillonnant autour du lit, essayant de grimper, les babines retroussées et la truffe frétillante, et avaient fini par déchirer la couverture de leurs crocs dérisoires.

On pouffait de rire, on en rajoutait, mais lorsque le conteur se targua d'être le protagoniste de l'anecdote, on échangea des regards sceptiques.

En quelques secondes, le groupe se dispersa : il y a des atmosphères qui ne tolèrent pas les mots, et moins encore une réjouissance en commun. Tant qu'on garde le silence dans ces lieux où l'on s'est rendu à l'appel du désir, on ne veut rien entendre ; de chacun sourd une intensité qui s'accroît d'être perçue, et l'espace des avenues, des jardins, devient un endroit clos et comme parcouru d'une agitation contenue, silencieuse ; on ne s'en éloignera qu'accompagné, ou, à bout de quête, « obscur parmi les ombres de la nuit solitaire ».

36

J'entrai enfin, après mille atermoiements, dans les complications, les embrouilles et l'euphorie fugace du cinéma.

Il y a toujours une très longue attente pour le petit rôle ; il se tient, aux aguets, dans un coin du plateau encombré de rails sur lesquels va glisser la caméra ; de projecteurs sur pied et d'autres suspendus à des poutres de fer ; des cordes pendent un peu partout, des câbles ; les électriciens, au sol ou sur des échelles, les machinistes, les accessoiristes s'affairent, pestent contre les appareils qui leur opposent une résistance ; et le petit rôle, qui n'a pas droit à une loge, mémorise la phrase qu'il a à prononcer, voire à imposer d'emblée, mais le trac lui ôte toute faculté de contenir l'affolement qui s'est emparé de lui et cette prolifération panique de l'émoi qui lui coupe et le souffle et les jambes ; il se sent abandonné ; on va se passer de lui ; on va le photographier de dos.

Lorsqu'il entend prononcer son nom, lorsqu'il comprend qu'on l'appelle, il se lève d'un bond, il est sauvé. Entre les mains des maquilleurs, plus ou moins méticuleux selon l'importance de l'interprète, il éprouve de la fierté, car ils sont trois, le travail fini, à le regarder dans le miroir, à suggérer telle ou telle retouche ; et vient le tour de la costumière qui rectifie le col de sa chemise et s'efforce de lisser de sa main l'emmanchure de la veste, qui fronce. Maintenant, il écoute les instructions du metteur en scène, celles de l'assistant qui lui indique la marque de craie qu'il ne devra pas dépasser. Le voilà prêt : « Silence ! » — mais le chef opérateur demande qu'on modifie la lumière, et cela prend du temps : son front brille-t-il, une houppette, des pinceaux suaves rafraîchissent le fard. Un instant, il est le centre du monde. Il règne sur le plateau une vigilance unanime, tous les regards sont braqués sur lui. Impossible d'être davantage soi-même, aussi entièrement déterminé ; au diable les conflits, les souvenirs, les habitudes, les penchants, les besoins ; il n'est rien d'autre que calcul, calcul du déplacement à effectuer au millimètre près, un pur concentré d'énergie, et ce sentiment qui est monté à son visage et a modifié son maintien.

Alors, quand le clap tranche le silence, une manière d'assomption instantanée se produit, et il se trouve comme en suspens, et nulle part. « Coupez ! » La prise est-elle jugée bonne ? D'un coup les nerfs se relâchent, c'est le bonheur. Et les projecteurs qui, l'un après l'autre, s'éteignent, dissipent à jamais le moi si entier d'un instant.

Les choses s'étaient bien passées au cours des premières séances. Antonio Vilar, homme peu enclin aux effusions, surtout si on les attendait, se félicita lui-même, en ma présence, d'être intervenu en ma faveur auprès du metteur en scène. Je ne reprendrais le travail, pour une dernière séquence, que trois semaines plus tard.

Avant de retourner aux studios — l'emploi de cette expression me remplissait d'orgueil —, je commis l'impair fatal de me rendre chez le coiffeur. Je le priai de me désépaissir les cheveux, de les raccourcir un rien ; et, comme tout coiffeur qui se respecte, il coupa tant et plus : dans le miroir, ma nuque toute nue.

Le proverbe ne mentit pas : à quelque chose malheur est bon ; il le fut, et doublement : d'une part, puisque aucun montage ne réussirait, par ma faute, le raccord prévu, et qu'il s'agissait de la scène où je donnais la réplique à Vilar, au lieu de me montrer de profil, puis de dos en train de quitter la pièce, je serais de face ; aussi, la star, qui d'aucune manière n'eût renoncé au premier plan où il devait fulminer contre moi, inventa-t-elle de se planter derrière, les mains sur mes épaules, et de me crier ses insultes à l'oreille, contre la joue. La vérité de sa colère mêlée au frôlement de nos visages introduisait dans les rapports entre le lieutenant qu'il incarnait et moi, son subordonné, une ambiguïté que le scénario s'était bien gardé de prévoir et qui allait s'accentuer dans les scènes suivantes, avec le consentement tacite du producteur. Non pas que celui-ci eût aimé ce genre d'équivoque, mais, à l'époque, on ressentait une telle nécessité de narguer les commissions de censure !

Les moments de passion joués devant une caméra — bien plus qu'au théâtre où leur réitération les affaiblit au fil des soirées — peuvent conduire l'interprète à s'engager corps et âme, quelques secondes, dans une voie inattendue de sa vie.

Y eut-il entre l'acteur et le postulant l'affleurement d'un désir larvé, et l'ont-ils vécu dans cet autre monde de l'image à l'abri de toute conséquence ?

Le film achevé, j'essayai en vain de rencontrer Vilar. Il se déroba. Nous ne nous sommes plus jamais revus. S'il est encore vivant, il doit approcher d'un âge vénérable. On vit dans l'illusion d'être immortel quoi qu'on en pense et, soudain, le jour décline, les heures nous sont comptées. On ne commence jamais trop tôt à dire adieu ; vivre exige de ces négligences.

37

Entre-temps, en attendant l'ultime séance de travail, j'avais essayé, dans l'enthousiasme et cependant non sans méthode, de retenir la chance, de la séduire par un effort d'application.

En dépit de sa brièveté, et de la modestie du cachet perçu, ce premier rôle représentait une compensation de taille, et le doute qu'il ne suffit pas à m'ouvrir toutes grandes les portes du cinéma ne trouvait pas de place dans mon esprit.

Il me fallait un imprésario, et à l'imprésario, des photographies. Un manager de troisième ordre accepta de me recevoir et, faute d'une Thérèse Le Prat sur place, que j'aimais tant, je me tournai vers un succédané local de Harcourt, qui accepta de me photographier. Un tiers de mon gain risquait d'y passer, mais je n'hésitai pas : étant le préféré des vedettes et ces photos une carte de visite, il s'agissait d'un investissement.

Certes, les retouches, alors de rigueur, qui embaumaient le modèle — pommettes rehaussées, peau lumineuse, astucieuse étincelle dans l'œil fixant l'objectif — m'empêchèrent tout d'abord d'éprouver le plaisir de Narcisse : en proie à la jalousie, je mis quelques secondes, disons trois, disons deux, à me rendre compte que je me regardais moi-même ; mais, ensuite, cela va sans dire, un rien à me convaincre de la ressemblance : tel j'étais.

Le manager, quoique son regard glissât de mon visage aux photographies et de nouveau à moi-même, avant de les laisser tomber sur son bureau, parut les apprécier, y déceler en tout cas un subterfuge pour me proposer à un metteur en scène, à l'occasion de quelque urgence, au cours d'un tournage.

Depuis le temps que je m'emploie à déchiffrer le roman de la mémoire que les mots me proposent, ni la persistance dans le souvenir de la voix du manager ni la rudesse de ses manières ne devraient plus m'étonner. À la cadence de ses paroles, au martèlement réfléchi des syllabes, je devinai la hargne qui l'habitait, cette sorte de hargne dont on n'a pas eu l'occasion de se décharger sur ceux qui l'ont suscitée — autrefois, jadis, ailleurs, une heure avant —, et que l'on inflige à des innocents pour assouvir son envie de vengeance. À moins que la cause de son air courroucé ne fût la singulière verrue noirâtre qui, à la hauteur de la bouche, disparaissait pour aussitôt réapparaître entre deux replis des bajoues, lorsque ses lèvres accentuaient l'étirement qu'exige le *a,* ou s'arrondissaient en cul de poule pour trompeter le *o.*

Je me le rappelle qui s'était rejeté en arrière : le visage perd de son volume, la verrue en gagne encore ; et lorsque soudain il se redresse, son expression est de commandement, sa voix, militaire : « Tournez-vous... Regardez-moi pardessus votre épaule... Marchez... l'air pressé... l'air de vous promener... Assis ! Debout ! Évanouissez-vous... Et, maintenant, maintenant... souriez ! Encore. Riez ! Mais riez donc, à en crever de rire ! »

Je m'étais exécuté sans la moindre hésitation,

avec, même, un certain plaisir, et mon habileté dans la chute, plusieurs fois répétée après les rires, l'avait frappé. La métaphore dont se servait le « professeur de relaxation » de Buenos Aires pour illustrer la façon juste de tomber — « comme si des ciseaux tranchaient les fils d'une marionnette » — me revint au moment où l'imprésario commençait de promulguer la sentence, comme absous de toute considération à l'égard de celui qui était dans l'attente : mieux valait que je le sache, je ne serais jamais le jeune premier des photographies — qu'il considérait de nouveau, les disposant en éventail par le seul jeu du pouce et de l'index — ; de rôles d'importance, je n'en décrocherais tout au plus que celui d'un malade, ou d'un crève-la-faim : dès que j'ouvrais la bouche, je devenais quelqu'un qu'on n'embrasse pas. Je pensai à Mimmo, dans le *basso*, à Naples, me soulevant la lèvre pour montrer mes dents à Rose Caterina. Combien de temps s'était-il écoulé ? En réalité, à peine huit mois, et, pourtant, tout paraissait déjà si loin, enfoui sous des années et des années. Ensuite, avec un sourire d'emprunt et la condescendance mignarde que l'on réserve aux idiots ou aux enfants, il ajouta en se tapotant de l'ongle les incisives : « Qui vous a légué ces faux bijoux ? Papa ? Maman ? »

Le ponant rougeoyait dans une grotte au

fond de l'avenue ; de petits nuages frangés d'or bougeaient par moments, drapeaux de vieilles batailles ; d'autres, de cendre, pavoisaient les hauteurs ; et le soleil qui avait revisité la Grande Muraille, les Pyramides, s'était rafraîchi dans la mer océane et dans la mer intime et bleue où, jadis, naissaient les divinités ; le soleil que le coq avant-coureur de l'aurore avait salué dans les terres successives du monde, contemplait, tout entière à lui dans son ampleur, la Gran Via : disque plat, on l'aurait dit suspendu à des cintres.

J'expérimentai comme un redressement d'âme, et des sentiments héroïques s'annonçaient à mon cœur, selon toute vraisemblance, inefficaces.

Irais-je au Gijón, ou chez Ana et Pablo ? Les jambes avaient pris leur décision avant moi : détour par le café des artistes, sur le chemin de « Tebas ».

38

Le café Gijón… On y était assourdi par la violence du vacarme avant même d'en avoir franchi le seuil, et se dégageait-on du rideau de peluche en demi-cercle, un orage de grêle, une sorte de stridence guerrière vous accueillait. Il ne s'agissait pas pour autant d'une assemblée se livrant bataille à grand renfort de prises de bec et des propos fougueux, loin de là : le calme des visages, des gestes, contrastait si fort avec le tintamarre, que cela rappelait au novice, jusqu'à lui en faire ressentir l'angoisse, ces rêves où l'on crie sans attirer l'attention des témoins, où les miroirs ne renvoient pas de reflets.

On eût dit que, faute d'échappée, les conversations, les disputes, les criailleries que l'on peut toujours escompter dans un lieu fréquenté surtout par des acteurs et leurs acolytes — ainsi que les cliquetis de vaisselle, les applaudissements qui, lors d'une première, saluent l'entrée de la vedette un bouquet de roses sous cellophane dans les bras —, étaient montés depuis des années, depuis toujours, et avaient fini par se condenser en une masse sonore d'une densité phénoménale : le plafond tempêtait.

Je ne tarderais pas à découvrir, dans le spectacle fourmillant et bariolé de la salle, la géométrie stratégique que déterminaient trois tables équidistantes l'une de l'autre et occupées à longueur d'année, me dirait-on, par trois mères d'artistes ; elles en prenaient possession tous les jours de telle heure à telle heure, ainsi que certains fidèles de leur prie-Dieu à l'église. Elles trônaient au milieu de la banquette adossée au mur et, de façon symétrique, à égale distance — sauf que l'une d'elles, au fond, face au comptoir, jouissait du défilé des arrivants et des partants, tandis que les deux autres, face à face, devaient tourner la tête chaque fois que quelqu'un entrait en scène ou en sortait. En somme, elles célébraient à l'unisson leur messe, dessinant dans ce lieu profane la croix latine : la privilégiée, au maître-autel ; les deux autres, chacune à l'autel des chapelles latérales.

Selon un camarade acteur du film auquel je participais, le Gijón était l'endroit où il fallait à tout prix qu'un débutant se montre s'il voulait faire carrière. Je m'y étais aventuré à plusieurs reprises, tout en m'appliquant à ne rester que quelques secondes, mais bien en vue, l'air de chercher quelqu'un dans l'assistance, afin de favoriser la rude besogne du sort, au cas où un metteur en scène en quête du Hamlet idéal l'eût décelé à mon apparition. En revanche, le jour où, priant le destin de venger l'affront subi chez le manager, je fis halte, je cueillis au vol la chance d'une place libre dans un coin.

Par crainte d'être délogé au bénéfice d'un habitué, je demandai un whisky, ce qui alors inspirait le respect des serveurs ; puis, rassuré, je posai sur la petite table le livre que, comme d'habitude, je portais coincé sous l'aisselle, non sans l'arrière-pensée de susciter de la curiosité, une conversation, toujours si agréable lorsqu'on sait, d'entrée, que la rencontre n'a pas d'avenir.

C'était, ce jour-là, la traduction argentine du théâtre d'Albert Camus, en fait, de ses trois premières pièces : *Le Malentendu, Caligula,* et *L'État de siège.* Je n'allais pas ouvrir le volume, sa présence à portée de la main me suffisait pour me donner une contenance, et le nom de l'auteur — caractères rouges sur papier coquille d'œuf —, pour m'accorder du prestige.

Je scrutai avec délectation le maquillage outré, détaillé de certaines femmes ; j'imaginais le roman qui, d'un coup, affleurait à la surface des visages, tout ce passé dont un geste, la façon de boire, de s'essuyer les lèvres — du petit doigt la bouche en cœur, du revers de la main la moustache —, dévoilait la perspective jusqu'au brouillard de l'enfance. Je m'égarais dans ces fantaisies quand, du coin de l'œil, je sentis plus que je ne remarquai le regard de mes voisins de droite cloué sur le livre ; je baissai la tête — je me rappelle les chaussures bicolores de l'un d'eux — et n'eus besoin que de la redresser un peu pour que le personnage assis sur la banquette, d'évidence le « maître », m'adressât la parole.

Le crépitement régulier qui vrillait le plafond m'empêchait de comprendre ce qu'il essayait de me dire, en dépit de notre effort réciproque, et nous allions y renoncer lorsqu'une petite scène pittoresque, bien à sa place dans ce genre d'établissement où, pour un oui ou pour un non, la clientèle devient public, mit une sourdine à la cacophonie ambiante : une dame aux joues orange, fringante mais affligée de cette concavité du torse qui prête aux vieilles personnes un trop long cou et des airs de tortue, s'était esclaffée révélant soudain un organe fantastique ; elle avait attaqué son rire dans l'aigu pour descendre la gamme chromatique aussitôt remontée en sons filés jusqu'à l'apnée ; les uns après les autres, les gens s'étaient retournés vers elle et, plutôt que l'étonnement, une souriante admiration se peignait sur les visages ; quelques-uns ébauchèrent même des applaudissements, tandis qu'un jeunot, vite isolé par une vaste réprobation, l'indcx en tournevis sur la tempe, suggérait la folie de la dame — Médée de légende, m'apprenait mon voisin, la dernière à s'être produite au théâtre romain de Mérida. Elle, émue, remerciait à droite et à gauche l'hommage des fervents.

Avant que le brouhaha ne reprît, nous eûmes le temps, mes voisins et moi — ceux qui entouraient le maître feuilletant, avec avidité, l'ouvrage de Camus —, d'ébaucher un dialogue au sujet de celui-ci, où les on-dit et les ouï-dire abondaient, auxquels j'apportais des précisions que, d'emblée assuré de ne pas être contredit, j'improvisais. Je ne possédais pas de connaissance en la matière, des aperçus tout au plus, mais je m'accordais le plaisir de plonger mes auditeurs dans un silence stupéfait, hormis le maître, un très honnête homme et, par surcroît, le meilleur dramaturge espagnol en ces années-là, néfastes. À un moment donné, il déposa son verre avec force : on eût dit que les clochettes de l'élévation avaient retenti appelant au recueillement, et aussitôt ses suiveurs furent suspendus à ses lèvres. Il entamait une péroraison. Je me souviens qu'elle fut longue et ininterrompue, et que les derniers mots que j'en saisis furent « huis clos » et « existentialisme ». Le bruit noya le reste, mais je prêtai une oreille de disciple à l'exposé, car je voulais être adopté par le groupe.

Était-ce pour corroborer mes préjugés d'Argentin envers la Mère Patrie ? De ce que j'entendais ou voyais, je ne retenais que, tout juste, ce qui n'aurait pu en rien les affaiblir. À tort ou à raison, je conserve l'image que l'œil et l'oreille m'ont forgée de l'*homo ibericus*, cette après-midi-là au café Gijón.

Se croyant pourtant unique et, en toute chose, la norme, l'Espagnol est moins lui-même qu'il n'incarne une ethnie. Il ne pense pas : il a déjà pensé. On a pensé pour lui depuis les siècles des siècles, et il se limite à une consciencieuse répétition ; l'idée d'échanger des idées le trouble, avant de lui paraître une impossibilité qui le ferait rire si le rire ne lui semblait pas indigne de sa morgue ; aussi ignore-t-il l'art de la conversation et aucune réplique de son interlocuteur ne l'arrête : la réplique n'est pas son affaire ; il assène, ânonne, profère, conclut. En fait, il parle pour aboutir à une conclusion préalable. Son raisonnement ne parcourt, et encore, en ligne droite, que la distance séparant le « oui » du « non », mots utiles, certes, mais n'ayant pas partie liée avec l'intelligence. Le doute cherche-t-il à s'infiltrer dans le bloc de sa pensée, il estime sa virilité atteinte. Il se targue d'être franc et croit l'être en jugeant de façon péremptoire quelque chose qui vous tient à cœur. En toute circonstance, il sait ce qu'il faut dire ; il commence par le dernier mot pour s'assurer que, celui-ci, il l'aura en dépit de tout. Il regarde la mort en face, jamais de profil, en hommage à des ancêtres dont il ne saurait préciser ni l'époque ni l'épopée. Il aime à parler, et avec tant de véhémence et si longtemps, que l'on a soif pour lui — mais gardez-vous d'abonder dans son sens, car il en profitera pour reprendre son discours à l'envers sous prétexte que vous n'avez rien compris. Chacune de ses assertions lui importe moins par elle-même que comme moyen d'en réfuter une autre, eût-elle été la sienne. La certitude sans faille lui est une illusion indispensable et, fier-àbras, il avoue et clame des trésors d'ignorance pour se sentir en vie.

Je m'aperçois qu'en essayant d'énumérer des comportements qui m'indisposent, j'en ai adopté le ton et la manière. Quand les rancunes anciennes se ravivent, on prend la plume comme une arme, et il arrive qu'on la pointe vers soi-même. Allons plutôt vers « Tebas » où, avec Ana et Pablo, on se sent à l'abri de la réalité et presque en dehors de la nature.

39

À « Tebas », qu'un *bargueño* trouvât acheteur ou qu'une table y fît son entrée, l'ensemble du mobilier changeait de place et, surtout, d'aspect, comme le mot qu'on biffe ou celui, inattendu, qui s'installe dans la phrase modifie l'idée. Aussi pouvait-on se sentir désorienté lorsqu'on pénétrait dans le salon, surtout si l'acquisition d'un retable aveuglait des fenêtres. Mais où qu'elle fût disposée, la Vierge au déhanchement gothique était toujours le centre des arrangements successifs : les meubles semblaient lui obéir et des affinités se créer sous le sourire plein d'autorité de la statue, à la manière de ces choses disparates qui, reflétées par un miroir concave, s'harmonisent.

Parfois, les hautes armoires aux corniches pointues, lesquelles remontaient selon Ana au XVe siècle, pareilles à des abbés mitrés en concile, affichaient l'air de peser le pour et le contre, et souvent, à l'occasion d'un nouvel arrivage, on les eût dites pressées de gagner à leur tour la sortie.

De stable ne demeuraient dans la maison que ses maîtres, d'abord la forte présence d'Ana dans sa robe de coton noir — qu'elle avait dû rectifier jusqu'à parachever le modèle, après avoir porté toutes les toilettes du siècle et, du berceau à la puberté, quelques-unes du précédent —, la cloche annonçant le thé, dont le son lugubre se répandait à dix-huit heures tapantes, et le cérémonial du petit théâtre au sous-sol, même lorsque des saints décapités ou des gisants en transit le transformaient en crypte.

Pablo ne chantait pas tous les jours, et cela, qui au commencement me soulageait, j'en aurais vite le regret, car s'était-il abandonné aux lenteurs éplorées du tango, ensuite il nous emmenait dîner dans quelque *bodega* où le parfum de l'ail triomphait du tabac, et le grésillement de l'huile dans les lourdes poêles en fonte, de la ferveur des guitares. On peut dire que, bien qu'à des intervalles irréguliers, la faim, qui ne m'avait pas perdu de vue, apprit à patienter grâce à Pablo. Civelles, cochon de lait à la peau croustillante, pommes de terre au romarin, arrosées de ces vins de Rioja qui diffusent du palais vers le cerveau je ne sais quelle ardeur, tout un monde de délices et de mystérieuse félicité. Il serait curieux d'étudier leurs effets, si particuliers. Mais Ana attend. Non pas la danseuse d'extases qui, du moment où ses pieds touchent le plancher, adopte, sans ménager de transition, comme le fidèle qui vient de s'agenouiller, la pose du recueillement, se colle au mur, déploie ses bras qu'avec lenteur elle ramène sur la poitrine, avance en diagonale, recule, accueille la douleur avec reconnaissance et, non sans impudeur, l'exprime, l'expose, à croire que de la foi héritée là-bas, tout au fond des années, elle gardait l'idée d'un sentiment noble, seul capable d'absoudre les fautes et lui gagner le Paradis ; et qui, pour finir, ploie le genou et défaille sur un chemin de croix à elle — tandis que, les yeux habitués à la pénombre, je me compose une mine de spectateur face au rideau qui, déjà, se referme.

Je l'admirais, je le lui disais, le lui répétais. Le danger de multiplier les louanges contre l'avis du cœur, est de finir par plier celui-ci à une dévotion qu'il ne saurait éprouver, en devenir l'esclave et s'engager soi-même sur une voie périlleuse. Je mis longtemps à me défaire de certaines admirations imprudentes qu'encourageait le besoin.

Non, ce n'est pas la Mère douloureuse de la musique qui m'attend, mais la conteuse de sa propre vie qui, d'une voix complice, et sur le ton d'un roman picaresque, vous réinventait son passé où ne manquaient pas ce qu'on appelle les péripéties, ni même quelque tragédie. Elle devisait avec une grâce qui maintenait l'interlocuteur suspendu à ses lèvres, ce qui, de toute évidence, l'aidait à adopter à jamais les ajouts improvisés par les mots ; aussi, les silhouettes qu'elle évoquait se détachaient-elles bientôt de son esprit, encore brumeuses, pour s'affirmer dotées d'un relief indélébile.

Indifférente à la continuité et au plan, elle menait son récit d'insinuations en dérobades, de raccourcis en euphémismes et, plutôt qu'une histoire, il en résultait une suite de visions nettes, isolées, comme à travers les lézardes d'un mur ou les meurtrières d'une citadelle, ce peu de paysage qui, tout proche, paraît si profond.

Racontait-elle donc sa vie ? On eût dit qu'elle ne cessait de s'en éloigner, les ponts coupés, dernière fuite en avant, et qu'elle s'appliquait à vous rendre indiscernable une cohérence quelconque. De propos en propos et du moment qu'elle sentait son confident acquis, elle franchissait d'un bond les intervalles et, habile dans l'art de doser les anecdotes, vous laissait sur votre faim, comme si, d'achever le conte, elle eût encouru le châtiment promis à Shéhérazade. Elle vous priait de lui parler de vous-même, et vous pensiez qu'elle savait écouter et relancer vos aveux, mais une quelconque analogie de votre existence avec la sienne lui permettait de reprendre son discours. C'est tellement agréable de se découvrir des affinités avec quelqu'un, de constater que l'on partage des goûts et des dégoûts, que l'on n'hésite pas à arrondir les angles pour se trouver, un moment, l'un dans l'autre. Je n'ai jamais vu personne ajouter plus de prix au plaisir d'être ensemble pour converser, ni si capable de sacrifier à l'harmonie un désaccord parfois fondamental. Son peu de capacité à raisonner était évident mais, nullement dupe, elle possédait l'œil le plus juste, le coup d'œil qui cadre, mesure et classe en même temps qu'il capte, et le pouvoir de conférer à l'épisode le plus anodin le caractère d'une prophétie.

Ainsi, née dans une famille qui se perdait, au-delà du passé, dans la légende, son enfance se résumait à ses premières castagnettes, qu'elle faisait claquer au rythme des clapotis de la rivière qui traversait les terres des Caller de Donesteve de la Vega y de la Pedraja ; et à sa fugue, pour l'amour des saltimbanques, cachée dans la roulotte d'une diseuse de bonne aventure, laquelle, avant de la rendre à ses gouvernantes affolées, criant à travers champs son nom, lui avait lu les lignes de la main. Elle avait quatre ans.

Combien de fois, forcé par l'heure, j'ai dû me faire violence pour interrompre l'emphase régulière de sa voix ; galvanisé et non sans gêne, je me retirais avec des arrêts stratégiques, à reculons. On ne s'embrassait pas ; elle trouvait mièvres ces manières qui, en Espagne, commençaient à se répandre. Comme les saints qui se rencontrent dans les tableaux des Primitifs, elle tendait ses bras sans toucher les vôtres.

Aujourd'hui, alors que j'aimerais rassembler ces fragments épars qui ont été Ana, je suis pareil à celui qui cherche le trèfle à quatre feuilles dans une prairie. L'âge des ambitions dépassé, elle tenait à laisser des traces et croyait avoir trouvé en moi le scribe d'une errance qui comptait autant de chemins que d'impasses. Et ce ne sont pas les pages hâtives qu'Ana publia sur le tard, tentative dérisoire d'ériger elle-même un monument en son honneur, qui m'aideront à brosser une figure vraisemblable de celle qui, ayant toujours appartenu à l'instant, voulait l'éternité sur terre.

Nul regret, nulle plainte ni vanité dans ces après-midi, ces soirées de Madrid, devant moi et, je crois, devant personne ; c'était sa force : l'avait-on vue dépendante, voire domptée à la suite d'une disgrâce ? Juste le temps de se ressaisir : elle ne perdait pas une minute à essayer de voir où elle en était avec elle-même. Au reste, si le récit croisait le destin de son fils cadet — son Alvarito, « fusillé par les rouges » —, elle le plaçait moins dans sa vie que dans l'histoire de l'Espagne. Elle ne portait pas de morts en elle ; savait plus d'un tour et, anéantie par un malheur, ne tardait guère à réapparaître, perchée bien plus haut que sa chance. Toujours en fuite, toujours sur la route.

À son instar, je n'ai pas su commencer par le commencement. Peut-être eût-il fallu que je rappelle d'emblée ces feuilles dactylographiées, reçues par elle de façon anonyme, et qu'elle me montra en grand secret, dans lesquelles on lui racontait ses véritables origines. Pour le moment, que la mémoire accomplisse sa tâche de servante et colle son oreille aux portes d'autrefois, et son œil enténébré au trou des serrures.

40

Résigné à ne saisir que ces parcelles qui s'effilochent d'une vie et que le néant courtise, j'emboîte le pas de la conteuse, je passe du coq à l'âne, et je retrouve Ana à Paris, rue de la Paix, vers la fin des années trente, à la tête de la maison Paquin que, de la décadence, elle aurait ramenée à son prestige ancien grâce à ses inventions vestimentaires et à son génie de décoratrice. Elle ne s'expliquait pas pour quelle raison tout ce qu'elle faisait en ce domaine par instinct, devançait la modernité.

Je me souviens d'Ana en train de me décrire une robe blanche bordée de dentelle noire, qui avait été reproduite à des milliers d'exemplaires après que la reine Mary l'eut portée dans une garden-party à Paris ; je me souviens de son enjouement rétrospectif lorsqu'elle évoquait la gaieté de « Bébé » Bérard assis par terre dans le salon d'essayage, multipliant les croquis parmi des mannequins qui étaient telles des sirènes, le corps moulé dans des fourreaux d'un velours élastique que les plus renommés soyeux de Lyon avaient créé pour elle, Ana.

Reine Mary, velours élastique, il m'en coûtait, si fasciné que je fusse d'habitude par ses anecdotes, de paraître l'écouter bouche bée et les yeux ronds, de crainte qu'elle ne devinât mon scepticisme. Et pourtant, je tiendrais un jour un morceau de ce velours dans mes mains qui l'étirent comme un jersey ; et je verrais les dessins des sirènes de Christian Bérard.

À vrai dire, je me souviens davantage de ce que j'ai imaginé dans ces moments de fable où j'étais tout yeux, tout oreilles. Aussi vois-je, tour à tour, Danielle Darrieux, très jeune jolie madame, et guillerette, qui choisit ses robes et des sauts-de-lit vaporeux pour son mariage avec Porfirio Rubirosa ; et le « maréchal » Goering qui commande des modèles pour sa femme, le noir en bleu ciel, le beige en rouge, et qui décide, à l'aide d'une photographie et des mensurations notées sur la silhouette même, de la longueur exacte. Antonio Castillo, qui avait succédé à Ana chez Paquin, me dira, bien des années plus tard, que les choix de l'Allemand, toujours client de la maison à la veille de la débâcle, l'avaient mieux renseigné sur l'issue de la guerre que les informations de certains de ses amis haut placés : plus de broderies, plus de fourrures, plus, surtout, de tenues du soir, ou à la cheville. Par ailleurs, Antonio, qui aimait monter en épingle la cocasserie des situations, assurait que, vers la fin du conflit, l'occupant avait imposé à la couture une si grande austérité, que l'emploi du tissu pour une robe ne devait excéder les trois mètres — mais il avait oublié les coiffures, d'où ces turbans chers à Arletty, monuments drapés d'où s'échappait une queue qui hésitait entre l'écharpe, le châle et, quelquefois, la traîne.

Je me souviens des retours en arrière d'Ana ; de sa première maison de couture à Paris, Casa Elviana, place de la Madeleine, montée pour elle par sa sœur aînée, afin de l'éloigner de Santander, en fait, d'un mari en proie à la folie. Sa victoire avait été foudroyante, au point que Coco Chanel lui avait envoyé des émissaires l'enjoignant de fermer sa boutique, car sa vraie place à Paris, elle ne la trouverait que rue Cambon.

Devint-elle, Ana, comme elle l'assurait, directrice de la maison de Mademoiselle et, pendant la drôle de guerre, après Paquin, de la succursale de Biarritz où, selon ses dires, le duc de Windsor et le duc de Kent avaient été ses agents publicitaires ? Tout s'entremêlait, tout se chevauchait dans la vie d'Ana, Chanel et Paquin, ses récitals de danse à Pleyel, avec Ninon Vallin, la guerre et son retour en Espagne, une autre boutique de mode commanditée, à son insu, par un nazi, la création du premier ballet espagnol avec des costumes de chaque région — « On se disputait les longues-vues disponibles aux guichets pour voir les dentelles et les bijoux ! » —, sa fuite de la Seine à la Tamise, en compagnie d'une secrétaire et avec quatre malles remplies de robes — « Une collection entière ! ».

À la décharge de sa fantaisie, du caprice de ses assemblages, il me faut dire que j'ai été le témoin, lors d'un voyage que Chanel fit en Espagne, invitée par Ana, de la complicité qu'elles nourrissaient, immédiate, exprimée comme en deçà des mots, et qui excluait les témoins. C'était en 1956 ; c'était à Madrid, au Ritz, ce temple où l'on venait de refuser Laurence Olivier et Vivien Leigh, les acteurs n'ayant pas droit d'y séjourner. L'Église régnait, l'Église bien plus espagnole que catholique, celle de l'Inquisition.

Nous partions déjeuner à Ségovie — je n'ai pas oublié ses boueuses truites aux amandes. Pablo, Ana et moi, nous attendions Mademoiselle dans le hall. Tailleur en gros tweed, chapeau enfoncé sur la tête, et, dans chaque main, un vanity-case : Ana s'étonna-t-elle ? Chanel lança à la cantonade : « Ici, l'argent, ici, les bijoux, et merde pour le monde entier ! »

Le Ritz et l'Église en prirent pour leur compte.

Mais revenons en arrière : voici Ana à Londres. N'hésitant jamais devant l'aventure, et moins encore si celle-ci relève de l'inconscience aux yeux de ses proches, ce qu'elle a envisagé dans l'urgence, elle l'adopte et ne saurait plus s'en passer. Cependant, dans cette halte qui l'oblige à la réflexion, elle qui possède au plus haut degré l'art de se perpétuer, ne sait pas quel chemin prendre ; elle, l'impatience en personne, attend que le sort se manifeste ; et le sort, qui n'a pas de visage, prend celui du messager descendu de cette limousine de la maison royale qui s'est arrêtée devant l'hôtel où elle a élu domicile : le roi d'Angleterre et empereur des Indes met à sa disposition un avion militaire ; à elle de choisir le pays où se rendre ; on lui fournira les visas, tous les papiers requis.

Ana aimait la parabole des petits frères qui avaient demandé au Père Noël, l'un, une bicyclette, l'autre, un cheval. Le premier fut attristé parce que les chromes n'étincelaient pas à son goût ; le second, qui du cheval n'avait trouvé au réveil qu'une grosse crotte au pied du lit, célébra l'offrande déposée par la monture, preuve de son passage.

Lorsqu'elle me rapporta l'histoire de la voiture royale — « Avec la plaque numéro 3, tu te rends compte, *niño*? » —, le soupçon ne l'effleurait pas que l'Angleterre n'eût souhaité l'accueillir à cause de ses complicités, innocentes peut-être, maladroites en tout cas, avec l'ennemi, aussi bien en France que dans son pays d'origine — à moins qu'elle n'ait voulu empêcher son interlocuteur de chercher à en savoir plus. Si la droiture était le fond de sa nature, elle ne répugnait pas, dans bien des circonstances, à prendre des biais.

Une chose reste certaine : ce fut cette après-midi-là qu'elle me donna à lire les feuillets anonymes qui lui avaient révélé la vérité de sa naissance : Ana n'était rien de moins que la fille du roi Édouard VII et d'une danseuse de Lahore. De retour en Angleterre, le yacht du roi avait jeté l'ancre dans le port de Santander, où, au cours d'une brève cérémonie qui se déroula à bord, Sa Majesté avait confié l'enfant qu'il n'avait pas su abandonner à son destin hindou, et qui n'en aurait dans son royaume, aux Caller de Donesteve de la Vega y de la Pedraja. L'apocryphe s'achevait sur une ligne en majuscules : « C'est le roi lui-même qui a choisi ton nom, Ana. »

Si l'histoire de l'avion mis à sa disposition par le roi George VI — neveu d'Ana à en croire le rapport — et celle de sa naissance risquent d'apparaître au lecteur comme les inventions naïves d'une fabulatrice, moi, j'éprouvai, sur le moment, le plaisir d'y croire. Et aujourd'hui, alors que la conteuse est morte et que le temps lui-même a vieilli, cette version invraisemblable me semble plausible et, somme toute, mieux convenir à une vie où les personnages se supplantent sans cesse les uns les autres et sans que jamais l'on sache tout à fait à qui l'on a affaire ; ainsi des décors disparaissent en coulisse tandis que de nouveaux tombent des cintres, comme si la nostalgie du théâtre qu'Ana traînait partout lui avait donné cet aplomb pour parader à propos d'elle-même, l'air de parler de quelqu'un d'autre, et ce goût du panache qu'excitait toute circonstance embarrassante : elle en accentuait, certes, l'intrépidité pour mieux rappeler sa hardiesse dans les orages, d'où elle était sortie indemne puisque la voilà, devant vous, bien vivante et prête à parier sur l'avenir.

Je me souviens d'Ana habillée par Balenciaga qui, s'inspirant de l'uniforme en coton noir de son amie, lui avait taillé une robe à paniers à la Velázquez, dans une faille émeraude qui crissait de toute son ampleur à chaque geste. Ana, dans un bourdonnement d'essaims mêlés d'abeilles et de frelons — le gratin d'Espagne en grande tenue du soir, que j'imaginais moralement adossé à des armoiries où, sur fond d'or et d'azur, flottait l'emblème de quelque race de meurtriers.

Avais-je donné à ce point le change dans mon effort pour dissimuler aux yeux d'Ana et de Pablo mon dénuement? Ils s'étaient limités à évoquer un dîner-flamenco en l'honneur d'Helena Rubinstein, sans me prévenir du faste de la réception. Je ne possédais pas de costume qui m'eût permis de participer avec aisance à une soirée de ce genre; et si ce bleu marine — par bonheur, croisé, ce qui donne de la prestance —, quoique élimé, me rendait présentable dans la lumière complexe que les maîtres de maison affectionnaient, les chaussures marron, que je n'étais pas parvenu à foncer au moyen d'un cirage noir, allaient me perdre. J'avais l'air suffisamment étranger, et de passage, pour qu'on excuse ma tenue, mais la conscience de déparer la fête m'humiliait. Et je me souvenais d'un feuilleton de mon enfance, où un roturier amoureux d'une héritière est trahi, au cours d'un bal, par ses chaussures aux semelles de crêpe, jurant avec le smoking qu'il a réussi à se procurer.

C'était leur luxe, à Ana et à Pablo, de contrevenir aux habitudes de leur milieu au nom du talent artistique, mais leur artiste du jour n'en ayant pas encore fourni les preuves, leur générosité, en l'occurrence, se retournait contre celui-ci.

Ce fut en vain que je m'approchai d'un petit groupe de jeunes gens : après avoir essayé d'un sourire et d'une plaisanterie que l'on n'avait pas regardé et que l'on n'avait pas écoutée, je dus me rendre à l'évidence qu'ils souriaient de moi plutôt qu'ils ne me souriaient.

Pablo, qui n'avait pas dû ignorer ce genre de situation à son arrivée en Espagne, au bras d'une femme qui avait déjà vécu plusieurs vies, vint à ma rescousse. Une lueur moqueuse dans l'œil, il m'apprenait à déceler le ridicule d'un tel, les travers de tels autres, l'élégance de certaines femmes et l'histoire de leurs bijoux ; je me souviens du collier de turquoises et de diamants qui avait appartenu à l'impératrice Eugénie ; et de ce nom, Blanquita Borbón, que sans doute le contraste entre le diminutif du prénom et la pompe dix fois séculaire du patronyme m'ont rendu mémorable.

Dans une atmosphère d'une stupéfiante irréalité, les gens ne tardèrent pas à passer d'un bruissement d'hyménoptères à une jacasserie de taverne et, à mesure que l'heure avançait, les stridences du café Gijón avaient envahi « Tebas ». Je regardais de tous les côtés en quête d'un repère, mais les meubles disparaissaient aussitôt qu'entrevus ; et je réussis à regagner le long couloir conduisant à la sortie, parmi des visages mis à feu par le fard, quand un silence se fit comme à l'annonce d'une catastrophe ; et dans le silence, il n'y eut que des fluctuations, des cliquetis, une rumeur d'apartés : les invités ne tenaient pas à se montrer empressés de saluer une esthéticienne, une cosméticienne qui ne servait que de prétexte à leur parade.

Comme échappée d'un ghetto russe, cheveux d'un noir de jais ajustés en bandeaux, forte de hanches, Helena Rubinstein portait la robe serrée de la gitane qui, à la mi-cuisse, se déploie en volants ; et, quoique à distance, les mains dans les mains comme on soulève à deux une bassine pleine, les deux vieilles amies s'accordaient le temps de retrouver leurs traits, avant d'éclater en compliments qui se terminaient presque en chanson, et qu'elles se répétaient, pour essayer sans doute de comprendre ce que chacune d'elles voulait bien dire à l'autre ou, pour de bon, y croire.

La curiosité ayant triomphé du quant-à-soi, soudain, tous les bijoux les plus précieux de l'histoire d'Espagne entourent l'étrangère et les yeux d'iguane alerté de celle-ci se trouvent face à une splendeur que, d'évidence, sa légendaire avarice n'avait pas osé rêver. Et tout d'un coup, quel tapage ! Tout le monde entraîné par une inclination occulte essaie de se faire place au premier rang ; ils parlent tous à la fois, l'hilarité reprend, c'est une bataille de couleurs où triomphent l'or et le rouge ; puis, à la queue leu leu, les femmes ramenant au-devant leur jupe afin de leur éviter le crépi du corridor, on gagne le sous-sol où attend le dîner : l'onctueuse *fabada* préparée par le chef de ce restaurant où il faut montrer patte blanche et, surtout, y mettre le prix, servie dans des assiettes creuses de terre cuite. C'est le hourra général où perce une voix qui vante le chic de Pablo, seul capable de mélanger du *flint glass* à de la vaisselle que même le paysan a délaissée : « Il nous démode, il nous démode ! » Et Mme Rubinstein d'acquiescer avec un sourire froncé. Dépourvue de sa laideur, elle deviendrait invisible.

Ensuite, des guitares, et un couple de gitans à l'étroit dans la scène mystique d'Ana ; ils vont jouer du talon et des bras ; je me rappelle Mme Rubinstein, enfoncée dans le divan, qui tâche d'imiter au ralenti leurs gestes, de ses mains grises aux ongles roses, tels des homards dans un aquarium. Bientôt, des gouttes de sueur coulaient le long de ses tempes.

Enfin, Ana, toujours à l'aise, avec la simplicité des actrices vraiment imposantes qui, sans cesser d'être en représentation, prennent un ton familier pour obliger le public à garder son sérieux, annonça à ses invités qu'Helena offrait mille dollars à celui qui trouverait le plus beau nom pour baptiser son nouveau rouge à lèvres. On échangea des regards moqueurs ; on se prit néanmoins au jeu ; on proposa ceci et cela comme dans une vente aux enchères, et Pablo en établit la liste qu'il tendit à la vieille Russe métamorphosée par l'Amérique, et qui tenait de la fée Carabosse. Elle considéra les propositions, consulta Ana, demanda un crayon, biffa, cocha, lut, relut, les sourcils arqués, les yeux mi-clos et pour finir rejeta la tête contre le mur, l'expression du visage entre l'extase et l'éternuement.

Les conversations avaient repris, et les guitares, lorsque, dans un soubresaut, elle se redressa et de sa voix fluette, mais autoritaire, elle fit taire tout le monde et remercia Ana et Pablo, ses amis, les danseurs et les musiciens pour la merveilleuse soirée ; quant à l'appellation du rouge à lèvres, elle le regrettait, cela allait sans dire, mais c'était elle-même, grâce, certes, à eux tous, qui l'avait trouvée : « Flamenco. »

On applaudit du bout des doigts, et Mme Rubinstein se mit debout; sa robe, froissée à la taille, soulignait ses rondeurs.

Après le caquetage des adieux, un air d'absence environne les présents; derrière les visages, il n'y a plus personne, leur regard semble venir de plus loin que leurs yeux. Les femmes, cependant, reprennent peu à peu leur habitude de paraître belles, mais les hommes ont un teint hâve.

La salle se vide. À mon tour de partir. Mais Pablo me retient, il a posé sa main sur mon épaule, c'est la première fois qu'il fait ce geste — ce sera la seule; pourquoi ai-je eu les larmes aux yeux?

Ana sourit, malicieuse; ils ont quelque chose à me dire, à me proposer. Une certaine timidité se substitue à l'ironie coutumière, chez Pablo : il lui incombe la tâche de m'informer de leur projet, rien de moins que de m'adopter. Devenir leur fils? Ils m'offrent presque tout, et moi, je pense à la malheureuse liberté que je risque de perdre, avec ses trésors d'incertitudes et d'obstacles à vaincre. Je demeure interloqué; je voudrais, par politesse, consentir sans réticence, mais les lèvres ne réussissent pas à former les mots qu'il faut et, tout à coup, parce que Pablo rit, ou parce qu'il vante l'appartement qu'il a trouvé pour moi — « D'un chic fou ! » s'écrie Ana —, ils devancent ma pensée, font fi de mon trouble, et le bonheur, oui, le bonheur qui n'est accessible que par surprise, coule dans mes veines.

41

Lorsque, à travers Ana et Pablo, les dieux se décidèrent à employer les grands moyens, je n'habitais plus rue de la Montera ; l'établissement que feignait de régenter doña Manuelita, simple gardienne, en fait, dans l'attente du permis de démolition sollicité par le propriétaire, avait fermé ses portes du jour au lendemain. Tous les deux à la rue, elle m'avait adressé à une ancienne connaissance qui louait illégalement des chambres au mois, en m'enjoignant de ne pas trop me réclamer d'elle. Je m'étais trouvé dans un quartier quelque peu éloigné du centre, où j'allais longtemps partager une chambre assez vaste avec un peintre argentin qui portait, comme moi, le prénom du Troyen tué par Achille.

La vogue périodique des prénoms est, à mes yeux, très mystérieuse ; là-bas, sous la Croix du Sud, où abondent les Hector, ils appartiennent tous à la même génération, la mienne. Il est fort probable que l'une de ces revues où j'ai lu, enfant, les romans de Max du Veuzit, mais aussi Dumas, Kipling, Hugo, l'ait propagé en publiant Dieu sait quel abrégé d'Homère — et maintenant que j'ai écrit le nom du grand aveugle dont sept villes se disputent la gloire de la naissance, je découvre avoir connu bien des Homère parmi les Argentins de mon âge, et même quelques Achille et quelques Ulysse. On épargna Pénélope.

L'appartement de la Glorieta de la Iglesia qui, dans l'entrée, sentait la cire, et ensuite, tout le long du couloir deux fois coudé, des relents de friture épais, était cependant accueillant et même gai, grâce à l'humeur généreuse de la maîtresse de maison, doña Concha Rueda. Elle préférait que l'on évite le *doña* qui vieillit, au bénéfice du *señora* — et le nouveau venu, qui se savait à l'épreuve, se sentait enfin admis le jour où elle lui accordait de l'appeler Conchita.

Avec des yeux exercés à regarder le monde sans ciller, il n'y avait rien de plus sacré pour elle que la vie ; elle aimait se sentir en vie. Autant pour doña Manuelita l'amabilité intermittente faisait partie de tout un système d'intimidation, autant pour Concha Rueda, un petit cadeau, un géranium en pot, des friandises ajoutées au loyer par le retardataire, suffisait pour qu'elle montre, en disant « merci », son envie d'être heureuse et sa reconnaissance à celui qui lui en offrait l'occasion. Mais elle gardait une intransigeance de partis pris qui obligeait à la droiture en toute chose, et davantage quand elle devait réclamer son dû ; et si jamais l'un de ses locataires, dans la déveine, lui proposait, en échange de quelques jours de loyer, de cirer les parquets ou de nettoyer les cuivres, les vitres, elle refusait, d'un air offusqué : elle ne tolérait pas que ses clients, qu'elle n'acceptait qu'artistes, et pas sur le retour, mais d'avenir, s'abaissent à des fonctions domestiques, outre qu'elle pardonnait mal qu'on bouscule ses sentiments, surtout en essayant de l'apitoyer.

Une seule exception : don Percebes, un vieil homme presque aveugle et sans moyens, qui occupait un cagibi attenant à la cuisine, autrefois destiné aux provisions, avec ses ouvertures qu'on avait colmatées ; il avait le droit, lui, d'y faire sa cuisine, en fait, de frire sur un réchaud à gaz des têtes de poisson que pour quelques sous il se procurait en faisant le tour de plusieurs marchés. Quoique fermée en permanence, de sa porte s'échappait cette odeur qui stagnait dans le corridor, tellement forte à certaines heures, que l'on allait respirer sur la petite terrasse où s'entassaient bégonias, géraniums et jasmins menacés par un entremêlement tropical de lierre, glycine et chèvrefeuille, même par grand froid ; mais seulement si le ciel était couvert, car, d'être ensoleillée, la place restreinte que Conchita Rueda préservait pour faciliter l'arrosage, était à coup sûr occupée par l'un des deux acteurs, Pedrito Alcantara — l'autre étant un Andalou de Ronda, hâlé de nature. Enveloppé dans une couverture s'il le fallait, la tête appuyée à un reste de transat qu'il arrivait encore à graduer, Pedrito Alcantara se bronzait, entouré, faute de grands miroirs, de quatre panneaux recouverts de papier d'argent qui concentraient sur son visage chafouin la réverbération du soleil.

Nous étions sept garçons, pas toujours les mêmes, mais jamais, une chambre demeurât-elle longtemps disponible, jamais de fille : aucune n'avait été hébergée chez elle, se vantait notre logeuse, et se trouvait-elle dans les parages lorsque l'un des acteurs, sous prétexte qu'il s'agissait d'une actrice et qu'ils devaient répéter une scène ensemble, recevait dans sa chambre une amie, de la gentillesse habituelle Concha Rueda passait à une sévérité mégalithique — et elle allait vite chausser ses lunettes papillon à monture blanche, comme pour défendre qu'on lui adressât la parole. Il faut bien dire qu'avec le reste de la compagnie, elle n'avait pas de ces problèmes.

Coquette, elle ne suivait pas de bon cœur la roue des saisons, et n'affichait que des amis d'un âge vénérable — pour se rajeunir à ses propres yeux, disait-elle —, et autant que possible veufs, dans l'aisance, pouvant partager son goût des sorties nocturnes, seules à justifier sa journée. Elle aimait le spectacle, surtout le théâtre, du classique au vaudeville, du cabaret au *Thyeste* de Sénèque, que l'on jouait cette année-là et qui l'avait bouleversée. À chaque genre correspondait un cavalier servant idoine — et des nuances dans l'arrangement de sa coiffure et de sa toilette. Elle ne vivait que dans l'attente de la nuit et pour ses promesses, si l'on excepte les quatre siamois qui étaient, sans les minauderies courantes chez les amis des chats, son premier souci. Je me les rappelle, tout d'abord, sur le lit de leur maîtresse un jour qu'elle était grippée — fabuleuse, renversée sur un monceau d'oreillers à volants —, deux de chaque côté, étirés de tout leur long si elle dormait, ou en sphinx si elle leur parlait, répondant à ses caresses distraites avec ce coup de tête velouté qui est un signe d'affection propre aux chats.

Certes, aucun des quatre n'aurait su entrer en compétition avec Lola, la siamoise d'Hector : son minois, ses moustaches — ses bottines et son masque d'un brun très foncé, ajoutés au regard bigle de ses yeux saphir, garantissaient l'excellence de son pedigree —; et aucun ne pouvait rivaliser en dextérité lorsqu'il s'agissait d'ouvrir une porte, exploit qu'elle accomplissait en s'agrippant à la poignée avec un saut de *Spectre de la rose.* Mais ils avaient pour eux de sembler un seul multiplié par quatre, et s'ils devinaient le retour de leur servante maîtresse, un ruban de fourrure glissait vers l'entrée ; pour mieux l'accueillir, ils se faisaient les griffes avec frénésie pendant qu'elle tournait la clé dans la serrure.

Lola, je m'en souviens, posait des problèmes à mon ami lorsqu'il essayait de la portraiturer. Non pas qu'elle changeât sans cesse de posture, mais, d'une part, parce que la lumière tournait et, d'autre part, parce que Hector, comme tant de manieurs de pinceaux à l'époque, avait suivi les cours d'André Lhote, de sorte que, le cube, le triangle et les cônes étant les figures de son dogme esthétique, il essayait de rendre la géométrie qui soutient les corps et de les y réduire. Mais en vain chercha-t-il à mettre en sûreté selon son credo la Lola réelle dans la Lola peinte, c'est-à-dire enfermée derrière une répartition de verticales et d'obliques dans le monde pur d'une loi qui interdit toute liberté à la ligne courbe, soumise à la discipline du cercle. Impossible de réduire à une théorie le chat qui se noue et se dénoue comme fait d'un seul muscle et qui se dessine lui-même à la perfection dans toutes ses poses, tous ses mouvements, au point que l'on peut avoir l'illusion qu'il se coule à chaque moment dans le dessin qui l'attend.

Hector a fait un portrait au crayon de moi et, malgré que j'en aie, dans ce savant concert de carrés, de rectangles et de trapèzes où toutes les lignes et les décrochages sont conviés à une démonstration en règle, je retrouve le jeune homme que je fus, mieux que ne le laissent soupçonner mes traits d'aujourd'hui dans le miroir.

42

Dans la pension clandestine de Conchita Rueda, on ne vivait qu'au petit bonheur la chance, et personne ne mangeait à sa faim, mais chacun partageait son bien si la fameuse aile de la fortune le frôlait ; au reste, tous bénéficiaient de la tournure d'esprit d'Hector, en quelque occasion que ce fût, capable, pour se conforter lui-même peut-être, d'aider les autres en relativisant leurs soucis, en prônant l'ignorance des maux présents et les bienfaits de l'espoir.

La mémoire n'en aura racheté que les visages d'une saison dans une atmosphère de réciprocité, de camaraderie, le pittoresque et l'indulgence contrôlée de notre logeuse ; et puisque nous avions l'habitude de rentrer à des heures indues et de nous arrêter parfois quelques secondes sur la terrasse, l'image mouvante de la nuit qui prenait le large, chassée par ce lever de soleil madrilène qui nous assurait le cafard. Mais il y eut aussi ce que nous appelons encore — car il se trouve que nous ne nous sommes pas tous perdus de vue — « la soirée de don Percebes », laquelle demeure, après les échanges de rigueur, notre sujet de conversation inévitable.

Nous parlons de « soir », mais la chose dut se passer aux alentours de midi, lorsque, à moitié réveillés, Hector, Lola et moi, qui occupions la chambre contiguë au cagibi de don Percebes, fûmes alertés par une voix jamais entendue, monstrueuse, un grondement qui s'emparait de notre petit monde ensommeillé et l'emplissait déjà quand, soudain, comme éjectée par un ressort, Lola fit un bond à la verticale qui nous laissa pantois : don Percebes venait d'expirer.

En chemise de nuit, Conchita Rueda continuait de le secouer lorsque, trébuchant à cause des chats qui fuyaient vers l'entrée, nous nous sommes plantés sur le seuil, c'est-à-dire au pied du lit où, habillé, mais déchaussé, et aussi isolé dans la mort que dans la vie, le vieil homme gisait, sur le visage la lueur d'une ampoule qui pendait bas. Aucun de nous trois n'osait lui fermer les yeux, jusqu'au moment où sa mâchoire d'un coup se décrocha nous arrachant à la stupeur.

La veille, du retour des marchés, l'ascenseur étant en panne, don Percebes avait monté les cinq étages et du sang avait jailli de ses lèvres et de ses narines ; Conchita avait voulu appeler un médecin, le service des urgences, mais il s'y était opposé. Oui, il s'y était opposé, le lui avait interdit, répétait-elle d'un ton plaintif. Et maintenant, il lui revenait de s'occuper de tout, qui le ferait à sa place ? Elle parlait d'une voix qui ne lui ressemblait pas, entre l'affliction, l'effroi et la colère ; le regard égaré, agitant ses mains dans tous les sens, elle restait sur place, saisie de tremblements. Enfin, elle se mit en branle, frappa aux portes des dormeurs, annonçant à grands cris la disgrâce — que ni elle-même ni personne ne considérait comme telle —, implorant de l'aide, et, une fois « ses garçons » réunis, elle assigna à chacun une tâche précise. Elle courut s'habiller, se heurta à l'angle du mur au détour du couloir et, après avoir donné plusieurs coups de téléphone, elle revint tout de noir vêtue, le cheveu serré dans un fichu de pauvresse noué sous le menton. Une enflure oblique lui barrait la pommette et l'arcade sourcilière ; son œil était sanguinolent.

En ma qualité d'ex-séminariste, je l'accompagnerais à l'église de la paroisse, qui se trouvait en face, pour régler la question des funérailles ; elle ne souhaitait pas de messe chantée, mais des tentures, elle y tenait, et avec les initiales de Percebes.

Rien qu'à le voir, ce curé — sourcils touffus, froncés, une entaille abaissée par les commissures en guise de lèvres —, on était averti : qui que vous fussiez, il convenait de se montrer dévot et de ne pas éluder le baisemain, à l'époque de rigueur ; j'avais oublié d'instruire Conchita Rueda sur la façon de pratiquer ce geste qui doit éviter le contact des lèvres avec la main, se réduire à une sorte de métaphore ; ainsi, au risque de perdre l'équilibre, elle avança le pied gauche en ployant le genou droit, à la manière des dames à tiare devant une reine, telles qu'elle les admirait au cinéma ou au théâtre. Je m'exécutai à mon tour, surpris de retrouver le naturel d'autrefois.

La partie, cependant, n'était pas gagnée : étions-nous des voisins ? Il ne nous avait jamais aperçus aux offices. Il fallut lui décrire par le menu la personnalité du défunt, dont Conchita Rueda se déclara la sœur, les circonstances de sa mort et, si on tenait à ce que la messe de funérailles fût célébrée le lendemain, il était indispensable de lui fournir sans délai l'acte de décès en bonne et due forme ; en cas de suicide, nous dit-il d'un ton menaçant, l'Église n'admettait pas que l'on donnât l'absoute. Je renonçai à lui proposer de jouer la marche funèbre de Chopin à l'harmonium. La mort était bien difficile, elle aussi.

Nous avons veillé don Percebes à tour de rôle toute la nuit. On avait déniché, et repassé, un complet dans la malle-cabine, sous le lit ; Pedrito Alcantara, lui, l'acteur qui progressait, avait sacrifié l'une de ses chemises, bien qu'il en eût grand besoin lui-même ; moi, ma cravate à pois ; des bougies précaires brûlaient sur une colonnette, qui voilaient d'une dentelle d'ombre plus qu'elles n'éclairaient le visage du mort, mais rendaient solennelle l'obscurité du couloir.

Le matin, de bonne heure, nous aidions les deux employés des pompes funèbres à coucher don Percebes dans son cercueil, ensuite à descendre celui-ci — l'existence d'un cadavre à l'intérieur de la boîte devient vite invraisemblable — les cinq étages, interminablement. Nous l'avons porté sur l'épaule à travers la place. Le voisinage était aux fenêtres. Les voitures respectaient le modeste cortège. On fit glisser le cercueil sur le catafalque. On le recouvrit d'une draperie à franges métalliques. Conchita Rueda, qui portait une mantille et un bandeau de borgne, y déposa un bouquet de dahlias. Je la revois avec netteté lorsque le corbillard, tiré par une haridelle, se déglingue presque : de petits gémissements sortent de son nez et des syllabes se dégagent peu à peu de sa bouche : « Per…

ce… bes… » Les larmes affluent — l'œil droit obstrué par le bandeau, elle aura pleuré son martyr, ou son protégé, d'un seul œil.

En revenant du cimetière, où nous fûmes surpris que l'inhumation eût lieu dans un caveau de famille qui ne portait pas son nom, nom de jeune fille qu'elle avait repris après son veuvage, ni celui du disparu, Conchita Rueda nous convia à déjeuner dans un restaurant bien au-dessus de ses moyens. Nous étions si gentils, et puis, c'était l'usage. Elle supportait mal que le chagrin se prolonge, aussi préférait-elle rester en notre compagnie plutôt que de rentrer en solitaire à la maison ; au milieu de nos ennuis, nous étions joyeux, sinon heureux, et notre gaieté se communiquait à elle par une espèce de contagion. Elle ne nous l'avait jamais dit, jamais montré ? Allez !

Que se passait-il, qu'y avait-il ?

Rien. Rien, sauf que, peut-être, aurions-nous le droit, maintenant, de savoir qui était, au vrai, don Percebes. « Votre frère, ou bien… ? » laissa tomber Pedrito Alcantara qui, par ses airs de coq, exerçait de l'ascendant sur sa logeuse.

« Ou bien… ? »

Elle était d'une susceptibilité si prompte que le soupçon qu'on la crût incapable de saisir à l'instant vos propos, et davantage vos sentiments, la poussait à inventer n'importe quelle version des faits pour paraître les comprendre, au cas où elle ne pût les contredire.

« Ou bien... » Non, pas ce mot, pas ce mot qu'elle lisait dans nos pensées, nous faisions fausse route : Manuel Percebes était bel et bien son frère ; un frère ennemi, un traître à la patrie, un « rouge ». Percebes... avions-nous déjà entendu ailleurs ce patronyme ? Il n'existait pas comme tel, c'était son nom dans la clandestinité, celui du mollusque, hors de prix, qui s'accroche aux rochers, de même qu'il s'était accroché à elle pour éviter le peloton d'exécution, qu'il eût bien mérité. Elle nous regarda l'un après l'autre ; nous avait-elle convaincus ? Elle hésitait, cherchait encore, ne trouvait pas, soupira en s'essayant à la mélancolie : accroché à elle, comme ce jasmin de la terrasse dont nous aimions respirer le parfum, qu'elle avait mis, rachitique, dans un pot à même le sol, et qui avait grimpé vers la lumière en s'enroulant à la tige d'un chèvrefeuille mal portant... Jacinto Rueda, alias Manuel Percebes. Son frère. Le mot s'affirmait, s'élevait parmi nous et voilà qu'elle se sentait quelqu'un d'important tout à coup. Nous nous regardions à la dérobée.

Ou bien... ou bien... alors que nous l'avions contemplé toute la nuit, ce frère qui de son vivant détournait la tête s'il nous croisait ; alors que nous avions pris la mesure de sa laideur ;

cette laideur que rehaussaient, dans la mort, les deux ronds laissés par les lunettes, les paupières blanchâtres — comme à Rome, sous la lune, celles de M. Costa — avec leurs replis, tels des vers lents et mous sous l'éclairage fluctuant des bougies… Ou bien, Conchita Rueda n'aurait-elle pas éprouvé de l'humiliation à avoir aimé un homme d'une laideur si singulière ?

Amant ou frère, il paraissait plausible qu'elle eût un jour sauvé un homme du pire et, par la suite, protégé, pour le haïr à tout moment, avec minutie. Quant au fin mot de l'histoire, il nous échapperait toujours.

Elle plia la mantille en deux, en quatre, en huit, et se mit du rouge à lèvres. Percebes, elle en avait déjà fait son deuil. J'ignore si ce fut sur le moment même, en aparté, ou plus tard, que nous nous sommes dit, Hector et moi, songeant sans doute à Perón, qui venait de tomber en Argentine, qu'une dictature s'est vraiment accomplie lorsqu'une femme libre comme Conchita Rueda, qui aimait tant l'indépendance et la fête, s'y sent à l'aise.

La conversation allait bon train, on parlait théâtre, on glissait des plaisanteries, des rires fusèrent et Hector qui, pendant les funérailles, avait marmonné à mon adresse, en se signant : « Tu as vu la Eboli ? », demanda à notre hôtesse de poser pour lui avec ce bandeau si seyant ; il ne l'appellerait qu'Eboli à l'avenir, et aujourd'hui encore lorsqu'il nous arrive d'évoquer la Glorieta de la Iglesia.

Nous riions par moments aux éclats pour nous aider à rire, mais arrivés à la place, nous nous efforçâmes de prendre une mine grave, pour le qu'en-dira-t-on, bien que ce fût l'heure profonde de la sieste ; et dans la pénombre du corridor, même les talons aiguilles de Conchita Rueda piquetaient en sourdine.

Il n'y eut pas de portrait ; en revanche, le pansement aseptique fut recouvert de velours, et Hector y dessina un œil que, agrémenté de minuscules perles de verre, notre chère logeuse portait assez souvent, le soir, sous une voilette à mailles très fines, en guise de parure.

43

Ni Ana ni Pablo n'avaient plus employé le mot « adoption », se limitant à afficher l'air des gens qui vous réservent des surprises, et à me tenir au courant des progrès de la grosse maçonnerie qu'exigeait l'appartement que l'on me destinait. La lenteur des travaux et leurs ruses pour éluder la moindre précision me soulageaient : sans trop vouloir expliciter mon inquiétude, je sentais qu'il y avait de la lâcheté dans mon consentement; je me trahissais moi-même par lassitude de la pauvreté et, surtout, je m'apprêtais à trahir, cette fois-ci de façon consciente et officielle, ma mère. Il y aurait des démarches, des formalités à remplir qu'elle ne comprendrait pas.

Ce qui m'avait mis en marche dès l'enfance, c'était le désir fou de poser mon pied sur la ligne d'horizon que là-bas, dans la plaine, à bride abattue sur mon cheval, je rêvais d'atteindre, et d'autant plus qu'elle ne cessait de s'éloigner. Allais-je donc raccourcir mon élan, m'arrêter, me résigner si tôt à changer le chemin en impasse, le vol en nid et, par surcroît, sous la lumière aride de ce pays que tout en moi refusait?

Davantage, cependant, me troublait l'idée d'offenser ma mère. J'ai déjà dit la honte éprouvée en lisant sa lettre en réponse à la mienne où, à peine arrivé en Italie, je lui racontais que Mme Ferreira Pinto s'était comportée à mon endroit comme une seconde mère. Sans doute, le sentiment du mal que j'avais infligé à la mienne s'adressait moins à la victime qu'il ne se confondait avec la paix dont j'eusse bénéficié de m'être abstenu, mais c'était son souvenir, maintenant, qui me tenaillait. Elle, la paysanne, se révélait à moi dans l'éloignement. Je commençais, enfin, de la comprendre, de sentir le poids ou, plutôt, l'intensité de sa présence : rien d'altier dans son aspect ; seule, dans sa modestie, l'âme en éveil. Elle avait eu sa place et sa fonction stipulées, et la charge de conduire ses enfants vers l'avenir où ils n'auraient accès que par une porte bien étroite. Elle l'avait fait, contre vents et marées, sans tressaillir ni trébucher.

Des images éparses revenaient, et j'apprenais à savourer la douceur qu'elle apportait dans la rudesse de notre milieu, cette atmosphère presque religieuse qui s'installait dans la salle à manger lorsqu'elle y pénétrait, la soupière en majolique fumant dans ses mains ; et comment mon père, toujours en veine de réprimande, ravalait ses exaspérations et se taisait ; c'était un moment béni.

Je réentendais sa voix égale, ses mots qui tombaient lentement, distincts, pour se dissoudre, malgré notre désinvolture, en nous.

Pendant très longtemps, j'ai continué de réciter, le soir, la lampe éteinte, les prières qu'elle m'avait apprises, alors que ma foi était partie en fumée, et que je n'avais plus à la portée de mes lèvres aucune question à poser — je laisse à la mort le soin d'administrer ce que la vie aura entretissé en aveugle. Oui, j'ai continué à répéter, jour après jour, ces prières de l'enfance, bien que les mots précédassent leur signification, parce que je ne tolérais pas que ma mère me les eût enseignées en pure perte. Ainsi, aujourd'hui, lorsque le soir, la lampe éteinte, les derniers mots de la langue natale qui revenaient sans que je les appelle ne reviennent plus, le remords est là qui trahit la raison et m'impose l'image de ma mère, isolée, un lumignon à ses côtés.

Elle est assise, les mains sur les genoux, inemployées ; des étoiles au-dessus, et sous ses pieds ; sourde à l'appel de la Lumière, calmement obstinée dans l'attente que, l'un après l'autre, ses enfants la rejoignent, pour leur apprendre à marcher dans le pays sans sol.

Sa sagesse qui, sur terre, enveloppait ses dégoûts, enfermait tout au fond d'elle-même ses contrariétés, ses drames — cette sagesse qui consistait à dispenser, sans la moindre effusion, l'amour qui n'attend pas de récompense, des ondes ténues et successives, silencieuses, m'en parviennent, comme ces nervures de l'eau qui se succèdent à la surface d'un lac quand un vent doux le jardine.

44

Les choses allaient bien lentement ; le cœur comptait les heures, les instants ; je coulais des jours maussades ; l'image que je m'étais forgée de moi-même s'éloignait, devenait invisible. Je me donnais en spectacle, empruntais ses doutes illustres à mon ami Hamlet et, étendu sur mon lit, je prenais la pose de Chatterton dans ce tableau qui le représente exsangue. Je m'adonnai à une sorte d'exercice spirituel que je ne savais pas aussi périlleux. J'ignore si l'idée du suicide, ravivée en permanence, peut conduire à son exécution, mais il arrive que l'on préfère la mort à son idée, quand celle-ci devient lancinante. Je me suis avancé assez loin dans cette voie avant de faire, et je crois à jamais, demi-tour. Je ne le regrette pas : celui qui n'a pas ressenti la vocation de la mort comme un noyau d'opacité en plein corps, ne peut pas connaître la plénitude d'être.

Le temps, la vie filaient me laissant sur place ; puis, le téléphone sonnait, Conchita Rueda criait mon nom, une voix au bout du fil me proposait un petit rôle dans quelque film infâme, et l'espoir renaissait. Le soleil était le premier soleil, la lune, toujours éprise de littérature, attendait une nouvelle métaphore. Je gagnais de l'argent pour subsister tant bien que mal pendant un mois, et je le dépensais dans la semaine. J'avais déniché, dans le vieux quartier de Madrid, une très modeste librairie-papeterie si peu fréquentée que le libraire, toujours en train de lire, assis derrière la caisse, semblait se réveiller en sursaut chaque fois que je pénétrais dans sa boutique. Le jour où il ferma son livre et mit sa main sur la couverture — celle d'une collection qui m'était familière à Buenos Aires, où abondaient les librairies françaises —, j'essayai d'amorcer le dialogue. Nous n'avons pas tardé à échanger nos préférences littéraires. L'ouvrage, en hâte dissimulé, c'était *La Nausée*; je l'avais lu dans la traduction argentine. Il réussissait à se procurer quelques titres étrangers de temps à autre. Je me rappelle son sourire complice lorsque, d'une main, sans se retourner, il souleva un rideau pour me laisser entrevoir, sous un amoncellement de cartonnages, une petite pile, son trésor. Je vidai ce jour-là mes poches pour acquérir le *Saint Genet comédien et martyr* où j'ai trouvé tant de chemins, tant d'aventures, et toute une constellation d'esprits apparentés, mais chacun pourvu d'une lumière unique.

Si, peu à peu, la lecture reprenait le dessus sur mes rêves de théâtre, je fréquentais avec la même assiduité, et le même plaisir, « Tebas », où le théâtre et des romans virtuels se combinaient à souhait.

Ana et les épisodes de sa mémoire... Quand elle prenait le large, elle n'en revenait qu'un continent à la remorque. Sa manière de raconter était d'autant plus astucieuse que, au lieu de provoquer une surprise, elle suscitait une attente.

À ce propos, je me souviens de cette après-midi où, peu après que la cloche eut annoncé le thé, son récit fut interrompu par l'arrivée d'un visiteur, un homme d'une rudesse imposante d'aristocrate terrien, massif, tout dans le poitrail, large moustache en brosse, habillé d'un pantalon en velours côtelé et d'une veste de gardian brodée de ganses de cuir d'un brun rougi. J'entends les lanières d'un fouet imaginaire lui frôler, à chaque pas, la jambe.

C'est Romulo, le fils que « grâce au Ciel » les « rouges » ont épargné. Il me regarde à son aise, comme il doit évaluer le broutard dans les comices agricoles, et j'allonge une main qui, quelques secondes en l'air, regagne la poche sans déjouer l'affront.

Les habitudes, pour ne pas dire le rituel de la maison, sont si éloignées de sa nature que l'on craint pour les objets, même pour la chaise robuste qui craque lorsque, assis, il écarte ses jambes. On se demande s'il a jamais souri et sa bouche s'étire-t-elle, devine-t-on ses dents, cela ne ressemble pas à un sourire. Je saurais plus tard, bien des années plus tard et par hasard, que les langues s'étaient déliées, atteignant à la médisance à mon égard, après la soirée en l'honneur d'Helena Rubinstein, et que, aux yeux de son fils, j'étais devenu quelqu'un à exclure d'urgence du giron d'Ana.

Puissant, sans grâce, d'une arrogance tranquille de chef de clan qui peut tout, achète tout, qui est tout ; pourtant, il se dégage de sa personne une sorte de fascination animale ; et je suis frappé par le contraste entre sa main de paysan en accord avec sa corpulence, et le geste de ses doigts pour saisir l'anse délicate de la tasse de thé ; on sent que, depuis des générations, ils ont établi par eux-mêmes, de concert avec l'œil, la façon mesurée de soulever un poids et, avec l'oreille, l'intensité convenable du cliquetis quand ils reposent de la porcelaine vide sur une soucoupe.

Maintenant, il a les lèvres serrées de quelqu'un qui s'apprête à donner l'assaut. Je suis de trop ; je me lève ; avec le naturel enjoué du premier jour, Ana s'exclame : « Quel dommage que tu ne puisses pas rester avec nous… mais je comprends, les rendez-vous de travail… » Elle a fourni l'élégant mensonge. Pablo me raccompagne, affectant son habituelle insouciance ; soudain, il rit, sans motif, juste pour étouffer la voix de Romulo, qui a explosé. Trop tard. J'ai capté ses premiers mots : « Vous vous servez de moi, de mon argent, et toi, tu ne sers plus qu'à provoquer des scandales. »

Il bruinait.

Peut-être le destin annonce-t-il toujours l'approche de la disgrâce, mais la croyance au destin a peu d'adeptes depuis l'invention du libre arbitre, de sorte que l'on ne saisit pas souvent ses avertissements. Moi, convaincu que des causes sans origine nous enfantent et nous tracent des voies que l'on ne saurait éviter, le destin, je le guette, en vain, je le sais, car même les prémonitions ne changent rien à rien, et l'on continue de lutter. Je m'en tiens à des hypothèses. Ainsi, je voyais en Romulo un délégué du malheur qui avait tout pour nuire et je me disais que ni sa mère ni Pablo ne sortiraient indemnes de ces retrouvailles orageuses et, plus encore, qu'ils ne s'en relèveraient jamais.

Quinze jours plus tard, « Tebas » fermait ses portes, sa petite porte. La plaque qui, tout en rassurant l'étranger sur l'adresse, n'enlevait pas à la boutique d'antiquités l'aspect d'une demeure, avait été arrachée sans ménagement, à en juger par les trous laissés dans la pierre. À travers la vitrine, dépouillée de sa somptueuse tapisserie, on apercevait la première salle toute nue, le sol de marbre en damier et, au fond, l'ouverture où Ana était apparue : « *Qué tal !* »

45

Je retrouvai les maîtres de « Tebas » dans une résidence que, comme leur boutique d'antiquités, aucune enseigne ne désignait comme telle. Un silence de couvent y régnait, que renforçait la présence de servantes en tenue noire, tablier de lin, cheveux ramassés en chignon sur la nuque, crête plissée d'oreille à oreille, tout l'air de couventines. Il m'arriverait d'y croiser de hauts membres du clergé.

Ana et Pablo occupaient une assez vaste chambre-salon : ambiance neutre où la Vierge gothique qui trônait sur une colonne, et les colliers séculaires qui débordaient d'une coupe à fruits en terre cuite, rappelaient la personnalité des exilés. Aucun signe de défaite cependant : ils étaient très excités par l'aménagement de leur nouvelle demeure — « À mi-chemin de Cayetana et de Leticia Durcal ».

Somptueuse, une moquette en damier remplaçait le damier de marbre et, dans le salon, deux fauteuils Louis XV avaient été admis. Ce fut un lieu de passage. Bientôt, une lettre d'Ana m'apprenait qu'elle avait trouvé refuge à Paris, « auprès de Coco », et, avec l'inconscience où elle s'ébattait depuis sa jeunesse, elle me priait de la rejoindre, à l'hôtel de Castille, rue Cambon, ne fût-ce que pour une journée, afin qu'elle puisse me raconter la « calomnie » qui l'avait précipitée au comble de sa destinée. Quant à Pablo, je ne sus plus rien de lui, et n'allais le revoir qu'une dizaine d'années plus tard.

Je restai de nouveau démuni de tout appui moral et privé de mes rares repas, ceci déterminant cela. Des circonstances sans liens, sans cohérence, m'indiquaient des chemins qui ne menaient nulle part. Mes racines s'étiolaient à l'air, les perspectives se bouchaient. Je n'avais que du désespoir en guise d'audace, et d'avenir, qu'un reste dans l'esprit.

Toutefois, de façon périodique, une promesse de travail, une proposition, suffisaient pour qu'affleure à la surface le mince filet d'espoir qui se perdait dans les sables. Il est difficile de redonner vie à un rêve tari, et le réussit-on, il ne renaît jamais aussi impérieux qu'en son premier matin.

Je touchais le fond quand, sans doute à l'instigation d'Ana, Luis Escobar — le premier en Espagne à avoir imposé l'art de la mise en scène dans un milieu et à une époque où les monstres sacrés se contentaient d'une mise en place — me proposa de devenir son secrétaire.

Qu'ai-je bien pu faire en tant que tel, moi qui ne savais ni ne saurais rédiger une lettre ? Je me souviens que lorsqu'il m'en dictait une, il commençait par regretter le « cher Monsieur » que le français destine au premier venu, tandis que l'espagnol ne dispose pas d'une formule aussi serviable et passe-partout, « cher » — *querido* — impliquant une certaine intimité, voire de l'affection.

J'arrivais chez lui à onze heures. Il me recevait dans sa salle de bains où j'avais une chaise à côté de la baignoire, et nous bavardions. Son bain, il aimait le prolonger ; le valet de chambre venait tous les quarts d'heure en rétablir la température. Le jour où il me fit part d'un projet pour le théâtre romain de Mérida, et que, m'ayant demandé quelle pièce contemporaine aux allures de tragédie me paraissait convenir à un pareil lieu, du tac au tac je répondis : « *La Machine infernale* », il barbota dans sa baignoire : « Enfin ! désormais tu penseras à ma place. » Il me délivrait ainsi un brevet d'existence. Je suis sûr qu'il était heureux que le secrétaire cesse de se sentir un protégé. Et je devins son assistant.

Luis Escobar Kirkpatrick, plus tard marquis de las Marismas, à la mort de son frère aîné qui détenait le titre, — et Marismas tout court dans le monde. La cinquantaine avancée — « Mon âge est le secret le mieux gardé d'Espagne ! » —, taille moyenne, hanches trop développées par rapport à l'étroitesse des épaules, au milieu desquelles la tête oblongue était posée de façon oblique, qu'accentuait le menton en galoche comme tiré vers le bas par un poids invisible. Gratifié par la nature d'une laideur bourbonienne, il opposait à celle-ci une indéfectible assurance d'aristocrate : l'élégance de sang s'accommode beaucoup mieux de la laideur que de la beauté. Son élocution, proche du marmonnement, était celle commune à ces personnes auxquelles une longue mâchoire laisse en retrait la denture supérieure ; les mots sortaient compressés entre les lèvres qui ne découvraient jamais les dents, consonnes savonnées, voyelles élargies se rapprochant du *a*, lequel triomphait dans le rire strident et rythmé, série d'éclats d'une égale intensité, qui s'arrêtait d'un coup quand, telle la claque au spectacle, il avait entraîné l'assistance à célébrer la chute d'une anecdote.

À ce moment, les yeux presque exorbités, le diable en personne s'y penchait roussissant le bord de ses paupières, avant qu'il ne revînt au badinage.

Luis était l'un des rares esprits cosmopolites qu'il y eût en Espagne, et le seul, Ana et Sonsoles Peñaranda exceptées, à posséder l'art de la conversation que, d'emblée, il plaçait à la hauteur moyenne de ses interlocuteurs ou de ses convives, attirant les mots, suscitant les répliques, les parenthèses et les antithèses, les digressions mesurées, et les sous-entendus que, sans perturber les efforts d'ingéniosité de l'assistance, il glissait dans les interstices du dialogue, comme les apartés au théâtre, pour alléger ou ranimer le débat.

Je déjeunais tous les jours chez lui, parfois avec du monde, et quelquefois avec le Monde. Je l'admirais ; il m'estimait. Je travaillais d'arrache-pied dans son théâtre, le théâtre Eslava, fermé pour cause d'incendie depuis la guerre civile, et qu'il avait fait restaurer. Je crus quelque temps que mon avenir serait espagnol. Pourtant, lorsque la mémoire, cette commère qui ignore les hiérarchies, me ramène à Luis, elle ne me le montre pas comme il faudrait, au cours de ces générales fiévreuses que nous avons partagées, où une trouvaille soudaine bouleversait de fond en comble la représentation — ce que les gens du métier, seuls, peuvent comprendre —, mais un jour comme un autre, chez lui, après le déjeuner : il est assis sur le *fence club* capitonné de la cheminée, jambes croisées, centre d'un groupe d'invités — ombres, silhouettes, voix éteintes aujourd'hui — parmi lesquels ne se détache que la marquise de Ll., le squelette le mieux habillé que j'aurai vu. Sa personne disparaissait sous la perfection de ses toilettes qui, d'une simplicité extrême, n'en relevaient pas moins d'une géométrie qui s'imposait à toutes sortes de tissus, même aux plus souples. Balenciaga avait-il ouvert une maison à Madrid, elle ne fréquentait que la maison mère, à Paris. Et de Paris venait ce dernier caprice de la mode : la perruque qu'elle arborait, qui par son volume rendait plus émacié son visage, plus aquilin son nez, si racé, et enlevait de l'intelligence à l'arc de ses sourcils.

À l'époque, Luis montait, en comédie musicale, *Le Carrosse du Saint-Sacrement.* Il aimait beaucoup les animaux ; sa colère brisait toutes les digues de la bienséance s'il s'agissait de pourfendre la barbarie congénitale de ses compatriotes, au sujet des courses de taureaux ; et membre fondateur d'une société protectrice des bêtes, il cherchait toujours à placer chez un bon maître le chien ou le chat abandonnés. Ainsi, lorsqu'il avait eu besoin d'un perroquet pour son spectacle, il n'avait pas hésité à loger chez lui un énorme cacatoès du Brésil. Je me souviens de la splendeur de son plumage où le rouge de la huppe alternait dans les ailes et la queue, sur fond blanc, avec le bleu phosphorescent que les papillons des Tropiques nous ont rendu familier.

Le « *Loro, lorito, loro* », perché ce jour-là sur le cadre d'un paysage marocain de Majorelle, présidait la réunion ; on avait vanté sa beauté, et cette immobilité par laquelle, quoique dehors en partie, il semblait s'insérer dans la toile.

La conversation allait bon train quand voilà

que, derrière le maître d'hôtel qui apportait le café, les six carlins de Luis firent irruption dans un tumulte scandé de jappements suraigus : entourée de ses chiots, bridée, harnachée d'une culotte de cuir du meilleur sellier de la ville, la reine mère virevoltait poursuivie par le roi, dans ses crocs le coton qui avait garni la ceinture de chasteté de sa femelle. Alors, tel l'éclair au cœur de l'orage, le cacatoès déploya ses ailes et de tournoyer dans tous les sens au-dessus de l'échauffourée. Lampes et bibelots de se fracasser et Luis de crier en vain, jusqu'au moment où, les carlins chassés du salon, « *Loro lorito loro* » vint se poser sur la tête de la marquise, ornant du bariolage de ses plumes l'épaule de l'invitée. Et tout aurait bien pu s'achever là, n'était l'effort, la pantomime de Luis pour convaincre l'oiseau de quitter son nouveau perchoir : il finit par s'envoler, mais la perruque entre ses griffes, découvrant une tête au cheveu lissé, de vieille orpheline ou d'infirme. Une petite larme, étranglée par la paupière en berne, se détacha de l'œil de la marquise, et elle l'essuya avec une main si joliment gantée que l'on se sentit dispensé de s'en émouvoir. Elle essaya de prendre la chose comme une loufoquerie à laquelle, toute victime qu'elle était, elle eût participé de connivence — et entre ses dents filait un sourire soufflé à faire froid dans le dos, pareil au bruit de l'ongle qui raye une vitre.

Pourquoi m'attarder à des souvenirs qui ne me reviennent à l'esprit que parce que le grotesque, le craquèlement des apparences, un incident quelconque a suffi à les provoquer ? Un diable se vautre au fond de moi-même, qui se croit dédommagé des avanies du sort.

46

Par un soir de printemps très frais, voire froid, vers la fin des années cinquante, pendant une procession qui descendait la Gran Via, peut-être celle du Vendredi saint puisque je me rappelle, oscillant au-dessus de la foule, un Christ d'épouvante couvert de grosses gouttes de sang, qu'il a moins perdu par ses plaies que sué — un soir de printemps très frais, voire froid, à Madrid, certes, mais était-ce encore en 58 ou déjà en 59 ?

Prendre des notes, tenir un journal, bien des fois je l'ai envisagé, mais l'idée d'entrer au milieu de la représentation, commencée depuis trop longtemps, m'a toujours arrêté ; je ne réussirais pas à capter le sens de la pièce, à inclure dans sa cohérence, bien que secrète, fatale, les péripéties, les épisodes, les incidents qui allaient suivre. Il se peut que la vanité ait été la cause de ce renoncement — un souci de littérature : il aurait fallu se contenter de mots honnêtes, obéissants, de mots résignés à jouer les utilités, leur rôle de serviteurs qui se résignent à rapporter avec innocence les bribes de vérité qu'ils ont pu ramasser ici et là. Or, à la vérité, j'ai toujours préféré, et aussi loin qu'il m'en souvienne, ce que les abeilles de l'imagination en font.

Ainsi donc, un soir, au bord d'un trottoir de la Gran Via, je suivais du regard la procession, lorsque le visage biblique d'un vieillard aux longs cheveux clairsemés et gras, juste derrière les pénitents en robe de moine et assombris par une cagoule, m'engagea, malgré la résistance du cortège et les bousculades, dans le plus épais de l'affluence. La réalité devenait illusion, l'illusion, allusion à une manière de souvenir qui, enfoui, épousait le présage.

L'étranger — il l'était à n'en pas douter et, même, il en était l'archétype — rythmait son pas avec une fermeté qui ne correspondait guère à la fragilité de sa personne ; on aurait dit que les vêtements, d'un gris indécis, couleur du temps, lui fournissaient un corps — et, par moments, il grelottait.

Deux mètres nous séparaient, et quelques rangs compacts bien qu'en désordre. Je tâchai en vain de me faufiler jusqu'à lui ; pour rien au monde je ne voulais perdre ce visage. Et tout à coup, dans une halte, une station du chemin de croix, tandis que se propageait un bourdonnement de prières, il se retourna — non pas comme quelqu'un qui se repose de son recueillement et cherche avec une vague curiosité à s'informer du nombre des fidèles et des badauds, mais pour me fixer, dans l'espace que laissaient les têtes, tel le témoin qui atteste la culpabilité du suspect. Je n'avais jamais vu, ni ne verrai, j'espère, pareille condamnation sans prémices, et à la fois des yeux si étonnés, comme s'il venait d'être ressuscité. J'aurais pu attribuer à un fou son expression, mais ce trou qu'il avait dans le front, entre le lobe droit et le sourcil, où l'on aurait pu enfoncer le pouce plus loin que l'ongle, je l'avais surpris un jour, bien en face, très proche, à cause du glissement d'un béret, où, quand ? L'étranger, je l'avais déjà rencontré. Maintenant, il était pris de tremblements, et le froid n'en était pas le motif. Une colère montait en lui, plus grande que lui-même ; et lorsque, après l'amen de la foule, la procession reprenait, il leva le bras avec la lenteur de qui soulève un poids, et, la main crispée, il pointa l'index vers moi, l'abaissant et le levant par trois fois, obéissant sans doute à une dramaturgie intime et, dans un grand geste arrondi qui semblait mettre de son côté la foule, l'étranger ramassa son énergie et retrouva le rythme de la marche. Ce corps ne tenait debout que par son âme.

Je portais sur les épaules mon manteau en poil de chameau ; je voulus le lui offrir, dépité d'avance, sûr qu'il le refuserait. Je suis néanmoins parvenu à le lui poser sur le dos. Il ne se retourna pas, ne dit rien. Il s'en enveloppa comme d'une couverture qui lui aurait été due. Et me heurtant aux gens dont je troublais la dévotion, comme un voleur surpris je m'enfuis.

47

Je n'ai pas donné mon manteau à l'Étranger pour le plaisir de donner, ni parce qu'il m'avait inspiré de la compassion, et non plus afin de parer la menace qu'il avait fait peser sur moi, réveillant, au moyen du regard et de l'index sentencieux, ma culpabilité toujours prompte. Il est probable que mon corps, familier des intempéries, ait ressenti le froid que l'autre, devant lui, frêle et transi, éprouvait, et que cela m'ait poussé à accomplir ce geste en apparence évangélique.

Au vrai, je n'aurais pas fait ce geste si l'avant-veille je n'avais pas reçu la lettre d'un notaire de Buenos Aires m'annonçant la mort de l'ami qui m'avait offert son manteau en poil de chameau, et le legs. Il avait quarante ans et il était mort dans son sommeil. Mario Brunner aimait les cantatrices wagnériennes, avec un faible pour les Isolde, les bronzes de Jean de Bologne, et, par-dessus tout, les médiums. Versé en matière d'au-delà, il collectionnait les ouvrages destinés à prouver la réalité de ses illustres établissements, et aspirait à combler leurs carences en rédigeant un traité sur la méthode purement mentale et à la portée de tout un chacun, pour communiquer avec les morts. Il en possédait, sinon la preuve, un pressentiment qui frisait la révélation.

Il m'avait choisi pour confident et comme lecteur et critique de ses brouillons. Sans rien y comprendre, je les annotais dans les marges, à l'aide, je m'en souviens, d'un crayon Faber und Faber. Je ne tenais pas à le décevoir ni, surtout, à rendre possible le dialogue lors du rendez-vous suivant, que précédait toujours un excellent dîner. Nous nous retrouvions chez lui une fois par semaine, et mes questions ne manquaient pas d'approfondir ses perplexités, relançant son perpétuel discours, lequel aboutirait à une nouvelle rédaction, à de nouveaux commentaires de ma part, et ainsi de suite.

Mario avait un visage rond et plein, des manières aisées et de l'assurance ; mais on devinait qu'il était malheureux, et qu'il le serait toujours davantage. Désormais, la vie ne lui accordait d'autre plaisir — c'est lui qui me l'avoua un soir, sur le pas de la porte — que les aventures du sommeil. Il s'endormait en essayant de préserver l'image de sa mère, dans l'espoir de la retrouver dans ses rêves, qu'il déchiffrait le matin, en quête d'un message, d'un conseil. Ses pensées, jour après jour, s'enfonçaient dans un terreau où s'entremêlaient les radicelles poursuivant la germination nocturne de quelque graine ou, si l'on songe à la rondeur de son visage et au parfum d'eau de Cologne anglaise qu'il déversait sur lui et sur les rideaux et les tapis sans modération, celles du bulbe de la jacinthe.

Eut-il la vision, à travers les lézardes de la nuit, de son Ciel ou de son Enfer, pour que son cœur se fût arrêté de la sorte ? Qu'il fût happé en de telles circonstances, me paraissait une grâce, une réponse amicale de son obsédante ignorance à ses hantises.

Je n'avais jamais soupçonné qu'il me portât de l'affection au point de m'inscrire sur son testament. Le legs consistait en un paquet d'actions ; le notaire m'en proposait l'achat ; la somme était importante ; et, tout en flairant un piège, je donnai mon acquiescement sans me poser de questions.

Essayant d'être fidèle à Mario qui, précautionneux, m'avait légué des actions, je me limitai à louer un petit studio et ne m'achetai que les vêtements indispensables — parmi lesquels un pardessus bien à ma taille. Au fond, si je m'étais défait du cadeau de l'ami mort au bénéfice de l'Étranger, c'est que je supportais de plus en plus mal de le sentir sur mes épaules et, par grand froid, de ramener les bords sur la poitrine, les manches ballantes d'un amputé des bras.

Mais j'avais beau me raisonner et résister aux tentations de dépense : peu à peu le désir absorbait toute la prudence de mon esprit, la déraison agitait des charmes, et, bientôt j'y succombai. Ce ne fut, pour commencer, qu'une concession négligeable : un soir, au lieu d'aller faire le trottoir du comédien à l'affût d'un rôle au café Gijón, je franchis le seuil de l'Oliver, une boîte de nuit du genre club privé, où, pour être admis, il fallait se prévaloir d'une relation de prestige assidue du lieu — lequel avait l'air d'une pièce de réception où l'on eût écarté les fauteuils et les tables basses pour permettre à quelques couples de danser. Si la couleur prédominante était le sinistre vert mousse, les lampes à abat-jour rose diffusaient une lumière qui, selon les femmes, seyait au visage ; et la musique en sourdine, du Glenn Miller, du Nat King Cole, déterminait, pour ainsi dire, la hauteur sonore de la conversation, que seuls des rires perçaient.

Des gens de théâtre et de cinéma composaient, pour le principal, la clientèle, de sorte que, en toute bonne conscience, je mis en veilleuse mes scrupules financiers. Je frayais avec des professionnels. Devenu un habitué de l'endroit, j'y retournais en partie aussi avec l'espoir de retrouver une inconnue silencieuse, lunaire, qui m'avait beaucoup impressionné, comme toujours les femmes pâles, d'une pâleur que le soin jaloux d'aucun maquillage visible n'altère.

On lui réservait une table dans le coin le moins en vue, et des crapauds douillets. Un homme l'accompagnait toujours, très souvent un autre. Sa toilette ne changeait que de couleur ; les teintes sourdes avaient sa préférence. Elle portait une jupe étroite et un chemisier qui ne différait d'une chemise d'homme que par le boutonnage à gauche, et la fluidité du tissu ; cette touche masculine rehaussait sa féminité et, en même temps, la rendait équivoque.

Elle ne regardait personne, même pas son partenaire, et semblait-elle soudain en proie à un désenchantement, à l'instant elle se reprenait et l'on devinait en elle une force qui n'a plus besoin de se manifester : elle était tout entière elle-même dans une sorte d'ailleurs privé, hors d'atteinte. On aurait pu songer à l'étrangeté de l'amour, où la loi de la perspective est le contraire de la présence, laquelle ne cesse de grandir en s'éloignant.

Elle aimait danser, enfin, être debout, soutenue plutôt par une mélodie que par un rythme, ou par le bras de son cavalier. Ses pieds, chaussés de souliers plats, se détachaient rarement du sol ; elle soulevait par moments les talons, tournait sur les pointes, dans une lente exposition de son profil, nez fin à peine insolent, menton qu'une fossette adoucissait, et c'était une longue phrase en spirale, sans intermittence, qu'elle déroulait. Lorsqu'elle tournait sur elle-même, au centre vide de la salle, nous avions tous l'air de parler sans sa permission.

Je ne voulais rien demander à mes amis au sujet de l'inconnue ; leur indifférence à son égard m'étonnait, si toutefois il m'arrivait de surprendre des regards qui délaissaient les bavardages pour s'en aller vers elle. Puis, un soir, le geste maladroit de son ami fit tomber la lampe qui roula à ses pieds : du trou de l'abat-jour, la lumière rouge de l'ampoule, tel un petit projecteur, saisit sa gorge, dessina ses traits, mit du feu sur ses lèvres, sur ses pommettes, et je reconnus le sphinx le plus beau de la terre, « la comtesse aux pieds nus ».

48

L'optimisme, dit-on, dure aussi longtemps que l'on est insatisfait; le mien, en revanche, ne dura que le temps où j'ai eu quelque argent. À l'Oliver, je fis la connaissance d'un producteur de théâtre qui sut m'embobeliner. Il voulait monter une pièce américaine, du boulevard chic, qui avait été un triomphe à Broadway, où Rosalind Russell l'interprétait. Quatorze décors, l'Égypte y compris, et vingt costumes pour la protagoniste, qui exigeaient un grand couturier. Il avait l'accord d'une comédienne très en vogue, une actrice qui fréquentait l'aristocratie et passait pour être un modèle d'élégance et de respectabilité aux yeux des dames de la bonne société, auxquelles leur confesseur permettait le péché véniel d'assister, et même de rire, à une pièce de Noel Coward, de Marcel Achard, ou de verser une larme à la fin de *Pluie*, de Somerset Maugham.

J'aurais un rôle de poète, mais il fallait beaucoup d'argent. Ce fut à l'amiable, entre deux verres de trop, que je lui offris le mien.

Je me rendis responsable de tout; je choisis le décorateur le plus habile pour les changements de décor à vue, le couturier, le costumier, et j'eus mon mot à dire sur la distribution. Dans mon délire, je fis connaître à l'actrice le monologue de Lechy Elbernon, dans *L'Échange*, de Claudel : « C'est moi, c'est moi qui arrive ! Ça vaut la peine d'arriver ! Ça vaut la peine de lui arriver, cette espèce de sacrée mâchoire ouverte pour nous engloutir, / Pour se faire du bien avec chaque mouvement que vous lui faites avec art avec furie pour lui entrer ! Et je n'ai qu'à parler, le moindre mot qui me sort, avec art, avec furie, pour ressentir tout cela qui écoute… Et je suis là qui leur arrive à tous, terrible, toute nue ! »

Elle s'enticha du personnage de Lechy, alors que l'un de ses charmes, sur scène, provenait d'une diction déplorable, comme si des insectes infimes se posaient à chaque syllabe sur sa langue, ce que ses clins d'œil aux spectateurs, le bégaiement de ses mains et ses mines compensaient. Aussi, au lieu de lâcher la bride à sa passion du farfelu, dans le personnage à sa mesure qu'était cette « tante Mame », elle déconcerta son public. Ce fut un demi-succès ou, si l'on veut, dans le langage des comptables, une opération blanche.

Acteur « professionnel », j'avais connu la rumeur houleuse d'une grande salle, et l'aplanissement progressif des bruits quand la lumière baisse tandis que le rideau se lève et qu'un acteur entre en scène ou qu'un autre, qui s'y trouve, lance les premiers mots. J'appris comment celui qui parle tâche d'adapter sa voix à l'oreille de celui qui l'écoute, et va, en lui donnant la réplique, reprendre la même note — ou, en revanche, avec malignité, une bien plus haute, ou bien plus grave, afin de décontenancer le partenaire. Je m'amusais à vérifier à quel point un mouvement, un regard, un geste ne sont efficaces que s'ils suscitent une réaction inattendue.

Demi-succès, opération blanche ? Le producteur ne me rendit jamais mon argent ; et je me retrouvais sans le sou, comme jadis, comme toujours, une main derrière, l'autre devant. Je ne me souviens pas d'en avoir éprouvé du désespoir ; quelque chose de l'ordre de la vitalité, de la faculté de vivre, de l'orgueil juvénile de s'être élancé vers de prévisibles défaites, me maintenait debout, et je m'isolai dans un chagrin modéré, une sorte de dédain stoïque.

Sur ce, enveloppée de mystère et fourmillant de projets, Ana rentra à Madrid. Et nous voilà, Hector et moi, entraînés dans son sillage vers cette « Costa del Sol » qui, déjà, tentait les grands de ce monde. Elle se proposait d'ouvrir, avec notre aide, une grande boutique de mode pourvue d'un salon de coiffure et d'un tea-room, dans un village de pêcheurs, Marbella, qu'elle avait découvert autrefois en visitant la côte avec son amie Pomposa Escandón, propriétaire de la plus belle *finca* de la région.

Nous partîmes un soir, après minuit — « pour ne pas éveiller des soupçons » — dans une limousine du Ritz conduite par un chauffeur en tenue. Je me rappelle notre euphorie, et la douceur du plaid de cachemire sur nos genoux.

49

Cependant, quelque chose cloche, une inquiétude profonde nous travaille qui atténue les démonstrations de contentement, les rires que nous avons multipliés à dessein pour nous conforter ; nous éprouvons une détente, et si nous laissons tomber encore des mots, le temps que nous mettons à réagir est de plus en plus long, comme s'espacent les gouttes d'une pluie qui va cesser.

Et, soudain, à je ne sais quel indice de dérapage dans la conduite, ou à un léger soubresaut du chauffeur, alertée, Ana assemble les fils relâchés de la conversation en une brassée que sa voix rend prodigieuse et, arrachés à notre somnolence, nous nous redressons, Hector et moi, pour la suivre dans le climat d'exagération qui lui est consubstantiel. Dès la première phrase, « *Niños,* je vais vous conter ma tragédie... », nous savons que nous y serons plongés jusqu'aux yeux, battus par une tempête d'événements, qu'il y aura, ici, une lumière vive, et, là, des trous, des vides, de l'obscurité ; et, aussi, qu'il nous revient de l'écouter avec une attention sans faille, l'air de gargouilles aux angles d'une cathédrale — mais, par moments, de nous esclaffer ou de pousser des exclamations d'effroi, car, en fait, il s'agit avant tout d'éviter que le chauffeur ne s'endorme.

À Paris depuis six mois, elle avait déjà renouvelé sans difficulté son permis de séjour, que la police n'accordait que pour trois mois, quand, à la fin du semestre, elle s'était rendue de nouveau à la Préfecture ; par chance, un employé de Coco lui tenait compagnie. L'attente avait duré des heures et, tout à coup, sans rien lui demander, sans lui avoir posé la moindre question, une porte s'ouvre, et un policier lui intime l'ordre de le suivre. Elle n'avait eu que le temps de murmurer à son accompagnateur : « Prévenez Mlle Chanel, on m'arrête », et de s'apercevoir que les guichetiers la suivaient du regard. « Pourquoi ? Tous mes papiers sont en règle. » Aucune réponse.

Hector commençait à m'agacer, qui avait allongé le bras sur le dossier par-derrière la tête d'Ana, attitude en apparence trop intime, mais que justifiaient la position de biais, l'intérêt qu'il se devait de porter au récit — et de l'index me tapotant l'épaule de minute en minute, il soulignait la tournure incongrue et les inflexions les plus chargées d'emphase, qu'il imiterait et qu'il imite encore aujourd'hui, avec un mimétisme qui confine au génie, et qui fait peur.

Moi, en revanche, bien que devenu sceptique à l'égard de ses histoires personnelles, j'écoutais Ana avec, plutôt, une sorte de foi — comme lorsqu'un musicien m'assure, devant une partition à plusieurs portées, qu'il entend, lui, les notes dans leur ensemble harmonique, et à la fois chacune, avec le son de l'instrument qui lui correspond : comment savoir s'il possède l'oreille absolue du compositeur, ou s'il s'en targue ?

Croirions-nous ses aveux ? Amenée, sans un mot d'explication, de la Préfecture à la Tour de Paris, enfermée dans les sous-sols de la Sainte-Chapelle, des sous-sols superposés, cavernes malpropres en béton, sans cellules, avec un vague éclairage de quinquets rouges, remplis de délinquants, menottes aux poignets, de prostituées, de voleurs, tout un lot d'individus des bas-fonds appariés par le malheur ; et elle, elle avec son chapeau, son manteau de Balenciaga, ses bijoux, seule avec son âme, au milieu de cette foule — des loques à peine humaines, en haillons — étendue à même le sol jonché de détritus, de pelures de fruits, d'os rongés, d'ordures qui macéraient dans leur jus ; elle, que Dieu avait mise à l'épreuve tant de fois, mais jamais hors d'état d'aller et venir à sa guise ; elle, au plus épais de l'outrage, de l'abjection, avec toute la nuit devant elle, étourdie par les ronflements, les couinements de rats piégés que poussaient les dormeurs, et sans même se sentir disposée à la prière : rien d'autre en elle que ce flot d'imaginations, de souvenirs, de terreurs, de ces terreurs qui émanent du corps tout entier et montent à l'assaut de l'esprit jusqu'à l'obnubiler, l'anéantir. Elle avait fini par se recroqueviller contre le mur qui suintait, mais prenant garde de ne pas s'endormir ; et, tout d'un coup, cette humanité sur le dos qui grouille et peu à peu se relève parce que les portes blindées s'ouvrent, livrant le passage à des religieuses : deux par deux, elles traînent des seaux en laiton remplis d'un liquide noirâtre qu'elles distribuent en même temps que du pain ; aussi exécrable soit-elle cette infusion de chicorée, elle est chaude ; et, le pain la réconciliant avec Dieu, elle s'incline pour baiser la croix suspendue à la cordelière d'une nonne qui la repousse à la faire tomber sur les genoux, en criant : « Vous n'en êtes pas digne ! »

Alors, avertis de sa présence, les gens de la moquer, les femmes surtout, jalouses de ses atours, qui la palpent, caressant son manteau boutonné jusqu'au cou pour dissimuler ses colliers, ses chaînes d'or, et l'une d'elles lui arrache le chapeau qui voltige et fait le tour de la caverne, envoyé, renvoyé sous les lueurs intermittentes des quinquets : entre rires et querelles, les détenus ont presque établi les règles d'un jeu, mais quand la femme qui l'a lancé la première s'en empare de nouveau, elle se rapproche d'Ana, qui croit à un mouvement de compassion, et le lui enfonce sur la tête proposant à la cantonade d'organiser un colin-maillard.

« Quatre heures plus tard... » Le bourdonnement du moteur diminue, comme la note d'un violoncelle lorsque l'archet s'écarte en douceur, et le chauffeur se tourne à peine vers nous — c'est la visière blanche de la casquette qui accuse le geste — et demande à madame la permission de faire une halte. Il descend, et nous exagérons nos petits frissons ; nous demeurons silencieux, c'est l'entracte.

Dehors, la nuit ; la nuit universelle, moins une vision qu'une immensité noire fourmillante de rumeurs à la fois inaudibles et assourdissantes qui nous réduisent à notre condition d'animaux aux sens inadéquats ; la nuit d'avant l'Espagne et les dinosaures, la chlorophylle, les insectes qui nous survivront ; la nuit d'avant que les mers déchaînées ne déracinent dans leurs profondeurs les continents ; la nuit où passe, d'un infini à l'autre, cette musique que quelques élus attrapent au piège du rythme.

Le silence devient délétère : pourquoi ai-je suivi Ana ? Je fais mes comptes ; je ne possède rien de ce qui s'étend sous mon regard ; j'ai semé des rêves si grands qu'ils ont débordé la nuit et le jour ; ils ont poussé comme des enfants, comme des arbres — comme le livre qu'on écrit pour personne et, cependant, pour tous, dans l'espoir qu'il trouve un abri dans la mémoire de quelques-uns. Maintenant le vent m'emporte où il va, et, une fois encore, je fais confiance au vent — à cette folle d'Ana qui a l'instinct de l'aventure,

La limousine reprend sa route, et le moteur sa note homogène, en dépit des ébréchures de l'asphalte qui se multiplient depuis que nous avons laissé loin derrière nous la capitale. Ana poursuit son récit, et à mesure qu'il acquiert de la densité, surtout parce que sa voix de poitrine enfle et qu'un soupir lui sert de prolongement dans les pauses, chaque reprise vient déverser son affluent à l'histoire qu'elle retarde, cueillant au passage des anecdotes, des détails qui lui paraissent, après coup, prophétiques.

Quatre heures plus tard, donc, on la sortait dans la cour. Des policiers passaient des menottes à vingt-quatre militaires ; et ce fut avec eux qu'elle monta dans le fourgon cellulaire, avec eux qu'elle pénétra dans la prison militaire de Fresnes où l'on enfermait les condamnés pour haute trahison ; avec eux qu'elle se trouva devant la cour martiale composée de cinquante généraux des armées de terre et de l'air, assis à une table immense en demi-cercle...

Le chauffeur avait modifié la position du rétroviseur ; j'y voyais son œil braqué sur Ana, tandis que, muni maintenant d'une fine baguette, Hector atteignait sans effort ma nuque, mon oreille, soulignant avec de petits coups les invraisemblances de la conteuse.

... tous surpris de sa présence : après une brève consultation des dossiers, le président du tribunal avait ordonné son renvoi. Libre. Un autre fourgon l'attendait ; des gendarmes l'avaient embarquée, ensuite oubliée dans un garage, et, pour finir, livrée aux autorités de la Roquette, la prison destinée aux femmes, un château fort avec des douves et un pont-levis, un haut portail admirablement clouté — « Pablo en aurait été fou ! » — et, à l'intérieur, des grincements de cadenas, de verrous. Deux employées l'avaient dépouillée de ses bijoux ; elles en avaient dressé l'inventaire, les évaluant à bas prix ; on lui avait laissé le poudrier et les cigarettes, mais pas le briquet ; l'une d'elles avait dit à sa collègue, sur le chemin de la cellule où il y avait déjà trois prisonnières et ne restait qu'un grabat : « Celle-ci, Paris la cherche depuis longtemps. »

Un jour passe, et encore un autre ; aucune notification officielle, aucune nouvelle de personne ; et la semaine s'achevait quand, envoyé par Chanel, Me Biaggi, le plus grand des avocats, qui avait tant œuvré pour le retour de De Gaulle, obtient sa mise en liberté : un Allemand, membre important du contre-espionnage, auquel elle s'était refusée, l'avait accusée d'intelligences avec l'ennemi !

Nous nous réveillâmes quand la lumière allait naître ; l'air sentait l'iode ; la mer était là, étale, assoupie ; elle disparaissait dans les tournants pour revenir ensuite de moins en moins sombre, comme une étoffe de soie pleine d'ondulations que le rivage eût tirée vers lui. On longeait la côte quelques minutes pour s'en éloigner longtemps ; alors, à droite ou à gauche, pas un brin de verdure, mais l'ocre grisâtre de la sécheresse, le sol nu que sillonnaient des craquelures, ici, et recouvraient, là, des graminées calcinées, des ronces en buisson.

Si harassés, si las que nous soyons, maintenant que la barre qui séparait le ciel de la mer s'est changée en une coulée rose, une autre lumière monte au visage flétri d'Ana : l'excitation d'un éternel renouveau ; la vie, encore aujourd'hui, lui ouvre toutes grandes ses portes.

Nous arrivons à Marbella à l'heure où pointent dans le lointain les barques des pêcheurs.

Il faudra se presser, le spectacle est incomparable, et les rougets, uniques.

Le village dort, comme dort Palomito, ainsi surnommé par Ana, au volant de sa voiture que rien ne distingue d'une autre, mais qui est le taxi de l'endroit.

Et voilà la boutique ! Que croyions-nous ? Qu'il s'agissait d'une illusion, d'un projet ? Et voici, dans cette ruelle qui mène à la mer, dans laquelle nous nous engageons, sa *casucha*, sa bicoque, une petite maison du genre pavillon de banlieue, avec un jardinet sur le devant. Nous nous affairons autour du chauffeur qui s'occupe des bagages ; Ana fourre dans une enveloppe une poignée de billets et la lui donne ; il retire sa casquette, c'est un jeune homme chauve. Je me souviens d'Hector et de moi-même regardant s'éloigner en marche arrière, solennelle, royale, la limousine ; elle épouse avec souplesse le chemin cahotant. Je crois que, en ce moment, nous fûmes une seule et même personne en train de regretter l'invulnérabilité dont elle avait joui à l'intérieur de la voiture, et qui éprouvait un sentiment d'abandon comme si, en partant sur ses quatre roues aux rayons chromés et ses soyeux amortisseurs, la civilisation la quittait à jamais.

Non, le jardinet mesquin et le tarasbicotage en fer forgé plaqué sur la porte d'entrée ne sont pas dignes d'Ana. Or, une fois le seuil franchi, on se souvient que non seulement elle traverse le malheur comme la main, sans dommage, traverse la flamme, mais qu'elle possède le don de modifier la réalité autour d'elle au moyen de petits riens ; ainsi, dans cette *casucha*, dans ces deux chambres vis-à-vis, aux proportions réduites, les rideaux blancs qui gonflent lorsqu'on ouvre les fenêtres et se déploient sur le sol de tomettes, ont beau être en métis, le vieux tissu dans lequel les paysans taillent leurs draps, ils n'en ajoutent pas moins une note de somptuosité aux quelques meubles sauvés lors de la ruine du « Tebas », ceux du coin réservé à l'amitié — le divan noir, les sièges à haut dossier, la table au lourd plateau de châtaignier.

Je me sens loin de moi-même, et cette impression d'égarement s'accentue d'un coup lorsque je me surprends, singeant leur allant, en train d'emboîter le pas à Hector qui emboîte le pas à Ana, sur le sentier bordé d'orties qui s'est rétréci et va se fondre dans le sable. L'air s'éveille, se hérisse de sons ; des nuages mythologiques s'éloignent avec majesté ; nous grelottons. Et quand les barques, en provenance de points opposés, se rapprochent et, presque l'une contre l'autre, gagnent le rivage, on dirait qu'elles sortent de l'eau un grand poisson frileux, le soleil. Soudain, des bruits secs, sans repères, tels des volets claqués en des lieux où il n'y a pas de maisons :

Ana s'est attaché aux doigts les castagnettes pour saluer « ses » pêcheurs.

Ils tirent et rangent les barques sur le sable tout en s'empressant de vanter leur marchandise ; c'est la criée ; deux enfants courent vers Ana et se mettent à danser, reins cambrés, un tourment précoce sur le visage ; ils se corrigent l'un l'autre, se disputent, finissent par rouler sans cesser de tordre leurs menottes. Ana remet ses instruments dans leur étui de velours ; et d'invisibles patios parviennent les voix d'autres enfants qui, bientôt, précèdent des ménagères : celles-ci portent, suspendu au milieu de l'avant-bras, leur sac à provisions et foncent vers les barques ; il y a des rires, des cris et, très vite, du vacarme. La vente terminée, des pêcheurs embrochent des sardines et cueillent des ramilles pour allumer des feux à côté des broches plantées en cercle. Ils boivent du vin blanc. La peau d'argent des sardines commence à noircir. Et nous nous éloignons par discrétion, tous les trois, j'en suis sûr, l'eau à la bouche.

Ana a déjà visité quelques maisonnettes à louer ; il faut qu'Hector et moi nous ayons fait notre choix avant le soir.

50

La boutique de mode — salon de coiffure-tea-room —, Ana l'avait installée dans une maison assez ordinaire, mais vaste, entourée d'une galerie aux colonnettes de fer qu'elle avait peinte en noir, ainsi que les portes, les fenêtres, les meubles en rotin, les cadres des hauts miroirs accrochés aux murs chaulés. Ils reflétaient les glycines et, au moment de la floraison, ils prenaient un air japonais. Tant que je collaborais à l'essor de l'entreprise, il n'y eut pas grand-chose à vendre. Au reste, le coiffeur n'avait pas de clientes, et personne ne vint jamais prendre le thé ni goûter le fruiteux cake d'Olivia, la cuisinière admirable qui ne tarda pas à partir en vacances. Nous avons appris un jour qu'elle avait brûlé vive en apprenant à sa mère, une paysanne de Galice, à flamber le cochon de lait.

Hector, d'une adresse et d'une patience qui rendaient possible la scrupuleuse finition des travaux qu'il entreprenait, et, en même temps, justifiaient sa lenteur, sertissait la verroterie multicolore, qu'Ana s'était procurée au kilo, dans les montures qu'il valait mieux recouvrir en entier, ou la collait sur des boutons qui agrémentaient un corsage. Une fois épuisée la camelote taillée à facettes, il se mit à cueillir sur la plage les quelques menus galets sans aspérités qu'il perforait et lustrait à la cire pour en faire des colliers.

Par beau temps, nous travaillions dans la galerie et, lorsque quelqu'un entrait dans la boutique, des antennes nous poussaient et, à l'instant, nous savions s'il s'agissait d'un simple curieux, d'un étranger qui allait se réclamer de relations communes et demander à Ana des renseignements concernant l'éventuel achat d'un terrain, d'une propriété ; ou, encore, de vieilles amies, jadis clientes de Paquin, naguère de « Tebas », qui venaient acheter, charitables victimes, à des prix irréels, ces chapeaux de paille qu'une usine de Malaga fournissait à Ana et que je garnissais d'un ruban de fortune et de roses confectionnées avec du vichy — creusant du pouce les pétales et à l'aide d'un couteau les recourbant, comme, là-bas, mes sœurs en façonnaient en papier crépon pendant les soirées d'octobre, pour fleurir la tombe de nos morts à la Toussaint.

Certes, ceux, parmi les visiteurs, qui ne l'avaient jamais rencontrée, devaient former de singulières et malveillantes conjectures à l'aspect de cette originale qui les recevait comme si elle les eût attendus depuis toujours : elle ressemblait si peu à ces dindes à titre rencontrées au cours d'un cocktail, qui, tentées d'abandonner le ciel instable de San Sebastián où il était de bon ton de passer l'été, descendaient chez les rares familles patriciennes des alentours, afin de tâter du climat et des chances qu'une certaine mondanité entre égaux puisse se développer dans la région.

Grâce à une jeunesse et à une vivacité que son sourire ravivait en dépit des rides, Ana, qui n'admettait pas qu'on s'abaisse en sa présence à discuter de qualité et de prix, déroutait les inconnus de passage par la chaleur de son accueil et la générosité de ses informations, ainsi que par le peu d'empressement qu'elle montrait à s'en faire des clients. Mais, sur le point de partir, ils se sentaient obligés de prêter une admiration que la perplexité avait d'emblée contenue, pour ces jupes à fronces en faille émeraude auxquelles se trouvait réduite l'ampleur de la robe qu'Ana portait, fastueuse infante de Velázquez, le soir d'Helena Rubinstein ; elle les exhibait sur des armatures en fil de fer barbelé orné de fleurs de porcelaine aux reflets opalins, montées par Hector qui avait traîné dans les champs et s'était attardé au cimetière du village. Le moment était enfin arrivé où Ana, suivant le regard indécis des visiteurs, vantait tel chapeau, tel clip — « Regardez-vous dans le miroir, on dirait un rejeton, mais oui, un rejeton de vos yeux, la même nuance de bleu ! » —, ou ses vestes d'homme sans col et sans manches qui nous couvrirent de ridicule, Hector et moi, la seule fois où nous l'avons accompagnée chez Pomposa Escandón. Ses inventions, certes, démodaient l'avenir, mais trop tôt.

Personne n'échappait à ses pièges, aux mensonges qu'elle débitait pour écouler sa marchandise et entourer du prestige d'« exemplaire unique » ses babioles. Sa voix parvenait distincte à la galerie, aussi l'écoutions-nous sans perdre un mot, parfois amusés, gênés souvent, effrayés le jour où, pour vaincre la réticence d'une milliardaire brésilienne devant le collier de cailloux frottés de cire, tout étalé qu'il fût sur du velours écarlate, nous l'entendîmes s'écrier : « Ce sont des pierres du Nil ! »

Nous habitions, Hector et moi, une petite maison dévorée par un lierre gris plutôt que vert; il avait gagné la toiture, donnant aux murs un aspect de ruine. Nous l'avions choisie parce que nous étions encore des romantiques, et qu'elle était au bord de la mer. Une rampe incertaine menait à la plage, celle qui, sable grossier, brunâtre, court de Malaga à Algeciras. Or, ce refuge entouré d'arbres pourris par le salpêtre avait un charme que nous n'avions pas soupçonné : il était propice aux rendez-vous nocturnes. Un des pêcheurs, d'une laideur rassurante, auquel nous achetions chaque matin des sardines ou, les jours fastes, des rougets et même des soles, avait invité Hector à se bronzer au clair de lune. D'autres allaient se succéder répétant, tête baissée, en écaillant le poisson, la même formule devenue un mot de passe.

Lorsque, la boutique fermée, notre travail d'amateurs — au vrai, joailliers ou cousettes, de faussaires — s'achevait, nous allions prendre un verre chez Ana. Pas un seul client de la journée ? Sa vitalité préservait son allant ; et ses problèmes qui, du point de vue financier, laissaient pressentir l'imminence d'une catastrophe, étaient balayés par la certitude d'une victoire hypothétique dès qu'elle prenait ses castagnettes pour marteler du Bach. Sans pianiste, elle se soumettait à l'intransigeance des interprètes sur disque ; quant à ses peines, elle les déversait dans les extases de plus en plus gothiques de sa danse.

Pendant la journée, j'étais plus préoccupé d'Ana que de moi-même, car j'ai toujours éprouvé — depuis que vers ma neuvième année j'apprenais que Marlene ne figurait plus en tête du box-office — un sentiment douloureux à l'égard des êtres d'exception qui déclinent. Mais, dès que je rentrais dans notre maisonnette, malgré Hector que, lui, la vie amusait même dans le dénuement, il y avait en moi quelque chose de bien plus grave que la tristesse : le Mal ; le Mal qui me faisait du mal, et même de façon si intense que je n'avais pas d'ennemi à qui souhaiter un sort identique.

Il y avait une force maléfique qui me narguait dans les clapotis de la mer ; il y avait une musique atroce dans le silence des étoiles ; et du silence perfide dans la course, là-haut, où bougeaient des nuages.

Les journées s'achevaient comme s'achèvent les journées. La lumière baissait comme une bougie s'éteint. Elle mettait des touches rouges sur la mer ; et la nuit se refermait.

Là, à Marbella, je me sentais dépossédé de l'autre — celui qui avait tant rêvé de moi.

Souvent, la nuit, il m'est arrivé de sentir une sorte de contraction, un resserrement de toutes les fibres du corps qui montait du gros orteil vers les mollets, les cuisses, le ventre, pour éclater dans ma poitrine comme un coup de poing dans une vitre. Et je savais que c'était l'autre.

51

Enfin, un matin, Hector et moi, tout espoir de réussite dissipé, mais déjà au travail, nous aperçûmes la voiture de Palomito qui empruntait le chemin du pavillon d'Ana, une énorme malle-cabine attachée tant bien que mal avec des cordes sur le toit. Nous vîmes Ana descendre, coiffée selon son habitude d'un chapeau à larges bords, en auvent sur le visage, dissimulé, par surcroît, sous des lunettes de soleil aux pattes très larges, bien plus mystérieuses qu'un loup pour bal masqué. À ses côtés, une femme âgée, très mince, se redressait de toute sa taille ; elle nous parut chercher de son regard haut levé la maison dans laquelle Ana l'invitait à pénétrer.

C'était Consuelo, la sœur aînée d'Ana, celle qui avait déjà aidé sa cadette à faire ses premiers pas dans la couture, à Paris, où elle vivait depuis son mariage avec un directeur de Citroën ; elle en était veuve depuis longtemps. Cheveux courts, à peine ondulés, d'un gris argent que les meilleurs coiffeurs n'empêchaient pas, à l'époque, de paraître bleuté, et d'une remarquable économie de gestes, elle nous sembla plus adéquate au milieu d'où toutes les deux étaient issues, que sa sœur. Elle appelait celle-ci Anita, comme si on la lui avait confiée depuis sa naissance, affichant envers elle, au moins devant nous, l'air de l'approuver sans la comprendre. Consuelo ne ressemblait guère à notre Ana, ce qui à mes yeux, détenteur du secret des feuillets anonymes qu'elle m'avait donné à lire, rendait crédible la version d'Ana sur ses origines, bâtarde mi-royale édouardienne, mi-hindoue.

Consuelo, d'une simplicité grand genre, était

belle-mère d'un diplomate qu'elle suivait de pays en pays au gré de ses nominations, pour l'amour de ses petits-enfants, mais, surtout — c'était nous qui le supposions, Hector et moi —, parce que, d'évidence, elle se trouvait à son affaire dans la mondanité réglée des ambassades.

Quand, après la sieste, elle nous rejoignait dans la galerie, un sourire rose piqué au coin des lèvres, et qu'elle prenait place dans le fauteuil de rotin qu'Hector avait muni des coussins les mieux rembourrés, on eût dit qu'elle se proposait de mettre de l'ordre dans le vieux jardin de son cœur. Les premiers jours, elle s'enfermait dans un calme isolement qu'altérait, par intermittence, le bruissement de la page tournée. Sans affectation, elle ne se laissait jamais aller contre le dossier ; et, chez Ana, si les sièges médiévaux étaient pris — qu'elle appelait, ainsi que tous les meubles espagnols ressuscités par « Tebas », des meubles de cuisine —, elle se tenait sur le bord du divan, gardant ce port de tête que plusieurs générations avaient rendu naturel, et son visage dépourvu d'expression. Seule la distinction de son nez démentait la modestie de ses manières.

Elle ne semblait aimer personne outre mesure, même pas sa sœur, mais de façon efficace, sans demander au bénéficiaire de la reconnaissance, moins encore des remerciements de vive voix.

Soucieuse de sa paix intérieure et davantage de sa paix extérieure, le silence lui convenait. Consuelo ne partageant pas avec Ana le goût de la parure, ses vêtements frôlaient l'invisibilité. Une particularité néanmoins la reliait à Ana : la rareté du saphir jaune de sa bague, comparé à la topaze bleue que portait sa sœur.

Toutes les questions lui paraissaient indiscrètes, aussi n'en posait-elle à personne, sauf, de temps à autre, par gentillesse, à moi ou à Hector, parce qu'elle devinait l'incertitude où nous vivions sans pour autant ménager nos efforts. Elle ne manquait pas, envers nous, de curiosité, mais, en l'occurrence, celle-ci se confondait avec une sorte de bonté d'âme : elle savait que notre attachement à Ana, aussi fort qu'il fût, ne nous permettrait pas longtemps de supporter l'indigence à laquelle nous étions promis.

Nous l'aimions bien, et nous lui pardonnions que, au milieu d'une conversation qui nous réconfortait, elle se repliât dans une espèce d'absence et qu'elle y restât, immobile, même quand une bouffée de jasmin nous faisait laisser en suspens l'aiguille ou le fer à repasser.

L'ouverture de la malle-cabine pour paquebot transatlantique, qu'Ana avait déposée environ un quart de siècle auparavant dans une remise parisienne, et Consuelo récupérée et trimbalée jusqu'à Marbella, fut un événement.

Ana, qui en reconnaissait, non sans hésitation parfois, pièce après pièce, le contenu, n'était pas moins émerveillée que nous.

De tout ce qui nous fascinait, Hector mesurait au premier coup d'œil le profit à tirer : tant de coupons de soieries, de lamés gaufrés tels qu'on en voit dans les tableaux des Anciens; et cet exemplaire du légendaire fourreau en velours élastique qui avait ébloui Bébé Bérard et auquel nous ne croyions guère; et la robe recouverte dans sa totalité de minuscules paillettes cousues à la main, d'un brun aux reflets d'arc-en-ciel, que l'on ne pourrait pas mettre en vente parce que déchirée en plusieurs endroits : elle deviendrait inépuisable, jusqu'à l'obsession, jusqu'au cauchemar, lorsque, sur notre lancée, suivant l'esthétique désespérée du dernier cri, nous décidâmes d'en découper de petits morceaux pour les appliquer sur des toiles, des mornes cotonnades.

Mais la découverte de ses éventails de théâtre émut encore plus Ana; elle les libéra de leur enveloppe de feutrine et, l'un après l'autre, elle les ouvrait et les pliait adoptant la pose de *La Marquise de la Solana*, le pied droit pointé en avant, le sourcil haut.

Ensuite, alors qu'avec sa dextérité coutumière, Hector était déjà en train de fermer la malle aux serrures rouillées — Ana nous l'offrit afin que nous disposions d'une sorte d'armoire —, le léger renflement d'une poche latérale attira son regard, et il en sortit une grande enveloppe jaunie, à l'intérieur une liasse de papiers à dessin attachés par un ruban : onze croquis de Christian Bérard qui se suivaient, montrant par quels degrés il avait tâché de réduire la silhouette du fourreau-sirène à un seul trait, plus épais ici, et là, plus léger, comme le peintre chinois un horizon de montagnes ou un chat endormi.

Ivre de bonheur, Ana s'était écriée que Bébé, le jour du dernier essayage, avait fait des centaines d'esquisses, à en joncher le sol de l'atelier ; et que, en les cueillant, de crainte qu'il ne les égarât toutes, lui, si désordonné, elle avait soustrait les plus accomplies. Elle parut soudain surprise de s'entendre dire la vérité.

Encadrées de marqueterie ancienne, ébène rehaussée de nacre, elles firent l'objet d'une exposition où trônait, habillée du fourreau qu'exaltaient les dessins, une statue décapitée aux bras grands ouverts et suppliants, sans doute celle d'une martyre, découverte par Pablo dans quelque couvent.

Tout fut acheté, grâce, peut-être, à la beauté des cadres et aussi à la discrétion zélée des remarques de Consuelo qui, dans l'assistance, devait être seule à connaître Bérard. La soirée renfloua l'entreprise ou, plutôt, le sac à main d'Ana, et la boutique commença d'être prise au sérieux.

La sirène en velours élastique finit en corsages qu'Ana décida de ne vendre qu'à de jeunes femmes aux seins fermes, en les enjoignant de ne pas porter de soutien-gorge, ce qui entraîna un scandale dans le milieu où elles évoluaient.

Quant aux précieux éventails, Hector les raccommoda, et une partie de lui-même a dû rester prisonnière de ce tulle dont il savait, par un savoir inné, arrêter les fils microscopiques, ainsi que des incrustations de dentelle qu'il enrichissait de menues perles suffisamment ternes pour paraître d'époque. Ils seraient à leur tour exhibés, mais un par un et de loin en loin, dans une boîte en verre. Et si quelque riche étranger s'en entichait, qui avait pénétré dans la boutique soucieux seulement de rencontrer le personnage de fable tant vanté par la rumeur, Ana, de sa voix la plus grave et d'un air presque offensé, jouait la comédie du refus : « Oh, non ! il n'est pas à vendre, jamais de la vie ! Figurez-vous... un objet historique, de musée, un trésor, l'éventail qu'Eugenia de Montijo portait lors du bal aux Tuileries où elle et l'Empereur se sont rencontrés ! »

Rassurée, Consuelo était partie rejoindre les siens à Bonn.

J'étais loin de penser qu'un jour je me rappellerais avec une pareille netteté tout cela : la galerie avec ses glycines, ses jasmins ; les colifichets, les roses en vichy ; et la lectrice du *Journal* de Julien Green qui a mis un doigt en guise de marque-page en le refermant, et nous résume ou enjolive le passage qu'elle vient de lire, où il est question d'Anne, la sœur de l'écrivain, qu'elle connaît assez bien ; elles habitent la même rue, à quelques pas ; et de reprendre la lecture.

Oui : j'étais loin de penser que cela reviendrait grouillant de détails sans lien entre eux, éparpillés, alors que le drame qui va éclater, me jetant au fond de l'abaissement et de la dépossession, s'est réduit à un seul moment qui s'attarde en plan fixe, puis s'étire à la manière d'un travelling qui cueille des figures, des mouvements, des gestes — la bande sonore, l'imminence de la mort l'a effacée.

52

Ce n'est pas le soir ; c'est encore l'après-midi pesante d'un dimanche de juillet. Au déjeuner, nous avons fêté l'arrivée à l'improviste de Juan Prat, qui est devenu l'assistant de Giorgio Strehler, à Milan. J'étais heureux de le revoir ; je le vénérais depuis qu'il m'avait sauvé la vie, oui, la vie, lorsque j'avais été arrêté à l'aéroport d'Orly et qu'il s'était évertué à m'obtenir un visa de transit. Je l'aimais, bien qu'il m'intimidât par son humour pince-sans-rire, son excessive lucidité. Ses observations, d'une sagacité toujours surprenante, risquent de passer inaperçues si l'on ne se tient en permanence aux aguets, car il ne leur fait aucun sort particulier, ne les souligne pas par une intonation; provoquer l'hilarité n'est pas son affaire; il cherche une complicité dans l'ironie, ce mode de pensée qui suggère le contraire de ce que l'on dit; et la trouve-t-il, pouffe-t-on de rire, dans son visage aux traits soumis à cette immobilité que l'on accorde aux Indiens ou aux sages du Tibet, juste un étirement vers la droite de sa lèvre dessine moins une ébauche de sourire qu'une sorte de virgule tremblée. Il ne critique pas les gens; d'un mot, il les embaume; la conviction d'être dans le vrai et une placidité indifférente vont de pair dans ses jugements. Pose ? J'ai connu sa mère; il en est le vivant portrait; il a hérité d'elle une sorte de sagesse qui, en société, devient un humour du presque rien.

Ce n'est pas le soir; c'est encore l'après-midi pesante d'un dimanche de juillet. Nous sommes tous deux, avec Ana, dans une pénombre de volets mi-clos, de rideaux tirés. La conversation languit; nous, nous nous sommes tus, il y a déjà un bon moment; peu à peu, un bizarre sentiment d'attente s'est installé entre nous, qui gagne les murs, les rideaux, la porte d'entrée. Soudain, le silence s'ébranle, quelque chose va arriver, faire irruption, mais ce n'est qu'un frémissement, ce soupir d'imploration que pousse Ana, et que j'attribue à l'arrêt progressif du dialogue, qu'elle supporte mal. Mais, peut-être — je n'en douterai pas, ensuite —, Ana était-elle loin d'ignorer que moi je me trouvais exposé à un règlement de comptes ; elle ne savait que trop ce que je n'aurais jamais soupçonné, ce dont elle n'avait pas osé m'avertir : que son fils Romulo, le propriétaire foncier, l'aristocrate paysan, marié à l'une des fortunes des provinces du Nord, à cette femme austère que j'avais aperçue à Madrid, flétrie, catholique, apostolique, romaine de vieille souche, rejeton de la sainte Inquisition restée intacte en dépit de tout. Romulo, qui avait loué une maison à Marbella où sa maîtresse était installée, faisait des aller-retour précautionneux pour ne pas perdre les avantages de sa situation familiale; et, pour mieux continuer à faire le mur, allait exiger que, une fois pour toutes, sa mère qui, elle, avait réussi d'emblée à s'affranchir des lois et à imposer les siennes à son entourage, se voue à la vertu, ou en donne à sa conduite d'irréprochables apparences.

Cela provenait donc d'elle, Ana, la pesanteur du silence, ce fardeau énorme et flou qui s'était abattu sur nous.

Et, tout à coup, la demi-pénombre fendue par la lumière du jour. On a ouvert la porte qui a heurté le mur du couloir à l'écailler. Romulo est là, planté devant nous : il relève son visage congestionné d'homme qui a bu, comme incendié par une torche. Il ne regarde pas sa mère, ni Juan. Il me fixe, moi, de ses yeux enfoncés où la férocité qu'ils expriment à mon endroit se trouve à l'étroit. Toutes les peurs, celles de l'obscurité dans mon enfance, celle des ennemis virtuels qui me suivent et m'attendent au coin d'une rue, et qui là même s'incarnent dans cet adversaire venu pour m'achever, si pleinement en possession de sa brutalité : un bloc de haine où tout tient ensemble, de la racine des cheveux aux orteils, des cordages des tendons jusqu'aux plus fins cartilages qui resserrent ses muscles, enflent sa poitrine, ses biceps, gagnent la mâchoire.

Je ne vois pas les autres; du coin de l'œil je devine la silhouette d'Ana; elle est dépassée par la violence de la situation.

Romulo, on le sent comme un concentré de ressentiments à un degré meurtrier; à lui seul un tribunal, plus implacable que la justice, le Mal en personne, et qui s'aime ainsi, le cœur plein d'orages à en éclater s'il n'est pas assouvi.

Soudain, de cette main qu'il a gardée tout ce temps derrière la hanche, qui tient, croyais-je, un bâton, il frappe le sol comme au théâtre on annonce le lever du rideau. Mais c'est un fusil de chasse à deux canons. C'est un fusil de chasse à deux canons qu'il soulève avec lenteur, avec solennité ; c'est un fusil de chasse à deux canons qu'il glisse d'un coup entre mon bras et mes côtes pour me retourner et me jeter dehors ; c'est un fusil de chasse à deux canons qu'il plaque dans le creux de mes omoplates pour me pousser.

Je traverse le jardinet, et je me retrouve dans la rue, sous la menace d'un fusil à deux canons. On ne pense pas au pourquoi ni aux intentions de celui qui le tient entre ses mains. Lui, il n'existe pas : tout se passe entre le double canon d'un fusil qui détient la mort, et le dos : le cœur bat en arrière.

On sent. On ne pense pas. On sait que, d'un instant à l'autre, on va tomber face contre terre. Un quart de seconde, on le souhaite : celui qui va vous tuer croupira dans une prison. Et on n'a plus peur. Je n'en ai pas connu. Mais on ressent une sorte de froid minéral.

Quand l'arme et un autre coup de pied m'obligent à emprunter la grand-rue, je sens que Juan marche à côté de moi. Nous dépassons la boutique d'Ana. Nous longeons le trottoir aux terrasses des cafés. On a mis debout la clientèle, et, peu à peu, des robes noires pavoisent les balcons sur notre passage. Romulo me chasse vers la sortie de Marbella, vers les champs où les cigales du soir se taisent déjà. Il me chasse, de manière que je ne revienne pas ; l'idée de me chasser, méditée, impatiente, anxieuse, s'était sans doute levée avec lui le matin.

Il a baissé le fusil. Je me souviens de sa bouche qui se tord, qui profère, sans doute, des injures, des menaces ; je me souviens de sa moustache qui se fronce. Je me souviens d'avoir eu une pensée pour sa maîtresse.

Et la bande sonore qui, dans le souvenir, a sauté, revient. Ce n'est qu'un mot, deux ; c'est Juan, tout à fait lui : « Quelle exagération. »

Nous n'avons pas d'argent. Nous nous décidons, non sans allégresse, pour l'auto-stop, ne faisant signe qu'aux conducteurs de camions. Et il y a un aveu réciproque : nous n'avons jamais eu de démêlés avec des camionneurs.

L'affront spectaculaire de Romulo était la seule chose qui me manquait pour rejoindre, au port de Naples, le bateau qui m'avait débarqué, et le troupeau de dévoreurs de distances qui n'atteindraient jamais leur but. Mais les paroles de Juan, qui ne se veulent pas d'encouragement, m'encouragent. Sagesse et drôlerie, elles me rappellent la main que, là-bas, dans le pays d'enfance, ma mère posait sur mon front pour mesurer la fièvre, ce que je ressentais comme une caresse immobile. Et quelque chose tout au fond de moi, où elle gît, se met en mouvement, monte ; le rêve est prêt à tous les recommencements, à tout, sauf à s'étioler. À l'âge que nous avions, le jour de la victoire était proche, et c'était elle qui nous attendrait, même si des chemins de traverse s'obstinaient à nous ramener au point de départ. Au reste, il valait mieux mourir que de s'asservir à l'esprit de ce pays.

Nous descendons à Torremolinos où Juan trouve des connaissances qui lui procurent de l'argent, assez pour que je puisse prendre un train le lendemain pour Madrid, et pour passer une soirée agréable. Je me sens loin, loin dans l'espace, dans le temps, de Marbella, de ce qui vient de s'y passer. Le bonheur est incompatible avec la vie, mais pas avec l'instant.

53

Je n'aurai revu Ana qu'une dizaine d'années plus tard, vers 1968. Ses sempiternelles robes de coton noir mercerisé avaient été élargies de l'emmanchure à la taille, d'au moins quatre centimètres ; on n'avait pas bien effacé la trace de la couture d'origine. Dans leur étui, les castagnettes pendaient à la tête de son lit, entourées de ses colliers. Elle n'en jouait plus ; elle souffrait d'arthrose à la racine des pouces ; et, à l'instar de la cigarière immortelle, elle ne dansait désormais que pour elle-même.

Sur sa table de nuit, dans un cadre d'argent, une phrase à l'encre bleu pâle : « Lorsque l'arbre perd son fruit, le feuillage recouvre sa liberté. » L'écriture était limpide ; comme signature, une sorte d'étoile.

Le village de Marbella avait disparu quelque part dans la prolifération d'une ville éparpillée, d'une laideur repoussante, qui, prétendue cosmopolite, n'était, et n'est encore, qu'internationale. Entre-temps, Ana avait fermé et ouvert des boutiques, et Cocteau avait décoré l'une d'elles, « La Maroma ». Il l'aimait bien et, la connaissant, il ne s'était pas limité à griffonner à même la pierre quelques figures comme elle le lui avait suggéré de faire, mais, afin que, le cas échéant, elle pût se tirer d'embarras en les monnayant, il lui avait peint quatre grandes toiles qu'Hector s'était chargé de maroufler sur bois.

De fait, celles-ci ne tardèrent pas à orner les murs du salon de « La Huerta de los Olivos », la nouvelle maison d'Ana. Pour mieux les mettre en valeur ou, plutôt, pour en faire monter le prix, Pablo, de retour au bercail, les avait encastrées, et avec un tel soin, que la jointure entre les panneaux et le crépi passait inaperçue, ce qui leur donnait l'air de fresques : dès lors, quel acheteur n'eût pas considéré que son achat, s'il venait à bout de leurs astucieuses réticences, impliquait, à la lettre, un arrachement ?

Maintenant, les murs étaient nus ; à part les divans, les sièges, deux tables, il n'y avait, entre deux rideaux, que la martyre décapitée qui avait porté le fourreau en velours élastique.

Romulo était mort, le savais-je ?

Oui, je le savais, et, d'avance, qu'elle ne l'évoquait pas pour m'éclaircir sur son comportement à mon égard ni en inventer d'improbables raisons.

Romulo, j'avais essayé de le laisser à jamais sur la route, avec sa colère et son fusil à deux canons — ne plus y penser, le faire reculer vers les sous-sols d'ombre et de poussière que les années s'occupent de creuser et d'approfondir — mais la mémoire ne cède pas volontiers certains moments à l'oubli.

Elle avait appris la mort de son fils par un télégramme signé de sa belle-fille et de son petit-fils ; selon Ana, celui-ci y figurait à son insu, pour renforcer le mépris, l'ostracisme qu'on voulait lui signifier. On lui annonçait le décès de Romulo, et que l'enterrement avait déjà eu lieu : pas la peine de se déranger.

Mort dans la solitude d'un hôpital de misère. Enseveli à même la terre et, le croirais-je ? encore chaud selon le témoignage du fossoyeur. « Encore chaud » : personne ne méritait pareil outrage, qui confinait à une volonté de meurtre. Certes, je voyais dans le propos du fossoyeur une métaphore soulignant la brièveté du temps qui s'était écoulé entre le dernier soupir et la sépulture ; et je supposais qu'Ana s'en tenait au sens littéral pour rendre plus grandiose l'offense et changer le drame en tragédie. Quoi qu'il en fût, je sentis que, en dépit de tout, une espèce de réconciliation me lierait dès maintenant à Romulo.

Ana avait réussi à exhumer le corps de son fils pour le transporter dans le caveau de famille. Son fils — propriétaire, à l'entendre, d'un immense domaine agricole, devant lequel s'inclinait toute une province d'Espagne, et le premier à établir un système de fermage plus juste —, ses fermiers, ses ouvriers, leurs familles l'avaient porté en pleurs jusqu'à cette demeure ultime, à l'ombre d'un château de templiers, où elle le rejoindrait un jour.

Pablo mourut, la cinquantaine à peine entamée, d'un arrêt du cœur.

Jusque-là, la banque, l'une des premières du pays, et les promoteurs immobiliers qui en dépendaient, avaient permis à Ana de mener grand train, en reconnaissance de son activité à Marbella, de son entregent, de ses relations ; ils lui étaient largement redevables de leur fortune. Mais, tout à coup, la banque se déclara en faillite, les promoteurs disparurent et, sans ressources, Ana vendit la maison, grevée, depuis ses fondations, d'hypothèques, et se retira dans le bungalow que, prévoyante, elle s'était fait construire au fond de sa « Huerta de los Olivos », et qu'elle avait baptisé « Le Ratón ».

Enfin, la monarchie rétablie, elle se souvint d'avoir été du sang de la reine Victoria : par conséquent, une pension digne de son rang lui revenait.

Ana passa ses dernières années, qui furent nombreuses, aux alentours de Madrid, dans une maison de retraite pour dames appartenant à la noblesse ; elle y disposait d'une assez vaste chambre, d'un boudoir où je reconnus ses fauteuils à haut dossier, et aussi d'une lectrice.

Elle m'attendait dans sa robe de coton noir, la poitrine bardée de ses colliers, mi-étendue mi-assise dans son lit, appuyée à de généreux oreillers aux taies de lin, sa voix et son intonation intactes, les cheveux aussi abondants qu'autrefois, peut-être d'une teinte moins rousse et avec, de part et d'autre de la raie médiane, une mèche argent, concession décorative à l'âge.

Les premiers mots échangés, j'ai l'impression

de poursuivre une conversation à « Tebas », à Marbella ; nous bavardons ; ce que nous disons n'a pas d'importance ; ce qui compte, pour moi, c'est sa voix qui me chante à l'oreille, comme le murmure intelligible des choses qui échappent aux mots.

On nous apporte le thé ; c'est le plateau d'Ana, sa théière anglaise, et la même porcelaine. Nous nous taisons. Un instant, ses yeux ont un regard de sous les paupières ; elle me considère, puis elle se détourne ; mais déjà elle a retrouvé le rythme impétueux, quoique non dénué de mesure, de son débit, et son admirable maniement de l'emphase. Elle m'indique la fenêtre ; celle-ci donne sur le Manzanares ; j'en aperçois le lit à sec ; sur l'autre rive, une usine ; de multiples cheminées s'élancent dans le ciel, des bouillons de fumée en sortent : « Regarde, *niño*, regarde la splendeur : on dirait Londres, la Tamise ! »

Toujours au-dessus des circonstances, jamais dedans ; comme lorsqu'elle promenait sa vie çà et là ; sa vie faite d'élan, d'étourderie, de rattrapade. Elle approche de l'énigme, bien plus vivante que moi.

Il est difficile de prendre congé des amis qui supposent, ou savent, qu'on ne reviendra plus les voir. Avec une brusquerie qui me remplit de confusion, je me retrouve debout. Ana m'offre son plus beau, son plus rassurant sourire. Le bouton que je lui avais vu prendre dans un pli de la couverture, a convoqué une employée qui va me raccompagner.

Nous n'avons pas de voix. Nous nous faisons un signe de la main, comme de très loin.

54

L'hiver 1980, à Paris, par l'entremise de son éditeur, nous nous sommes rencontrés, le fils de Romulo et moi, au bar du Pont-Royal. Il avait de l'embonpoint, les traits de son père et, à peu près, l'âge de celui-ci trente ans plus tôt, mais la mollesse de son allure, sa façon de s'affaler dans le fauteuil, sa barbe en désordre de bohème à l'ancienne, dissimulaient la ressemblance.

Bien que d'une intelligence séduisante — mais pervertie par ces provocations bourrues avec lesquelles les gens mal à l'aise croient parer d'entrée quelque hypothétique attaque de l'interlocuteur — je ne mis pas longtemps à trouver accablante sa conversation. Au reste, il oscillait entre le moine paillard et le forçat ; il me déroutait et, par moments, me dégoûtait ; peut-être moins à cause de ses affirmations grossièrement inexactes que de son pur accent de Castille, lequel me hérissait toujours.

Il souhaitait que je lui donne ma version — ce furent ses mots — de sa grand-mère. J'éprouvai un étrange chagrin en entendant nommer ainsi Ana : Ana, réduite à l'état de grand-mère, à un maillon de la chaîne familiale, maillon manquant pour ce petit-fils qui commandait bière après bière et, maintenant, les jambes allongées, les mains sur le ventre, un sourire narquois et de la mousse sur le menton, s'apprêtait à m'écouter.

Dans l'espoir de l'amadouer et de susciter en lui du respect à l'égard de celle dont, sans doute, il avait hérité un don, le don artiste de la littérature, je lui avouai qu'Ana m'avait souvent parlé de lui, de ce petit-fils qui suivait des études à Cambridge. Il s'esclaffa : pendant onze ans, il avait fait la plonge dans les restaurants les plus minables de Londres.

Il avait remporté la première manche ; dévoilant la mythomanie d'Ana, il affaiblissait d'entrée mon plaidoyer.

J'évitais l'apologie, me limitant à brosser le portrait d'un être libre qui avait triomphé de toutes sortes de difficultés, voire de catastrophes, pour demeurer jusqu'à la fin fidèle à son image, sans jamais se plaindre, ce qui était sa force et, pour les autres, de la courtoisie.

Je dus abonder en anecdotes car, selon moi,

elles illustrent mieux une personnalité que les analyses les plus poussées ; et je ne manquai pas d'insérer dans mon récit le mot d'Antonio Castillo, le couturier, l'attribuant, pour lui donner plus de poids, à Gregorio Marañón, qui était des amis d'Ana : « Anita ? Un être tiré à un seul exemplaire ; son extravagance était sa façon de nous annoncer le futur. »

Il se rembrunit et commanda une autre bière. Il était un peu ivre. Il avait les yeux enfoncés dans les orbites. Le silence s'éternisa. La mousse fondait dans son verre. La mousse avait fondu tout à fait quand, se réveillant, et d'une voix sourde, sur un ton amical, mais non dépourvu d'une franchise abrupte, de cette rusticité qui caractérise l'Espagnol, il me dit : « Dans la famille, on t'appelle le gigolo de la grand-mère. »

55

La journée s'achevait, pareille à toutes les journées d'été à Madrid : le soleil baisse soudain comme une lampe à huile qu'on éteint, et si vous vous trouvez Paseo de la Castellana, ou dans quelque avenue privilégiée par la perspective, il y a un peu de rouge, là-bas, tout au fond, et le ciel s'illumine par-derrière, tel le rideau panoramique d'une scène, si fortement bleu que la première étoile apparaît tandis qu'une poussière d'ombre se répand : la nuit plante à l'horizon sa tente fluide, et la lune se lève toute nue, vierge de métaphores.

Il y avait un an et quelques jours que Juan Prat m'avait mis, à Malaga, dans un train pour Madrid. Des mois sordides s'étaient succédé ; petits emplois sporadiques et pensions minables : l'espoir usé, tout devenait trop réel. Maintenant, je croupissais dans une médiocrité invincible ; l'angoisse se manifestait dans toutes ses nuances, tout le temps et à chaque instant ; et comme il est difficile de le faire admettre, car si on vous écoute, ce n'est que pour déverser en contrepartie ses propres malheurs, je m'efforçais, à l'instar d'Ana, de dissimuler le mien ; les problèmes et les peines s'ajoutent et on ne partage rien, aussi vaut-il mieux se replier dans sa solitude plutôt que d'être doublement seul.

Mon imagination m'avait porté si haut qu'il me semblait me regarder moi-même d'en bas, de très bas ; et je touchais le fond quand, par une lettre, Juan, qui était retourné auprès de Strehler, à Milan, pour la saison, m'annonça son arrivée. Il venait à Madrid pour monter une pièce qu'il produirait lui-même, et dont il serait le maître à bord. Ses parents lui avaient accordé une forte somme d'argent. Ce serait *Maison de poupée* et les décors et les costumes, un peintre parisien de grand renom s'en chargerait. Pour tout ce qui regardait la réalisation, il s'en remettait à moi sans réserve ; me disant cela, il affectait une sévérité impersonnelle ; on n'eût su dire si elle correspondait davantage à une véritable confiance en mes capacités ou à un supplément d'amitié. En tout cas, il ne voulait rien de moins que la perfection quel qu'en fût le prix. Certes, j'avais appris à jouer les intermédiaires entre décorateurs et artisans ; associé au toucher, mon œil devinait les matières qui prennent la lumière, celles qui la refusent ou se mettent à briller de façon inconsidérée et, avant même de soulever un tissu, son tombé, sa malléabilité et jusqu'à la qualité de ses bruissements. Mais, du moment où Juan voulut bien me dire que le peintre en question était Domenica, cette Domenica que je connaissais par les gazettes, et sa peinture méticuleuse par des reproductions, je sentis défaillir mon assurance ; par surcroît, elle n'arriverait que quelques jours avant la répétition générale.

J'accompagnai Juan à la gare pour la recevoir. Je me rappelle Marek — je dis d'emblée le prénom de cet inconnu parce que je l'ai beaucoup aimé et, sans doute, parce qu'il est mort et qu'il ne cesse de me manquer ; il précède Domenica et lui tend les deux mains pour l'aider à descendre le périlleux marchepied métallique. Elle manquait de souplesse, mais, à peine les pieds sur le quai, elle se redressa sur ses très hauts talons, maquillée, chapeautée, l'air de poser pour des photographes. Ses yeux — ces yeux qu'elle agrandissait en renforçant leur éclat noir devant l'objectif —, elle les fixa sur moi avec une sorte d'intimité péremptoire. En revanche, je crus déceler dans le regard de Marek une brève malice qui invitait, déjà, à la complicité. Je me sentis flatté ; je m'étais mépris : le charme irradiait de lui, il l'incarnait ; il ne mettait en œuvre aucun moyen de séduction : il séduisait ; il plaisait parce qu'il faisait plaisir ; ceux qu'il côtoyait s'aimaient mieux eux-mêmes. Et en prenait-il conscience, par jeu il cajolait les gens d'opinion adverse, au point que, peu à peu conquis, ses contradicteurs finissaient par applaudir et respirer dans le désaccord l'air des sommets de l'intelligence.

Domenica fut, à la lettre, ébaubie par le plancher de lattes qui, en se rétrécissant, donnaient une profondeur au salon, petit, qui était le cœur de son décor ; et encore plus par la trouvaille de Juan qui consistait à simuler la neige avec une lente pluie de confettis, tel un rideau sur l'avant-scène : un voile tremblé sur la maison, sur le sentier bordé d'arbrisseaux, sur le lointain ; une quinzaine d'accessoiristes perchés sur des balançoires éparpillaient par poignées les confettis qui, peu à peu, s'amassaient sur le sol.

Le spectacle n'eut pas de succès ; cependant, encore aujourd'hui, les gens du métier disent, en l'évoquant, que la mise en scène de Juan était arrivée trop tôt en Espagne.

Entre deux séances d'éclairage, entre deux essayages — « Non, je sens que la doublure de cette robe est en nylon, cela fait un bruit infernal sur le plancher, ce n'est pas d'époque ! » —, nous allions déjeuner ou dîner, Domenica, Marek et moi, dans le vieux Madrid : bonheur frissonnant d'allusions, de références, d'anecdotes.

Elle, pas plus que nous, mais de manière moins retenue, paraissait seule, concentrée, repliée en elle-même, jouissant de ce qu'elle dégustait pour, soudain, comme prise en défaut et voulant se décharger sur nous de son péché, s'écrier : « Demain, régime ! »

Dans ces repentirs subits, je compris qu'une certaine naïveté contredisait sa nature si lucide, à sa façon de retoucher tout à coup, par un changement de maintien, ses traits, jusqu'à se mordre de l'intérieur les joues comme lorsqu'on veut se retrouver dans le miroir tel que l'on s'imagine. J'observai aussi que Marek, quand Domenica et moi, en pleine discussion, assis côte à côte, nous nous tournions l'un vers l'autre, se sentait libéré : il jetait des regards à la dérobée, personne ne lui échappait, qui franchissait le seuil ; ces manœuvres spontanées, si rapides, et, dans leur anxiété, si délicates, passaient inaperçues de Domenica, mais pas de quelqu'un qui, comme moi, avait les mêmes réflexes de chasseur.

Revenait-il à nous parce qu'il se rendait compte que notre dialogue faiblissait, dans ses beaux yeux quelque chose de fébrile, un point infime s'allumait au fond des prunelles, qui mettait longtemps à s'éteindre.

Je m'étais vite aperçu que, jour après jour, Domenica me soumettait à un examen en règle ; elle souhaitait mesurer la justesse de mes réponses, et leur promptitude, sans négliger la façon plus ou moins inédite de me faire une opinion sur ce qui était sous le nez de tout le monde ; elle m'attirait dans des guet-apens afin de constater quels étaient mes ressorts, à quel point et comment je réagissais à ce que je ne connaissais guère, ou à ce que, par ruse, elle vantait et que, en vérité, elle n'aimait pas ; ou bien à cette distinction que brandissent, telle une devise pour banderole, tous ceux qui ont été contaminés par les divagations de la paroisse surréaliste, l'air de vous faire la grâce d'une illumination, de cette vérité, ce diamant sans faille qu'ils serrent dans le creux de la main : à savoir, que la cruauté n'a rien à voir avec la méchanceté.

Toute personne est une pensée qui s'interroge au regard d'une autre, avec plus ou moins de mesure. Je n'aime pas que l'on s'acharne à arracher les modestes trésors gardés à l'ombre, et moins encore que l'on réduise des aperçus à une certitude quelconque ; derrière un mot, un geste, un fait, il y a des mondes et des causes millénaires.

Domenica m'agaçait ; Marek en souffrait. Il était si poli que, dans les moments de tension, il se composait un visage où se reflétait, toujours, un avenir radieux pour tout un chacun.

Une fois, comme au milieu d'un dialogue qui frôlait la dispute je laissai tomber la fourchette, à brûle-pourpoint il eut une réaction d'une bizarrerie désespérée : « Et Marilyn Monroe ? » me demanda-t-il.

« Un ange », répondis-je.

Domenica et Marek se regardèrent ; ils souriaient. J'étais reçu avec mention honorable.

Sur le coup, elle me proposa de devenir son assistant ; elle avait reçu des propositions, parmi lesquelles un spectacle à Salzbourg qu'elle accepterait si je ne refusais pas son offre. C'était plus que je n'eusse osé rêver ; c'était Paris.

Après la générale, ils partirent. Je ne les rejoindrais qu'un mois plus tard, car la préfecture de police se montra réticente à me délivrer l'indispensable visa de sortie, au motif que je ne figurais pas dans ses archives, en dépit des tampons de la douane sur mon passeport qui dataient mon arrivée dans le territoire du 30 octobre 1955, et le renouvellement trimestriel de mon permis de séjour.

Enfin, Juan intervint, soudoyant les employés; la journée étincela, et il me mit, encore une fois, dans un train.

56

Aménagé avec une ingéniosité divertissante qui avait eu raison de bien des obstacles, l'appartement de Domenica possédait tout ce que l'imagination peut prêter à une succession de mansardes reliées par des passages exigus, souvent sous des combles à un pan, où il fallait baisser la tête et courber le dos.

Des perspectives s'ouvraient et se fermaient, aussitôt dissipées par un œil-de-bœuf, une tabatière, et voilà un petit escalier sans rampe, propice aux vertiges, ensuite une longue véranda bien éclairée, des changements de niveau, des recoins aveugles et, enfin, au bout d'un couloir, le saint des saints, vaste salle haute sous plafond, salon-atelier-bibliothèque. Une cotonnade légère voilait l'enfilade de petites fenêtres, tamisant la lumière.

Pas de chambres au sens strict du terme, mais une série d'approximations fantaisistes composaient dans leur ensemble une sculpture plurielle, vue de l'intérieur, avec ses angles brisés, ses murs en porte à faux, néanmoins debout sur des sols recouverts de tomettes ou recouverts de linoléum : toute une géométrie vivante, chimérique, pleine de caprices et, en fait, organiquement liée à la nécessité de créer une maison habitable dans un espace que l'on eût dit inventé au fur et à mesure d'une construction, et comme en suspens dans l'air.

Si Domenica avait conçu et réussi cette maison — dont l'agencement des cachettes en lieux de travail ou de repos découlait d'une sorte d'art combinatoire —, c'était grâce à son affinité consubstantielle avec ses chats : des blancs, des noirs, des tigrés, des beiges nuancés de rose et de gris, des gris bleutés, des roux y habitaient, sans doute plus à l'aise que Domenica elle-même et les deux amis, Gaetano et Marek, qui partageaient sa vie depuis bien des années.

Sur les hautes marches du petit escalier, sur les tables, sur les lits, accoudés aux pieds d'un chevalet, assis, attentifs, la queue en panache ramenée sur un côté, les pattes de devant allongées, en sphinx, ou en spirale, endormis, dans une solitude majestueuse ou avec des abandons de sultane, les chats de Domenica étaient tous des persans : toison d'une opulence soyeuse, face camuse, mufle épaté, moustaches irréelles qui se dessinaient un instant dans la lumière, lorsqu'ils tournaient la tête prise dans une fraise élisabéthaine.

En rien semblables aux nerveux siamois de Conchita Rueda ni à la Lola d'Hector, chacun était tout ce qu'il faut pour être l'archétype du chat, maître d'un pouvoir loyal et qui se rêve, au-delà d'une cruauté endormie, grand carnassier lorsque, mélodieusement, il se tend et se détend, délié ; même au repos, d'une détermination absolue ; il se suffit à lui-même, il n'a besoin de personne — alors que le chien manifeste son affection comme une nécessité à mesure qu'il apprend l'obéissance, et que le roi de la Création passe le plus clair de son temps à trouver les moyens d'accomplir sa vie.

Treize, quatorze ou seize à l'époque, Domenica les appelait par leur nom, mais seule Hermine quitta son infini lors de mon arrivée ; après m'avoir flairé avec de studieux hochements de tête, en guise de bienvenue elle se mit à pétrir le bras rembourré du fauteuil où je m'étais assis et, bondissant sur mes genoux, elle se blottit dans mon giron ; bientôt elle entonnait un chant sourd, grave, secret, qui ondulait dans sa poitrine ; une volupté s'était réveillée en elle, qui la berçait. Cela rassura Domenica, moins quant à ma capacité d'adéquation à l'esprit des lieux, que sur les qualités de ma personne. Sur ce point, elle était rassurée : la première lettre que je lui avais écrite, pour lui expliquer les raisons bureaucratiques qui me retenaient en Espagne, elle l'avait soumise à un graphologue, lequel, étant expert auprès des tribunaux, lui inspirait toute confiance.

Elle me fit lire l'analyse dont la teneur, fort élogieuse, me flattait, tout en m'imposant une image de moi-même à laquelle il convenait que je me conforme. Je me rappelle Domenica relisant à haute voix le rapport, et qui marque un temps d'arrêt pour repérer sur mon visage les signes ou les traces de cette violence que l'expertise m'attribue, sous des dehors paisibles.

Jusqu'à quand serais-je soumis à des examens, à quelles épreuves devais-je encore m'attendre ?

L'odeur ammoniacale de l'urine des chats, qui m'était devenue familière dans la pension de la Glorieta de la Iglesia, se changeait, ici, par bouffées, en puanteur, malgré le pot-pourri épicé des brûle-parfum.

Soudain, un nez s'avança dans l'atelier sous des yeux bleus au regard ample, immédiat : Gaetano. De sa personne se dégageait une dignité sans apprêt qui tenait à la noblesse de ses traits et à la lenteur civilisée de ses manières. Il était très mince et très grand et, dans sa façon de s'asseoir, les jambes écartées, le torse abandonné contre le dossier, ainsi que dans son élocution, on devinait un paresseux bien-être et une attitude devant toute chose un tantinet désabusée. On songeait, tour à tour, à un prince — ce qu'il était, je le saurai plus tard — qui a donné congé au monde pour couler, jusqu'à la fin, des jours calmes, consacrés à quelque amusement laborieux ; et à un moine qui, délivré du souci de la perfection, remplit ses obligations sans trop y penser et qui, ce faisant, l'atteint.

J'essayais de me rendre compte de ce que représentait pour Gaetano ma présence, et à je ne sais quelle expression imperceptible de placidité qui s'était répandue sur son visage — en même temps qu'il croisait, nonchalant, les mains sur son ventre, comme lorsqu'une affaire vient d'être conclue —, je compris qu'elle lui semblait raisonnable.

De l'intimité avec quelqu'un on ne retire pas toujours une connaissance sans faille, mais il arrive que, entre deux êtres, une réceptivité animale se développe à leur insu, qui leur permet de capter des sensations, des sentiments, voire des opinions, dans un rien, dans l'ébauche d'un geste, dans le glissement plus ou moins désorienté d'un doigt le long du cou, dans un regard hors champ qui cherchait en vain l'objet où se poser, dans l'air que l'on rejette comme pour se vider les poumons, et qui n'est pas un soupir.

D'un coup, Domenica se leva m'invitant à visiter ma chambre. Celle-ci était minuscule, mais, comme nous en étions convenus à Madrid, je ne resterais chez elle qu'un mois, de sorte que, mon expérience des cagibis de Rome aidant, je m'habituerais à son étroitesse. Le tapissier avait fini son travail la veille, et il en était résulté la plus belle chambre de l'appartement. On y accédait par un couloir, interdit aux chats, où s'amoncelaient des tableaux. Oui, il s'agissait bien d'un cagibi, mais ravissant, tendu d'un tissu grenat aux motifs cachemire ; un guéridon, une chaise, une lampe à abat-jour en pâte de verre ; et, placé dans un renfoncement pareil à la cage d'un petit escalier — j'entendrais, en effet, les pas du voisin, parfois, des galopades —, le lit.

Une grosse poutre qui partait en oblique du sol obligeait, pour s'étendre, à s'asseoir sur l'oreiller en repliant les jambes, pour ne pas la heurter ; étirés, les orteils grattaient le sommet, si l'on peut dire, du triangle où s'enfonçait, obscur, le sommier fait sur mesure. Ce fut dans ce retrait exquis que me rattrapa, très proche de la réalité, la vieille obsession du cercueil et de l'enterré vivant, née, ou accrue, le jour où, petit enfant, dans le cimetière d'un village de la plaine, j'avais dit adieu à ma grand-mère maternelle, au moment où, avant de la descendre dans la tombe, on enleva le couvercle ovale de bois, verrouillé sur l'ovale de verre : le visage eût ressemblé à une vieille photographie si un filet de sang peut-être séché, mais que la mémoire voit et la pensée veut rouge, ne se fût échappé à la commissure de ses lèvres à cause des secousses de la carriole.

L'arôme antique qui émanait de la poutre — de quel bois ? — ajoutait à l'ambiance funèbre. Je m'endormais dans un malaise confus, en attendant le matin : la petite fenêtre encadrait des mansardes pointues et grises sur un ciel gris mais lumineux, et je pouvais me dire : « Je suis à Paris. »

57

Lorsque j'arrive dans une ville pour la première fois, et davantage si la nuit est avancée, je dépose mes affaires et sors vite faire un tour, poussé par le besoin d'en avoir un aperçu, faute de quoi je me défendrais encore plus mal que d'habitude de l'insomnie. Chez Domenica, un échange ininterrompu de questions et de réponses avait rempli la journée. Elle m'avait montré ses tableaux, des livres qui lui étaient consacrés, guettant mes commentaires ; j'essayais d'exclure les exclamations par lesquelles on croit se tirer d'affaire en ce genre de circonstances. Ensuite, devant les toiles de Gaetano, j'avais réussi à changer de répertoire ; et l'après-midi se fondait dans la nuit quand Marek, de retour de son bureau, fit son entrée dans l'atelier, tout enveloppé de paroles chaleureuses, une bouteille de champagne coincée sous le bras, des verres à la main.

La nuit tombait. Nous passâmes à table où brûlaient des bougies. Le dîner fut délicieux ; puis, tôt dans la soirée, avec des rires, des projets, des promesses réciproques, atténués par la nonchalance romaine de Gaetano, chacun regagna son lit — moi cependant assombri par la mauvaise nouvelle que Domenica n'avait pu s'empêcher d'annoncer au beau milieu de la fête intime organisée par Marek : le Mozart de Salzbourg, à l'origine de sa proposition de travailler avec elle, n'aurait pas lieu.

J'ignore s'il s'agit d'une de ces vantardises que ma mémoire affectionne lorsqu'elle me souffle que, au cours de ma balade, le lendemain, je devinai avec étonnement et non sans quelque déception l'esprit double de Paris. De mon passage en catastrophe six ans auparavant, ne me restaient que la nuit atroce d'Orly, le café de Flore et la désinvolture cruelle du Greco, un bout des quais, la gare d'Austerlitz où j'avais pris le train pour une destination que j'avais crue étrangère à mon destin : Madrid.

En dépit de cela, j'avais continué à rêver d'un Paris conforme à ma connaissance restreinte, partielle de la littérature française : comparable aux œuvres de celle-ci qui m'étaient familières, œuvre elle-même régie par le souci de la forme et de la subtilité ; et, d'abord, je ne trouvais qu'une fourmilière en ruine qui gardait, dans une humidité sombre, les cicatrices de ses péripéties à travers les siècles. Je m'étais égaré dans le quartier des Halles, fourvoyé dans celui du Marais ; j'avais l'impression de me faufiler au milieu d'un grouillis humain, d'un amoncellement de taudis, et que tout, alentour, s'opposait avec violence à l'idée de la ville que je portais en moi. Et, soudain, Dieu sait par quels détours, voilà sous mes yeux la stratégie des avenues qui se lancent à toute vitesse et imposent, péremptoires, à l'ancien désordre — proliférant, dans une perpétuelle fermentation, mais dans les marges —, l'ordonnance stricte d'un jardin de Le Nôtre, où la nature s'embellit d'être domptée, car, dans un moment extrême, l'esprit de géométrie et l'esprit de finesse se sont réconciliés. Mais sous la loi édictée par Versailles, la permanence du pullulement ; aussi, la réalité et le mythe de Paris se fondent l'une dans l'autre, et en font la ville des villes. Rien de plus mystérieux que l'attrait et la force d'impulsion qu'elle exerce dans les régions du monde les plus diverses, où l'on y voit moins une capitale qu'une institution destinée à surveiller la conduite de l'intellect, et de cette chose mystérieuse, le goût.

Je vis, minuscule, lointain, l'arc de triomphe de l'Étoile enchâssé dans le charmant arc du Carrousel ; et l'épanouissement réglé de la place de la Concorde, avec les jeux de symétrie en miroir qu'elle propose : à droite, au bout de la rue Royale, et à gauche, au-delà du pont, les frontons de la Madeleine et de la Chambre des députés — ces triangles de pierre qui introduisent dans l'œil l'idée grecque d'une éternité contenue dans les limites d'une figure de géométrie. Ah ! l'étendue guérie du vague et l'élan mesuré. Je vis la Seine avec, là-bas, la lente courbure d'un corps qui se retourne dans le sommeil, et la merveille de ses ponts qui tiennent ensemble les villes qui composent la ville ; et je vis s'ouvrir le ciel, raisonnable, et le couchant précoce de février en profiter pour embraser des coupoles de verre, soudain telles des rosaces épanouies qui, à l'instant, s'éteignaient comme, aussitôt, mon bonheur : il fallait que je rentre sans plus tarder et que, une fois rentré, je transforme ma promenade en récit ; il m'en faudrait des mots précautionneux : ils seraient passés au tamis, soupesés, approfondis, jugés, contredits, je devais me résigner d'avance. Je marchais comme on fuit. Dans le bruit de la circulation que je laissais derrière moi, à mesure que par les ruelles qui ne se rejoignent que pour se séparer, j'approchais de la maison, il me semblait détecter comme une rumeur de couteaux qu'on aiguise, un sifflement d'acier.

58

Du jour au lendemain, la maisonnée renoua avec ses habitudes. C'était normal : les réjouissances qui se prolongent aboutissent à une tristesse collective trop difficile à surmonter. Or, le projet de Salzbourg tombé à l'eau me laissait sans autonomie, dépendant. Domenica qui, en matière de vicissitudes, devait en savoir long, et, aussi sans doute parce que jusque-là je ne l'avais pas déçue, s'empressa de me rassurer : tant que je le souhaiterais, je ferais partie de la famille. Et, afin que je ne me sente pas à sa charge, elle fit en sorte que le chorégraphe américain auquel elle avait refusé la demande de certain décor, acceptât que Gaetano en assurât la responsabilité, ce qui me procurait immédiatement une place d'assistant.

Heureux ? Certes. Et flatté que Domenica me voulût des siens. Mais ce fut contraint par la nécessité que j'acceptai sa proposition cette fois-ci : au cours de mes dérives, j'avais appris qu'il faut toujours tout payer, et davantage les signes d'amitié et la pitié que l'autre éprouve à votre égard du haut de son âme, ou de son éducation — sans compter qu'il n'y a pas de sentiments sans fausse attribution.

Paris, si accueillant à celui qui est déjà quelqu'un ou peut le devenir, je n'en atteindrais le cœur que par des voies en lacet, des virages-surprises, des déviations, au besoin, des sauts dans le vide. Alors, puisque j'aimais d'instinct les chats, et que, au bout de quelques jours, je connaissais le nom de chacun et de chacun les habitudes, les caprices, son rapport à ses semblables et aux humains, non sans l'arrière-pensée de m'acquitter de ma dette envers Domenica, je décidai d'en être le gardien. Il y en avait de tous les âges et de très âgés, ce que leur maîtresse se refusait à admettre, qui confiait leur survie — dans son esprit, l'immortalité — à un docte mais intermittent vétérinaire.

Je m'appliquais à les observer ; et à force de surveiller leur comportement, leur façon d'accourir vers la nourriture ou de s'en approcher sans entrain ; de triturer le morceau de viande en tordant la tête, le museau froncé, ou d'avaler avec effort ; de laper l'eau ou de rater le bond pour atteindre la table, et de procéder à l'avenir par l'étape d'une chaise, je devins bientôt expert dans l'art de percevoir le symptôme avant-coureur de quelque maladie.

Enfant, j'avais été bouvier ; maintenant, gardien de ces petits seigneurs. Ce sont là des redites qui amusent la nature. Au reste, elle demeurait en moi, rétive à l'oubli, l'image de ces chatons blancs que, là-bas, dans la ferme, la chatte rousse préposée aux souris avait transportés du hangar à la cuisine, en les prenant par la peau du cou dans sa gueule. Ils avaient le poil long. Mon père, mi-étonné mi-docte, décréta qu'ils étaient des angoras. Je ne sais pas si ce fut sur le moment, ou plus tard, qu'il les disposa avec soin dans le panier muni d'une très longue corde où, en été, on mettait les orangeades quand on attendait des visites, afin de les rafraîchir au fond de ce puits qui ne servait plus à rien d'autre. Petit, je suivais les opérations de mon père avec curiosité et sans crainte. J'aimais l'orangeade. Il fit descendre la portée, déroulant la corde en vitesse, alors qu'avec les bouteilles il veillait à ce qu'elles ne se heurtent pas. Je n'arrivais pas à me pencher par-dessus la margelle. Lorsque mon père se décida à remonter le panier, les chatons, tassés, n'étaient plus des angoras.

59

Cette reprise de leurs habitudes laborieuses sujettes à des horaires réguliers, s'accompagna, de la part de Domenica, d'une sorte de naturel que je pris pour un signe de confiance à mon égard, et la confirmation, dans le train-train quotidien, de son accueil. Peut-être avait-elle deviné du premier coup, à Madrid, en dépit de la désharmonie de nos caractères, que des complicités allaient nous lier : nous avions eu en commun des indignations et des intransigeances auxquelles, certes, elle pouvait rester fidèle, alors que moi, j'étais condamné à ménager mes réactions, à commencer par mon comportement envers elle. Cela tenait un peu de la prison et beaucoup du théâtre.

Nous sortions tôt le matin faire des courses qui nous amusaient, et nous rentrions vers midi. Après le déjeuner, elle ne tardait guère à s'asseoir devant son chevalet ou, sur un haut tabouret, à une table, le burin à la main, qu'elle maniait avec une concentration de chirurgien ; de loin, je pouvais déduire qu'elle gravait, à l'intensité du silence qui régnait dans l'appartement. Le reste du temps, elle le passait volontiers étendue sur son lit et, à l'époque, lorsqu'elle ne téléphonait pas, friande de potins, et davantage soucieuse, comme elle l'était, de chercher querelle à quelqu'un, tout en dessinant tour à tour sa bonne humeur et sa rage sur son agenda, elle passait de longs moments à examiner son profil dans un joli miroir à main, au manche et au cadre d'argent, la main libre étirant la peau lâche sur le menton fuyant — seul défaut d'un visage que les années, à mes yeux, n'avaient cessé d'embellir, à en juger par les photographies de jeunesse qu'elle comparait à l'image que le miroir lui renvoyait. Dans ces clichés anciens, au bord dentelé, elle était belle, mais encore dépourvue de ce masque désormais accompli où beauté et intelligence jouaient de pair.

Du miroir aux photographies, l'âme perdait sa forme suscitant non pas une mollesse, mais une espèce d'abandon inquiet dans son corps — et dans sa démarche une pesanteur de femme casanière, en dépit du claquement des talons très hauts de ses mules ; je m'en souviens, sa taille gagnait trois centimètres ou plus si des semelles compensées s'y ajoutaient, par rapport aux dix que son illustre chausseur du faubourg

Saint-Honoré lui accordait comme un privilège, lorsque, pour les robes à ras du sol, nous allions choisir chez un boutiquier pour putes, rue du Château-d'Eau.

Peu à peu, je me trouvai mêlé à sa vie la plus intime. Très vite, personne ne fut admis, sauf moi, à entendre la confidence de ses angoisses à propos de son double menton. L'analyse de son ossature et le passage en revue des probabilités de récupérer ses linéaments, les larmes l'interrompaient souvent et la mesure de sa détresse était telle qu'elle atteignait ce gouffre au-dessous duquel on ne saurait ni travailler ni vivre. Elle ne pouvait guère compter sur l'appui de Gaetano et de Marek, même pas sur leur compréhension : de fait, autant l'un que l'autre, et de concert, ils profitaient de sa peur de l'anesthésie et, par ce biais, ils cherchaient à se préserver des turbulences qui allaient précéder l'éventuelle opération et, en cas d'échec, du désespoir qui s'ensuivrait, des vitupérations qu'ils s'exposaient à subir jusqu'à la fin de leurs jours — lâches, incapables qu'ils se seraient montrés en ne l'empêchant pas de commettre une folie ; tous deux en appelaient à la sagesse, au renoncement, à l'acceptation des traces que laisse le temps.

Ceci ne m'étonnait pas de la part de Gaetano, Romain flegmatique qui, encouragé par Domenica, s'était retrouvé peintre et, à l'âge de la retraite, cultivait en paix son jardin, comme le voulait Voltaire ; mais l'attitude de Marek, beaucoup plus jeune — de onze ans son cadet, m'avait avoué Domenica —, me choquait. On parlait à leur propos d'un amour fou. L'avait-elle jadis ensorcelé ? Je ne tardai pas à soupçonner que l'amour que maintenant il lui portait tenait au besoin d'être préservé par elle, de façon tacite, de son penchant à la débauche — jusqu'à la perte de soi. Jour après jour, il ajoutait une rangée de briques au mur de sa prison afin qu'il lui devînt de plus en plus difficile de s'en évader ; désormais, ce n'était pas elle qui le retenait ; il se voulait attaché à elle par une chaîne munie d'une serrure, à l'instar du prisonnier à son gardien. Restait-il dîner en ville, il rentrait avant minuit pour bavarder avec elle et s'endormir à ses côtés. Tous deux éprouvaient le besoin de se ressourcer l'un à l'autre. Et si la traversée ensemble du sommeil rassérénait Domenica, pour Marek cela équivalait à une immersion dans des eaux lustrales, à une manière de baptême : la journée précédente, quelle qu'elle fût, lavée, purifiée, il pouvait entamer celle qui s'ouvrait, à bride abattue. Pour lui, il s'agissait, à la lettre, d'un sommeil réparateur.

J'ai toujours ressenti un vrai bonheur lorsque des gens qui ont atteint dans leur existence des sommets et, par la suite, déchus, se revanchent de leur sort et, du fond de leur crépuscule, s'avancent, font irruption au beau milieu du spectacle où on ne les attendait plus, se plantent sur le devant de la scène en pleine lumière et que, d'un coup, l'on ne voit qu'elle ou lui. Ah ! quel plaisir de constater que le trait qui fit la gloire du revenant rejaillit avec un art affiné et avec d'autant plus d'énergie que l'on croyait son arc cassé ; son métier peut m'être indifférent, je peux n'y rien comprendre ; qu'il appartienne au monde de la musique ou du sport, il m'émeut du fait que la nature lui a imparti un don pour un trop bref délai et que, de le savoir, il en a abusé par anxiété, devancé par le temps — comme cette femme qui consulte, inlassable, le miroir au joli cadre d'argent, soupesant avec angoisse les chances de remédier aux flétrissures de l'âge.

Oui, Domenica avait compris que j'étais son allié, moi qui n'avais jamais compté sur mon physique qu'une fois habillé : silhouette frêle à l'opposé de ma présomptueuse assurance des choses qui relèvent de la sensibilité.

Nous avons donc commencé la tournée des spécialistes. Parce que c'était elle, on devinait les médecins prudents, plus enclins à la mettre en garde qu'à l'encourager. À l'époque, elle avait, dans un certain milieu, le pouvoir de confirmer une réputation ou de la ruiner. Nous avons entendu des professeurs de toutes sortes. Celui-ci ne comprenait pas que, voulant se soumettre à une intervention de cette envergure, elle refusât que l'on touche à ses rides et, surtout, aux plis des paupières ; elle, elle jugeait ridicules les visages lissés et craignait avec raison qu'un abaissement ou un étirement ne modifie l'expression de ses yeux. Celui-là, d'une naïveté touchante, tenait à avertir Domenica sur les tromperies du miroir, lequel ne nous renvoie qu'une image virtuelle puisque l'on n'y voit jamais, comme les autres le voient, notre visage dans ses trois dimensions ; ou bien — je me rappelle l'index coquin qu'il secouait — que c'est grâce au défaut que l'on veut corriger que bien d'autres imperfections passent inaperçues.

Il arrivait aussi que l'on tombât sur quelqu'un s'exprimant avec précision, avec clarté, mais Domenica, si habile à relever dans le propos en apparence le plus sensé, le mot en trop ou à côté, s'efforçait d'y trouver et y trouvait presque toujours l'hésitation, l'estimation fallacieuse qui justifiaient sa crainte de passer à l'acte ; et je croyais la partie perdue. Tour à tour en proie à un espoir joyeux, à un affolement effrayé, une irritation qui se manifestait par à-coups la gagnait à mon égard lorsque, en fin de matinée, nous rentrions à la maison : selon elle, je ne l'encourageais que pour exercer de l'ascendant sur elle en m'opposant aux conseils de Gaetano et de Marek, tenus à l'écart de nos enquêtes presque quotidiennes : je devais me méfier de ma tendance à la complaisance.

La vérité ? Nos rapports étaient truqués ; je nourrissais des sentiments généreux et respectais les devoirs qui en découlent, mais, surtout, pour être nourri, et hébergé. Je n'avais qu'une route devant moi, et tant pis si elle traversait la bassesse, pourvu qu'elle me conduisît au but que je croyais le mien. J'ignorais que, peu à peu, avec docilité, je me dissimulais à moi-même, abdiquais mes goûts, mes convictions, et que j'entrais dans une sorte d'enchantement que je ne saurais comment rompre.

Domenica voulait renoncer à sa quête lorsqu'elle s'aperçut qu'il ne restait, sur la liste des médecins à consulter, qu'un dernier rendez-vous : et si en l'annulant elle ratait l'occasion de se retrouver elle-même telle qu'elle s'aimait ?

Fallait-il photographier son visage sous tous les angles ? Elle n'accepta qu'à une condition : qu'on lui remît les négatifs après les avoir étudiés. Devait-on en faire des radiographies ? Cela, en revanche, l'amusa : les « leçons d'anatomie », les planches d'écorchés de Valverde ou de Gauthier d'Agoty, elle s'en était servie pour ses plus beaux tableaux, ainsi que d'anciens ouvrages, jadis scientifiques, à l'usage des étudiants en médecine, où l'on trouvait d'admirables gravures du squelette, qu'elle appelait « la beauté secrète des êtres », aussi enrobés fussent-ils. Elle était excitée à l'idée de voir sa propre tête, la jonction de celle-ci avec la colonne vertébrale sur laquelle elle pivotait, les sutures dentées du crâne qui l'avaient tant intriguée : « La main de la nature a tremblé ici », disait-elle ; je ne l'entendis jamais prononcer, même comme lieu commun du langage, le mot Dieu.

Il y eut deux visites. En pénétrant dans le cabinet du professeur M. pour la deuxième fois, elle eut un sursaut et un petit rire : on se serait cru dans une exposition : accrochées aux murs, les photographies, pour la plupart de profil, ce profil qui était le tourment de Domenica : les radiographies sur fond de lumière ; enfin, leur exact relevé à l'encre de Chine, le menton fuyant redessiné au crayon rouge, modifié par un discret ajout qui empêcherait, à l'avenir, les plis en collier sur le cou.

Je sentis Domenica conquise par la démonstration. Rien, dans le langage du professeur M., de cette superfluité oisive et appliquée où avaient abondé certains spécialistes portés à exprimer leur compréhension au patient, et à soigner ses sentiments ; d'une sobriété de manières qui n'excluait pas la politesse et, par surcroît, bel homme, une sensualité contenue, une assurance au moindre geste se dégageaient de sa personne, qui inspirait une entière confiance.

Les jours suivants, Domenica se montra si occupée d'elle-même qu'elle donnait l'impression de ne plus vivre ; évaluant sans cesse les probabilités heureuses ou funestes de l'intervention, elle n'en parlait plus, s'en allait loin, très loin, elle coulait au fond de son miroir ; parfois on pouvait la surprendre au bord du sourire, parfois, toute illusion dissipée : impossible de l'apprivoiser.

Des semaines allaient s'écouler pendant lesquelles Domenica s'astreignit au régime que le professeur M. lui avait enjoint de suivre avant l'opération. Je m'y soumettrais en sa compagnie, à la table où Gaetano mangeait avec placidité ses spaghetti à la sauce bolognaise, tandis que nous pesions, dans une petite balance, au gramme près, viande ou poisson, légumes, fromages sans matière grasse... Mais il n'était plus question de ce qui avait rempli nos matinées.

Ce fut un incident où elle dévoila toute sa violence, qui la décida à franchir le pas. J'en fus le témoin effaré, et peu prompt à réagir. Il est curieux qu'un sentiment que le cœur, sinon la mémoire a, à bon escient, négligé, perdure dans une petite partie du corps : la main ; la main qui me démange, comme rongée par le remords, de ne pas avoir apaisé la colère de Domenica par une gifle aussi forte que celle qu'elle avait donnée à une modeste petite fille sans défense.

60

Parmi les anxiétés pour ainsi dire quotidiennes de Domenica, figurait l'attente du courrier ; elle recevait chaque matin de nombreuses lettres et cartons d'invitation, mais une enveloppe la rendait d'une fébrilité que l'adresse de ses mains n'atténuait pas : celle de l'argus de la presse. Les journaux du soir, dans ces premières années soixante, consacraient jusqu'à la moitié d'une page aux potins sur les gens en vue, potins qui enchantaient le Tout-Paris et, par conséquent, anodins — dépourvus de cette puissance ignoble qui outre-Atlantique lançait ou terrassait en quelques lignes une star — ; juste bons à flatter ou à blesser la vanité d'un tel, susciter des jalousies, voire des rivalités. Puisque les grands bals n'avaient plus lieu après la guerre d'Algérie, les générales de théâtre où des célébrités étaient invitées, alimentaient ce genre de chroniques — ainsi que la nouvelle revue du Lido ou du Casino, où la vraie vedette était la duchesse de Windsor, parfois éclipsée par la présence d'Elizabeth Taylor, de Charles Chaplin ou de Maria Callas.

À l'Odéon, l'absence du couple Jouhandeau au deuxième rang à droite, ou des Aragon au cinquième, à gauche, suffisait à ternir l'éclat de la soirée.

Domenica, encore guettée par les journalistes mondains et davantage depuis que ses apparitions en public se faisaient rares, ne craignait pas tant les commentaires sur son œuvre de peintre, ou sur ses décors, que la publication d'une photographie prise, sans son consentement, pendant un entracte ou au cours d'un vernissage : elle s'y verrait telle que les invités l'avaient vue. Aussi, lorsqu'il en parut une qui la montrait de profil, sur laquelle le professeur M. aurait pu redessiner les traits, entra-t-elle dans une colère grandiose, mais concentrée. Et la voilà en chemise de nuit qui parcourt à grands pas la maison, les sourcils froncés, des regards qui s'échappent en tous sens comme un vol de corbeaux désorientés, et, soudain, déchaînée, l'invective aux lèvres, tremblant d'une fureur qu'attise, dans l'impossibilité de remédier au mal, l'impuissance de trouver un subterfuge lui permettant de se venger sans encourir d'autres affronts, et risquer, par là, de devenir un objet public de plaisanterie.

J'avais déjà compris, d'après certaines réactions, que la moindre contrariété confinait chez elle au drame ; qu'elle en avait le goût, ne pouvait s'en passer, et ressentait, en outre, et pour le principal, le besoin qu'on le partage, peut-être pour renouveler sans cesse aux yeux de Gaetano, de Marek et, désormais, de moi-même, un intérêt égal à celui qu'elle se portait.

Sans transition parfois, un incident se substituait à un autre de nature différente, et on se devait de modifier l'expression qu'on avait prise afin que l'intérêt ne faiblisse ni n'introduise une dissonance dans la nouvelle situation : il valait mieux la contenter.

L'avait-on trompée, lui avait-on joué un mauvais tour ? Il arrivait que Gaetano, avec son air de quiétiste, suggérât d'infliger au coupable un châtiment si bizarre qu'il était, dans son horreur, comique ; et que, tel le chat distrait par la breloque que l'on agite sous son nez, Domenica s'en amusât et proposât des variantes. Ensuite, pour ne pas perdre la face, elle se prenait à raisonner l'objet de sa détestation pour prévenir de la sorte le regret de ne pas avoir puni l'offenseur.

Impossible de vivre dans son entourage sans se heurter à ses changements d'humeur. Marek et Gaetano, qui se relayaient sans trêve auprès d'elle, depuis mon arrivée se reposaient sur moi.

Par quel moyen obtint-elle l'adresse et le numéro de téléphone de la photographe dont le nom ne figurait pas dans le journal, et cela sans que la commère, responsable de la chronique, en fût avertie ?

J'ouvris la porte à une jeune femme tout en lainage noir décoloré, au corps sans épaisseur, au visage émacié ; entre ses clavicules pendait, d'une chaînette de communiante, une médaille identique à celle que ma mère portait en l'honneur de sa Patronne, sainte Thérèse de Lisieux. Une frange clairsemée dissimulait mal son haut front bombé sans rapport avec des traits de l'ordre de la miniature.

En dépit de mon avertissement, elle a trébuché sur la demi-marche du couloir qui mène au salon où elle entre portant, posée sur ses mains, comme une offrande, comme un gâteau d'anniversaire, une boîte de carton gris ; et sur le seuil elle s'arrête, petite fille frappée de paralysie à la vue de Domenica qui a revêtu l'un de ses cafetans aux étoffes fantastiques et aux ampleurs que l'on dirait obéir à une géométrie fluide, tant l'ordonnance des plis, que l'on eût aimés définitifs à chaque pose, relève à chaque pas de la statuaire ou de la peinture ; pour augmenter par stratagème sa taille déjà imposante, elle porte ces souliers aux talons si démesurés qu'elle en rit quand elle les regarde, dans l'armoire où des dizaines de paires sont alignées ; ils dépassaient tous les autres — « d'une tête », disait-elle.

De l'index, elle indique à l'inconnue la table où elle peut — où elle doit — déposer sa boîte. Elle ne l'invite pas à s'asseoir. Domenica semble détendue ; la voix, calme ; l'attitude, hiératique, mais paisible. Or, je sais que, tel le célébrant dès l'introït, tous les gestes qu'elle va faire ont été fixés d'avance. Comme je me retire, elle me demande de rester ; je prends place à l'écart ; je feuillette un livre sans pour cela négliger le déroulement de la scène : Domenica fait avec soin le triage des photographies ; la fille se tient tantôt sur un pied tantôt sur l'autre ; elle s'appuie du bout des doigts sur le bord de la table, et les retire aussitôt ; je m'aperçois que ses chaussures en cuir verni sont neuves, en désaccord avec l'usure de sa robe à l'ourlet décousu par endroits, et que l'empeigne lui serre le cou-de-pied à lui gonfler les veines. Elle souffre ; son décolleté bâille sur la poitrine, qui se creuse au rythme de la respiration ; mais quand Domenica a fini le choix de ses photographies, qu'elle regarde avec une ébauche de sourire, elle semble rassurée : elle n'a pas d'antennes pour deviner l'imminence de l'orage.

Ce qui suit dépasse par sa rapidité l'observation ; tout paraît simultané : Domenica a déchiré les photos, les lui a jetées à la figure, l'a harponnée par les cheveux et tiré en arrière sa tête l'amenant à la portée qui convient à la gifle qui est déjà partie. Je réprouve moins la gifle que de l'avoir prévue, et de n'avoir tenu le rôle du témoin que pour le cas où la victime eût riposté.

Je me rappelle le sanglot de l'humiliée, ses pleurnicheries, tandis qu'en hâte elle ramasse les photographies qui ne concernent pas Domenica, éparpillées sur la table ; et sa pauvre menace en quittant l'escalier : « Je le dirai à mon mari. »

Je la raccompagnai. Elle récupéra une sorte de châle tissé main qu'elle avait laissé sur une chaise, à l'entrée. Comme souvent, l'un des chats l'avait baptisé. J'ouvris la porte : frêle, avec ses vêtements râpés, ses cheveux gras, elle était la misère en personne ; passé la porte, une ombre dévalait l'escalier. La retrouverais-je un jour inchangée, je ne la reconnaîtrais pas : on eût regardé toute une vie son visage, on le chercherait encore.

Je me suis abstenu de raconter à Domenica l'épisode du châle imbibé d'urine : elle y aurait vu l'approbation de son agissement accordée par la seule instance qu'elle respectait : les seigneurs aux yeux omniscients, qui ignorent l'obéissance. On a toujours besoin d'un dieu.

Ce qui me gêne le plus dans le souvenir, malgré ce « Non ! » que j'ai crié, et le pas en avant pour m'interposer lorsque la claque donnée du plat de la main me mit debout, c'est de m'y reconnaître complice et lâche. Je me demande même si je n'enviais pas à Domenica son geste, déjà égaré et pris que j'étais dans la toile d'un songe au centre de laquelle la tisseuse m'attendait.

Remonté à l'étage, je m'assis dans l'atelier : les choses n'en resteraient pas là ; Domenica manifestait toujours le désir urgent de rendre plus réels les faits par leur récit ; j'étais curieux de voir comment elle s'y prendrait cette fois-ci.

Étendue sur son lit, elle téléphonait. Il était question de dates, de régime accru, de durée du séjour en clinique, d'anesthésie. Quand elle raccrocha, ressaisie, elle me répéta ce que j'avais entendu ; elle ne fit pas la moindre allusion, ni jamais n'en ferait, à sa prouesse, d'un ton aimable, elle me demanda de bien vouloir cueillir ces bouts de papier qui jonchaient le sol.

D'où me vint-elle cette intrépidité ? Avec calme, avec lenteur, je ramassai devant elle son image en cent morceaux, à l'aide d'un balai et d'une pelle à ordures.

61

Il y avait chez Domenica, qui voisinaient, de la clairvoyance envers le monde et de la cécité envers elle-même, du fait qu'aucune passerelle ne reliait sa personne au personnage — ce personnage qui, tout d'un coup, prenait possession d'elle, lui façonnait le visage, le maintien, le corps qui, libéré de sa lourdeur, semblait trôner dans un royaume inaccessible. On eût dit qu'elle se tenait debout devant vous par condescendance.

Je ne crois pas avoir rencontré d'égotisme plus exclusif, et une pareille innocence, pas davantage.

Elle se sentait intacte, entière, sans tache, la somme des contraires réconciliés, un être qui détenait la clé des causes et des effets, et un surcroît de savoir pour pénétrer à l'intérieur des autres jusque dans leur tréfonds, à partir d'une suite de détails — une réponse isolée, la façon de regarder, de marcher — ou d'un postulat de son cru. Habile à tirer des conclusions, elle traçait leur portrait, dressait l'inventaire de leur âme, mais le raisonnement, éblouissant dans l'envol, s'arrêtait net sur une affirmation ou une négation, un avis favorable ou négatif; ainsi, le doute exclu, qui est le sel de l'esprit, son intelligence butait contre ses propres limites, tel celui qui monte un escalier ne conduisant nulle part, et qui, avant d'en épuiser les marches, bute contre le toit.

C'est que Domenica, incapable d'accepter la

fluidité de la vie, soucieuse de figer les gens dans un contour indélébile et infranchissable, abdiquait son imaginaire, si inventif et à la fois si cohérent, étayant ses commentaires par des emprunts à Groddeck, ce curé de village de la psychanalyse, aux certitudes désopilantes.

Si elle ne prononçait jamais le mot « dieu », comme si la grandeur qu'il évoque eût empiété sur la sienne, ou qu'elles fussent incompatibles, Domenica ne dédaignait pas les divinités nocturnes de la mythologie et s'attribuait volontiers des affinités avec certaines déesses chthoniennes, avec une prédilection pour Hécate, mère de Circé et de Médée, divinité confuse, car double, présidant, d'une part, à la fertilité, aux victoires, aux accouchements et, d'autre part, aux terreurs infernales ; et, absente dans Homère, elle ressurgit, contradictoire, maléfique et dotée des attributs d'une antique Trinité protectrice de l'agriculture, où, précédée par Coré, le blé en herbe, et par Perséphone, l'épi mûr, elle figurait le blé moissonné.

Domenica, elle, aimait la déesse ultérieure, la magicienne suprême, maîtresse des sortilèges, que suivent des juments, des chiens et des louves dans la nuit qu'elle inspecte, une pâle torche à la main : la lune.

Pour peu que l'on possède le sens des origines — d'autres diraient, de l'univers —, une mélancolie souriante et résignée guette celui qui soudain s'aperçoit que le scribe de la *Théogonie* cherchait à piéger dans ses hexamètres les déités d'une constellation depuis des siècles, des millénaires peut-être, disparue ; et que, à travers les âges, les dieux se sont substitués les uns aux autres — que tous sont morts, nous renvoyant à nous-mêmes, ne nous laissant en héritage que la Nature.

Une autre mythologie, vague, sans héros, fascinait Domenica : l'âge d'or de l'enfance. Quelles comédies ne s'improvisaient-elles pas à ce sujet entre Gaetano, Domenica et Marek, auxquelles je me trouvais dans l'impossibilité de participer : mes souvenirs les plus lointains ressemblent trop à ceux de l'adolescent et de l'adulte ; l'enfance que célèbre la littérature m'a manqué ; l'insouciance de l'enfant qui, en même temps qu'il désire, prend l'objet de son désir, m'a fait défaut ; je n'éprouve pas l'impossible nostalgie du Paradis, de même que je n'en conçois pas l'espoir.

Certes, si dogmatique, si exigeante qu'elle fût sur la droiture de ses intimes, on sentait Domenica plus à l'aise, plus amène dans l'aveu de ses incartades aux règles de la bienséance que dans le souci de leur respect ; et c'était de la survivance d'un esprit enfantin, sachant accueillir la joie neuve, que découlait l'intolérable obsession des enquêtes qu'elle menait, du « pourquoi ceci », « pourquoi cela » propres à l'enfant : croyait-elle, comme je l'ai dit, déceler la raison de votre comportement en telle ou telle circonstance, elle en était comblée, et vous, gratifié d'une épithète désobligeante.

Il suffisait que Gaetano, qui se plaignait avec régularité de sa constipation, sans se départir de son flegme, en prenant place à table où fumaient des spaghetti, dise : « J'ai fait caca », pour que la salle à manger devînt une pouponnière ; comme si la spontanéité, la franchise, l'idée de transgresser la pudeur et cette retenue du civilisé qui éprouve de la gêne à montrer sa nudité et davantage à commenter le plaisir que l'accomplissement de ses besoins physiologiques lui procure, remplaçaient chez eux le nébuleux souvenir de l'innocence.

Je me souviens de la première fois qu'ils me surprirent avec un semblable spectacle : à l'énumération rythmée de certaines onomatopées ou caprices du langage des gamins, pipi, caca, zizi, dodo, miam-miam, succédait un babil de sons mouillés à la mesure de leur bouche en cœur qui tétait l'air, et se fondait pour finir en vagissements. Bambins, diablotins, mioches, ils badinaient, ils tétaient le biberon. Voulaient-ils nier le temps, oublier que leurs parents les avaient conçus sur un lit sans penser à eux ? Ils maniaient fourchettes et couteaux comme des joujoux, ils faisaient joujou avec leurs mines. On eût dit que, seuls adultes, les chats les jugeaient de toute éternité avec commisération. Quant à moi, les nerfs à vif, j'ai sans doute gardé un sourire niais pendant toute la séance ; je croyais percevoir la folie monter en eux et que, d'un instant à l'autre, ils ne seraient plus en mesure de la contenir.

Au vrai, Marek, lui, jouait son rôle sans l'incarner, se limitant à bredouiller des cajoleries, à produire du bout des lèvres des gazouillis, le visage déformé par d'aimables grimaces, la main prompte aux câlins. Marek, tous les registres lui appartenaient, et se conformer au diapason selon l'occurrence était dans sa manière ; mais, surtout, il excellait dans l'exquis, dans l'aérien, dans une suavité qui n'enlevait rien à sa force de persuasion et lui permettait, dans ses rapports avec Domenica, d'adoucir l'agressivité de celle-ci, d'éloigner les orages — sauf lorsque sa candeur, sa mystérieuse, son inconcevable candeur, le conduisait, dans l'espoir de lui faire plaisir et, par là, d'être absous de ses travers, à fournir les preuves de l'admiration que, somme toute, de présumés ennemis lui vouaient.

62

Le nombre de bonheurs que je dois à Marek est si grand qu'il a fini par devenir un nombre secret : bonheurs de la complicité immédiate, du goût, des astuces de l'intelligence, des rires et des malices partagés, de ses mises en garde, ses conseils, des secrets qu'il me confiait et qui mourront avec moi — jusqu'à son coup de pouce pour la publication de mon premier ouvrage.

Il était d'origine balte, né en Estonie, mais dans ses veines coulait aussi du sang prussien, du sang irlandais, du sang lombard, et il se prévalait d'un apport incertain de sang juif. En tout, il ignorait les frontières, connaissait par apprentissage ou sagacité bien des langues, et aucune modulation de la culture occidentale ne lui était étrangère.

Il ne cherchait pas à justifier son existence autrement que par le plaisir, aider les autres en faisait partie ; aussi il ne se préoccupait pas de soigner son image ; en revanche, tout à l'affût des dernières nouveautés en matière d'art, de littérature, de science, il était un passeur dont la perspicacité et l'altruisme confinaient à la divination, et au dévouement. Il lui suffisait d'un mot, d'un nom entendu au hasard d'un dialogue, d'un entrefilet dans un journal, pour partir en campagne, découvrir un créateur, une œuvre, et les sauver de l'anonymat : combien lui doivent d'avoir pu continuer leur tâche, et, certains, même de bénéficier d'une renommée mondiale. Peu de gens se réjouissent du succès des autres comme il s'en réjouissait, et s'il y était pour quelque chose, il ne s'en est jamais attribué le mérite. Il se limitait à écrire, dans l'une ou l'autre des langues qu'il possédait, des articles dans des revues, de ce côté-ci de l'Océan, comme de l'autre. Il observait avec une curiosité particulière la progressive cristallisation d'une idée originale en mode, et soutenait que le passage d'une trouvaille à sa divulgation, où elle se noie entre le faussement cultivé et l'imbécillité pure, nous restitue une époque bien mieux que les laborieuses recherches des sociologues.

J'incline à croire que trop de choses l'aimantaient pour qu'il pût coordonner ses idées. Il n'y avait plus en lui une pensée stable, mais une série de délectables approximations ; et, atteint d'une lucidité délétère l'empêchant de s'atteler à une œuvre, il se contentait, non sans satisfaction, de trouver le fil qui relie les mouvantes inventions du présent. Un dilettante ? Certes. Mais aussi un Européen, un vrai Européen si l'on croit avec lui à ces mots qu'il répétait souvent — s'agissait-il d'une citation ? — : que seul l'esprit européen est assez mûr pour considérer que le dilettantisme est la solution au problème de la vie, laquelle n'a d'autre but que la continuité de l'espèce ; et qu'il est vain de s'attarder sur d'autres difficultés que les moyens de subsistance nécessaires à son propre accomplissement.

Plus que séduit, happé par les avant-gardes, il s'y serait jeté à corps perdu, théoricien amusé, s'il n'eût pas craint que Domenica y vît un désaveu de sa peinture — alors qu'elle était capable d'admirer avec générosité les artistes les plus divers, et sans même en attendre un signe de réciprocité.

C'est à ce propos que la paradoxale candeur de Marek se manifesta un jour, me laissant stupide de surprise : je rentrai à la maison vers dix heures du soir ; Gaetano et Marek étaient tous deux sortis, fait plutôt rare. Sur son lit, Domenica lisait, enveloppée dans une houppelande rouge, ce qui ne présageait rien de bon : elle n'en revêtait de pareilles que pour séduire ou blâmer. Elle affichait un air paisible, mais je la sentis crispée lorsqu'elle me tendit une lettre, une toute petite lettre, me demandant ce que je pensais du signataire. C'était, adressé à Marek, le mot de remerciement d'un critique très en vue et quelque peu secouriste d'une « abstraction lyrique » déjà en déroute, pour l'envoi de son ouvrage sur la peinture de Domenica : il regrettait de ne pas en pouvoir dire tout le bien qu'il pensait, à un moment où les arts plastiques, engagés dans une voie ô combien difficile, avaient besoin de son soutien.

« C'est une merde », dis-je. Le mot, habituel dans la maison, mais que je ne prononçais jamais, concernait aussi bien le critique que Marek lui-même ; elle sourit, satisfaite, et à je ne sais quel éclair dans le regard, je perçus qu'elle l'avait compris, et que la chose demeurait tacite entre nous. La colère, pendant des heures retenue, la remplissait tout entière. Elle se releva, impérieuse, impériale, impérative, et alluma toutes les lampes de l'atelier. Hermine, sur mes genoux, me faisait sentir ses ongles, on eût dit en signe d'avertissement. Hermine — qui mourrait dans mes bras dans une lente hémorragie noire et qui eut, à l'instant même, un visage desséché —, Hermine qui écoutait Mozart jusqu'à la dernière résonance, tête levée, qu'elle plaçait ensuite sur ses pattes de devant en s'étirant, comme si elle rêvait sur la mélodie éteinte, et qui fuyait comme si un chien tous crocs dehors eût apparu, quand la Callas se produisait sur le tourne-disque, Hermine qui ne quittait sa cachette qu'à l'heure du repas suivant.

Avais-je trahi Marek ? Lui en voulais-je de m'avoir fait le dépositaire de ses confidences ?

Domenica gagnait tous les coins de la grande

pièce ; elle était en répétition, cherchait la place la plus favorable à la tirade que, sans doute, elle avait élaborée, ruminée. Il y avait tant d'outrance dans ses réactions subites ou calculées, qu'il faut en avoir été le témoin pour y croire ; moi-même, quand j'y pense, l'incrédulité m'envahit avant que des scènes, des moments vécus et oubliés, ramenés par un détail visuel — la robe rouge qui flambait de tous ses fils d'or sous les lampes —, ne viennent en consolider le souvenir. Elle était au comble de l'emphase, et, tout à coup, en s'asseyant, elle adoptait une pose d'abandon.

De me savoir solidaire, sa rage se raviva-t-elle lorsque Marek arriva ? Il sentait l'ail ; cela me fit de la peine ; elle détestait l'ail. Elle le cueillit à froid, ramassant d'un geste circulaire le pan de sa houppelande qui traînait au sol et qu'elle jeta sur son épaule comme un filet pour ratisser l'abîme.

Marek bégaya ; elle s'enhardit ; Hermine prit la fuite ; je restai. Ce soir-là, j'éprouvai un désir de catastrophe. J'étais las de leur comédie : il fallait se montrer intelligent en permanence, soupeser chaque parole, surveiller ses gestes, qui aux yeux de Domenica pouvaient devenir « rhétoriques », épithète fatale qu'elle appliquait aussi bien à une tournure de langage, un tableau, un visage, une cravate, une allure, et qu'elle utilisait comme un mot de passe ; et, par-dessus tout, l'exigence sans cesse renouvelée de ne rien garder pour soi, de raconter ses rêves par le menu, de tout dire : la vérité, la vérité, rien que la vérité. Elle croyait que l'on est responsable de ses rêves. Il m'était insupportable de ne pas la lui lancer à la figure, la vérité, alors que le trio sacré, ce sommet de l'amour que Domenica était censée former avec Marek et Gaetano, ne reposait que sur le mensonge permanent du premier, et le mensonge par omission du second. Domenica, elle, interrogeait, souffrait, soupçonnait, cogitait, raillait, injuriait, se leurrait, mais, seule dupe, elle ne mentait jamais.

Je me souviens d'avoir regretté que Domenica eût raison, tout en admirant les inflexions que prenait sa voix, et je craignais que celle-ci ne lui fît défaut lorsque, face à Marek, elle se dressa tel un cobra affolé à court de venin.

Chassé par Domenica, qui ne tarderait pas à le rappeler, Marek vint me voir dans ma chambre, les larmes aux yeux. La lettre du critique, je ne pus me retenir d'y faire allusion : où avait-il la tête lorsqu'il crut bon de la donner à lire à Domenica ? Il avait bu ; il sanglota. J'avais de la tendresse pour lui, je fléchis. Il y avait de l'inquiétude dans son regard, d'habitude si confiant. Craignait-il que je n'use à l'avenir de ses aveux ?

Il reste toujours quelque chose lorsqu'un

soupçon s'insinue dans l'amitié — comme une buée qui se condense sur une vitre ; et une vitre, dès ce moment, allait nous séparer.

63

Le trop lent avenir l'avait ainsi prévu : je resterais huit ans, pas un jour de plus, pas un de moins, chez Domenica : arrivé le 18 février 1961, j'en partais le 18 février 1969. Je cède à mon penchant pour la symétrie en relevant cette coïncidence qui risque de répandre sur l'ensemble de ces pages la saveur du mensonge ; n'empêche, j'y ai vu un clin d'œil du sort. Huit années où, dans le curieux montage que l'imagination impose à la mémoire, je me revois en train d'attendre, de perdre mon temps, l'unique chose que je pouvais perdre, alors que dans cette période peuplée, chaque jour et sans trêve, d'événements, de découvertes, de péripéties, il n'y eut pas un seul acte, pas un mot, pas un geste qui n'ait contribué à définir l'individu que j'étais et celui que je serais. J'avais accepté comme un don du Ciel de m'enfermer dans la citadelle de Domenica, et c'est en douceur que je m'étais coulé dans le personnage que me proposaient les circonstances et que la nécessité réclamait.

Je ne sais pas si Domenica avait décelé en moi quelque don, ou si elle voulait que j'en possède ; quoi qu'il en fût, j'ai bénéficié de l'Hécate propice à la fertilité, aux accouchements, tout en subissant en spectateur accablé, parfois en acteur, la redoutable frénésie qui la poussait à propager son enfer autour d'elle au point de transformer, par moments, les gens qu'elle aimait le plus en damnés.

Je renonçai à mes rêves de théâtre et renouai avec la littérature, ma toute première vocation, si je songe à l'enfant qui aspirait à voir en caractères d'imprimerie, dans la revue que lisaient ses sœurs, ses plagiats passionnés et, davantage, son propre nom. La littérature, grâce à Domenica, je sus m'y résigner. Jamais je n'oublierai la justesse de ses remarques lorsqu'elle passait au crible mes brouillons ; jamais, non plus, sa sévérité et, à l'instant, ma gêne, à propos d'une phrase où je comparais les bras d'une amoureuse à des lianes. Elle donnait la chasse à la mièvrerie qui me guettait — l'imparfait est, ici, un euphémisme —, savait-elle que cela me blessait, elle en avait le courage ; toute initiation a besoin d'épreuves. J'avais franchi bien d'autres obstacles pour me conduire moi-même, vaille que vaille, au-devant de mes pas. Mais veut-on, vraiment, « être soi-même » ? Je tends à croire que le désir suprême se limite à devenir quelqu'un qui se distingue par un dosage unique de goûts et de dégoûts et, par là, ne ressemble à personne. Je m'étais engagé dans un passage muré, éclairé de lucarnes néanmoins, et j'y avançais, bientôt, toute lucidité bannie. J'épousais les vues de Domenica sur la réalité, la vie et, quoique réticent, sur l'art. Je ne me rendais pas compte que l'on commence par imiter ce que l'on souhaiterait aimer, et qu'un beau jour on a sombré de l'autre côté de soi, englué dans une mélasse affective.

Peu à peu, les opinions exprimées à haute voix me modifiaient : plus la toile achevée me laissait perplexe, plus vite j'en faisais l'éloge, dans l'espoir que l'impression rejoignît le sentiment ; et, au fil du temps, je ne discernais plus sa véritable valeur ; j'étais conquis, j'appréciais, j'avais fini par aimer. Au contact permanent avec un fort caractère qui nous charme, on peut insensiblement s'écarter de sa propre personne, perdre ses contours. J'avais cédé, plié. Il me restait pourtant l'obscure certitude que quelque chose n'avait pas changé, qui ne changerait pas : le moi, ce que rien n'altère, ni les masques que l'on emprunte par ruse, par complaisance, ni l'âge, ni l'amputation d'un membre, ni même la démence ; le moi, qui ne sait rien, qui ne peut rien, mais qui *est*.

Ainsi donc, plusieurs personnalités successives

pouvaient-elles prendre possession du corps, en dépit de cette mémoire antérieure que le sang charrie ? La personnalité ne serait-elle qu'une pensée que le regard des autres consolide, m'obligeant à me ressembler, et qui peut changer, périr ?

Était-ce à cause de son exigence sans relâche vis-à-vis du romancier en herbe ? Comment ne pas l'aimer cette forcenée, cette maniaque de Domenica et éprouver en même temps une irritation à son endroit qui se déposait en moi, sédiment amer, empoisonné ? Je me laissais prendre toujours à ses revirements, pour en souffrir si elle s'emportait, pour me réjouir outre mesure si elle consentait à une certaine placidité ; ou lorsque, dans l'impossibilité de forger un nouveau drame par manque de motifs, elle affichait la lassitude de la panthère en cage qui ne dispose pas d'une proie digne de sa férocité. Mais, à ses colères, j'appris à répondre par la colère ; elle la respectait. Elle aimait régner, pas dominer, et la guerre face à face. J'aurais pu m'en accommoder si son habitude de s'immiscer dans les affaires qui ne la regardaient pas n'eût tourné à l'enquête répressive : découvrait-elle dans ma chambre un livre — c'était Nietzsche — où j'avais coché des passages farfelus concernant les femmes ? À ses yeux, je ne l'avais pas fait pour souligner les pensées indignes du philosophe, mais parce qu'il renforçait de son autorité mes idées, celles que je cachais et qu'elle avait, elle, devinées depuis longtemps.

À mesure que s'élargissait le cercle de connaissances que je m'étais, peu à peu, faites, son envie de contrôler ma vie augmentait ; y soupçonnait-elle un attachement envers quelqu'un, il fallait que je l'invite à la maison ; celle-ci flattée, celui-là curieux, ils y venaient passer leur examen. Domenica jugeait, tranchait. Il y eut des éclats, des disputes, pas de rupture ; je n'en trouvais pas la force ; il est plus facile d'être quitté que de quitter. Paradoxalement, ce fut Domenica qui, du jour au lendemain au comble d'un bonheur auquel elle avait cessé de croire, rendit possible mon départ. Ce bonheur, Domenica l'avait trouvé chez le professeur M. Le résultat de l'opération à maintes reprises ajournée, elle-même n'aurait osé l'espérer : elle était belle d'une beauté qui était la sienne ; à première vue, aucun changement ; elle avait gardé ses rides, celles de l'âge et celles que l'intelligence dessine, mais retrouvé les linéaments de son visage. Et armée de ce visage désormais en harmonie avec l'image qu'elle avait crue à jamais perdue, son reflet dans le miroir, encore plus consulté qu'auparavant, et dans la joie, lui cachait maintenant le monde et, dans le monde, la toile sur le chevalet.

Les teintes claires chassèrent les tons sombres

de sa palette ; une lumière pastel sans vibrations s'étala sur ses tableaux; au travail de méditation succédèrent des cérémonies décoratives ; le chatoiement de ses brouillards où la chair des figures, comme illuminée de l'intérieur, adressait un appel à franchir la surface pour s'initier à la connaissance de la nuit, s'était évaporé ; et, dans l'émerveillement de sa propre beauté retrouvée, on vit surgir au fil des mois, sous ses pinceaux, des floraisons en étalage soutenues par des créatures d'une fadeur qui ne lui ressemblait pas, couvertes de fanfreluches, fanfreluches elles-mêmes, inventions où la mièvrerie qu'elle avait essayé de guérir en moi, avait pris le dessus.

A-t-on passé des années à s'instruire d'une particulière façon de regarder, de comprendre, de sentir, à éduquer des penchants qui n'étaient pas innés ? On ne berne pas longtemps la nature : le vernis qui la dissimulait craque et elle sort scandaleusement au jour.

Je ne prétends pas justifier mon comportement au nom de l'esthétique, mais ce tournant dans la peinture de Domenica, ajouté au rétrécissement de ce futur tant désiré qui glissait sous mes pas, me libéra de son emprise.

Et, encore une fois, rien devant moi, ou presque : une chambre de bonne, de petits honoraires par intermittence, deux livres publiés qui avaient suscité des réactions favorables. J'avouai à Domenica mon souhait de tenter seul ma chance. Nous avions des détestations immédiates et quelques affinités profondes. Elle comprit, acquiesça. Au cours des jours suivants, la vue des chats, un objet oublié, les voix, le parfum trop fort qu'affectionnait Domenica et que moi, j'abhorrais, me mettaient au bord des larmes. On n'abandonne pas sans tristesse, on le sait, un lieu, un milieu où l'on a vécu, même si l'on y a été malheureux. Comme je croyais que je reviendrais les voir, eux trois, le trio sacré, le jour fixé pour mon départ, les valises bouclées — les mêmes qui avaient traversé l'Océan — je suis allé dire au revoir à Domenica. Et d'un coup, toute la compréhension qu'elle m'avait témoignée jusque-là, se changea en reproches, en griefs, en aveux mêlés de pleurs, en injures. Elle n'aimait pas les objets ébréchés, elle préférait les casser pour de bon, les oublier. Sa réaction me soulagea.

Il me fallait partir à l'instant même. Je regagnai ma chambre, jetai mes livres dans un sac-poubelle et, malgré le poids des valises, je dévalai l'escalier.

Marek était parti à son bureau sans me faire signe ; et Gaetano avait pris la précaution de sortir tôt et, à l'évidence, puisqu'il était midi passé, de rentrer tard.

Je me suis arrêté devant les boîtes aux lettres et j'ai arraché l'étiquette portant mon nom ; il n'y avait qu'une enveloppe, et c'était pour moi. Je l'empochai. L'écriture m'était inconnue.

64

L'immeuble, tout en largeur et de construction assez récente, où des amis qui y habitaient m'avaient procuré une chambre de bonne, était mitoyen avec un grand hôpital, et la bande de gazon d'un vert chimique qui courait le long de la façade interne se fondait dans l'immense potager d'un couvent de religieuses, grâce à l'astuce de l'architecte : un muret très bas, par surcroît recouvert de lierre, marquait, à peine, la limite des deux mondes. Cet espace de verdure où le bruit de la circulation — lointaine rumeur — rendait encore plus insolite le silence qui y régnait, et le vestibule au sol et aux murs de marbre, classaient dans la catégorie « luxe » un bâtiment dont les tuyauteries transmettaient d'un appartement à l'autre les bruits domestiques et même les conversations.

Ma chambre, au rez-de-chaussée, sur rue, n'avait ni placard ni douche, tout juste un lavabo ; sa fenêtre donnait sur le portail de la morgue, que franchissaient des corbillards ; leur défilé commençait tôt le matin, mais déjà m'avait réveillé la dispute rituelle, et professionnellement hargneuse, d'un couple de clochards de la nuit, qui se retrouvaient dans cette courte impasse ; ils comptaient et recomptaient les sous que chacun avait glanés, avant de prendre leur invariable petit déjeuner de sardines à l'huile et de vin blanc. J'allais avoir trente-neuf ans.

À partir du moment où la voiture qui m'emmenait de la rive droite à la rive gauche, avait passé le pont du Carrousel, mon corps s'était détendu ; et comme on s'engageait dans la rue des Saints-Pères, dans un élan d'optimisme, je me dis que la vie ne tarderait pas à se rattraper, que ses desseins sont insondables et que, somme toute, nulle perte n'est une perte quand on tient moins à l'avoir qu'à l'être.

J'avais relu deux fois la lettre de l'inconnu, quelques lignes d'une écriture retenue, en retrait, qui rêvait de garder les secrets de l'épistolier, tant il manquait d'air entre les mots ; et, les valises et le sac-poubelle à peine déposés, assis sur le lit, je la relisais. Je me rappelle mon étonnement, parce qu'on m'y donnait du monsieur. Un écrivain m'informait que mon éditeur avait accepté son roman, le tout premier, et me remerciait, car il croyait savoir que je n'avais pas été pour peu dans la décision prise en sa faveur.

Depuis sept ans, depuis mon arrivée à Paris, je lisais, pour certaine maison d'édition, des ouvrages du domaine italien et du domaine espagnol déjà publiés dans leur pays. Mon éditeur, lui, m'avait proposé de lire un manuscrit français ; j'avais accepté avec reconnaissance.

Il ne s'agissait pas de la dactylographie originale, mais d'un double, tiré avec du carbone sur papier pelure. D'abord déconcerté par l'affluence de personnages et la réticence du romancier à rendre moins complexe la pénombre où ils s'entrecroisaient ; charmé ensuite par la cadence ténue de la phrase, comme si l'ajustement des mots se fût joué entre l'oreille et la page, au point de barrer à l'écrivain la vue même de la main qui les formait ; et, pour finir, troublé, ému, je demandai à mon éditeur de lire lui-même le roman : il verrait que si celui-ci ne manquait pas de défauts, derrière chaque personnage on devinait un ouvrage, et derrière l'ouvrage, une œuvre.

Ainsi, j'apprenais, par cette très brève missive, que j'avais eu raison. Mais pourquoi, soudain, cet emballement du cœur, ce halètement, cette agitation qui frôlait l'ivresse ?

Avant de défaire mes valises et de suspendre mes vêtements à une tringle derrière un rideau de cretonne — comme chez les Mariotti, comme dans la pension de doña Manuelita, rue de la

Montera —, et de disposer mes livres sur un rayonnage de fortune, j'éprouvai l'urgence de répondre à la petite lettre de politesse.

En fait, je rêvais d'une amitié où, sans se soumettre ni s'assimiler, chacun excite l'esprit de l'autre ; où, derrière cet autre, on se voit encore soi-même. Je rêvais d'une amitié où l'exigence n'empiète pas sur la liberté, et d'une liberté bornée par d'attentives réserves, à observer en permanence : dans cette solitude nouvelle je ressentais un besoin d'affection et d'estime réciproques et, surtout, la possibilité d'être faibles ensemble.

Nous avons échangé de nombreuses lettres ; les miennes s'enflammaient ; lui, il gardait un quant-à-soi farouche. Un an plus tard, nous nous rencontrions à Paris ; il allait s'y installer ; il avait compris que la province n'enrichit l'acquis et, partant, le roman, que si l'on s'en éloigne.

Un livre fut l'intermédiaire de notre amitié ; des livres l'ont consolidée ; les mots, toujours les mots, continuent de la nourrir — les mots que nous échangeons avec la gravité des enfants qui échangent des billes.

65

La nuit et le jour se partagent le ciel comme l'oubli et l'imagination notre mémoire ; celle-ci, ce que nous sommes, n'est pas ce que nous fûmes : à mesure que l'on s'évertue à remonter son cours, on se ressemble de moins en moins et, parvenu aux confins, on s'est perdu de vue. C'est alors, quand l'évidence se trouble, que la littérature naît ; mais l'écrivain croit-il qu'elle l'emmène dans ses abysses à lui, il n'y trouve que ce qui appartient à tout le monde : l'amour, la haine, le remords ; l'indifférence, la joie et la douleur ; la nostalgie du Paradis, la peur, et le souvenir, si triste, du bonheur. Ainsi, s'il s'applique à bien exprimer ces sentiments et ces perplexités afin que quiconque puisse se servir de ses mots pour apaiser un chagrin ou raviver une ivresse, il peut atteindre à la gloire secrète de l'écrivain public.

L'enfant rêvait de l'autre côté de l'horizon ; l'adolescent, d'un voyage, du seul voyage, l'Europe. Il en fit deux : jeune homme, j'exauçai leur désir ; ensuite, en somnambule et par des chemins de contrebandier, je passai de ma langue d'enfance à celle de mon pays d'élection. À l'instar de ces gens qui, sans entrer pour de bon dans votre vie, s'obstinent à la côtoyer et, bien plus que vos intimes, vous privent de liberté, parmi les choses qui vous sont arrivées ou que, poussé par une envie de connaissance ou de plaisir, vous avez apprises, certaines se frayent un chemin en vous, s'y développent à votre insu, et un jour vous vous apercevez que tout en vous aspire à leur obéir. Ainsi du français. Jamais je ne saurais s'il m'a vraiment accepté, mais que tel le lierre qui s'enroule autour d'un arbre il a desséché en moi l'espagnol, de cela je suis convaincu.

Pour l'amour de Valéry et de Verlaine, et pour seules armes quelques ouvrages confrontés à leur traduction, un dictionnaire bilingue et une ferveur entêtée, je me suis initié à leur langue. Je ne soupçonnais pas que chaque langue est une façon singulière de concevoir la réalité, que ce qu'elle nomme suscite une image qui lui appartient en propre. Si je dis *oiseau*, j'éprouve que les voyelles que sépare en les caressant le *s*, créent une petite bête tiède, au plumage lisse et luisant, qui aime son nid ; en revanche, si je dis *pájaro*, à cause de l'accent d'intensité qui soulève la première, ou la pénultième syllabe, l'oiseau espagnol fend l'air comme une flèche. Il m'est arrivé d'avancer que l'on peut se sentir désespéré dans une langue et à peine triste dans une autre ; je ne renie pas cette hyperbole.

Quand, à Madrid, l'acteur que j'eus la chance

de ne pas être s'essaya à la diction du castillan, une énergie intrépide avait altéré mon maintien, mon port de tête, mes manières, et la pensée, sans doute, aurait-elle suivi ; en France, bien que mes lèvres ne soient pas reliées à mon oreille, une familiarité progressive avec les nuances des timbres et l'adoucissement des consonnes, me permit de croire à un accord entre la sonorité des mots et ma nature ; plutôt *oiseau* que *pájaro*, je préférais l'intimité à l'incommensurable.

Certes, j'ai écrit en espagnol mes premiers livres, derrière un rempart de dictionnaires de toutes sortes ; je craignais une contamination, d'autant plus plausible que je vivotais en rédigeant tant bien que mal des rapports de lecture et, par la suite, des chroniques littéraires. Au bout d'une quinzaine d'années, j'entendais souvent dans mes rêves des voix françaises. Il s'en fallut de cinq ans que j'écrive, sans m'en rendre compte, la première page d'une nouvelle en français. Je résistai ; on ne substitue pas une vision du monde à une autre comme on passe d'un rêve à un autre rêve dans le sommeil : des milliers de morts ont prononcé les paroles qui se forment dans votre bouche, et il faut s'en montrer digne. Je voulus traduire ma page, me ramener moi-même au bercail, mais je découvris une tournure qui m'était chère, sans équivalent en espagnol, et je cédai à l'attrait de l'aventure.

En vain Claudel et Valéry, de concert, me prévenaient des travers d'une nation qui, par horreur de l'imprévu, se serait astreinte dans sa langue à des contraintes en grande partie inexplicables, comme si, par là, elle eût atteint à un état supérieur de clarté. Hanté par le souci de la forme — et davantage mû par la nécessité de vivre au cœur de la loi —, je négligeai l'avertissement. Je n'eus pas le choix.

Les mots, qui ont arrêté mon récit il y a environ un quart de siècle, se devaient de consigner cette métamorphose, seul événement approprié à leurs alchimies. Et toutes ces années peuplées d'amitié, de revers, de paysages, de souffrances, de visages ? Et les innombrables battements du temps ?

Ils se dérobent, les mots ; ils n'ont pas encore fait leur miel. La réalité, paraît-il, doit vieillir pour ressembler à la vérité.

Le temps ? J'ai gravi ses pyramides de sable, autant de marches escaladées sur une face que descendues sur une autre. À mesure, le corps se mit à parler plus fort que l'esprit : je l'ai promené de-ci de-là par les traverses des chimères ; utilisé, joui, usé ; et me voilà aux aguets, attentif à lui, rien d'autre désormais qu'une machine à soupirs — jusqu'à la nouvelle espérance et au nouveau commencement ?

Ne restera pas l'être, mais l'image ; même

pas l'image, son reflet; le reflet de cette allumette qu'un passant a grattée dans la nuit. Les ossements, seuls, parviennent au pays des morts où tous les hommes sont également intéressants, où sous n'importe quelle pierre tombale dort et s'efface syllabe après syllabe la mémoire du monde.

La vie a été trop dissipée pour le pas si lent de l'amour ; il se fait tard ; et je n'ai pas d'Ithaque.

DU MÊME AUTEUR

Aux Éditions Denoël

LES DÉSERTS DORÉS, 1967

CELLE QUI VOYAGE LA NUIT, 1969

CE MOMENT QUI S'ACHÈVE, 1972

Aux Éditions Gallimard

LES AUTRES, UN SOIR D'ÉTÉ (théâtre), 1970

LE TRAITÉ DES SAISONS, 1977 (Folio, nº 1573)

L'AMOUR N'EST PAS AIMÉ, 1982

SANS LA MISÉRICORDE DU CHRIST, 1985 (Folio, nº 1847)

SEULES LES LARMES SERONT COMPTÉES, 1989 (Folio, nº 2315)

Aux Éditions Grasset

CE QUE LA NUIT RACONTE AU JOUR, 1992 (prix de la Langue de France)

LE PAS SI LENT DE L'AMOUR, 1995

DISCOURS DE RÉCEPTION DE HECTOR BIANCIOTTI À L'ACADÉMIE FRANÇAISE ET RÉPONSE DE JACQUELINE DE ROMILLY, 1997

COMME LA TRACE DE L'OISEAU DANS L'AIR, 1999.

Composition Interligne.
Impression Société Nouvelle Firmin-Didot
à Mesnil-sur-l'Estrée, le 14 janvier 2000.
Dépôt légal : janvier 2000.
1er dépôt légal dans la collection : août 1999.
Numéro d'imprimeur : 49770.

ISBN 2-07-040992-9/Imprimé en France.

95176